연宴 애哀 소疎 설說

영미편

연애소설

宴哀疎說

영미편

나다니엘 호손 · 도리스 레싱 외 지음
오정화 · 장옥경 · 이소영 옮김

글빛

책머리에

사랑의 기쁨과 슬픔과 고통, 그리고 영미 연애소설

에덴동산에 인간을 창조하셨을 때 하나님은 아담이 혼자 사는 것이 좋지 않다고 여겨 배우자 이브를 창조하신다. 이브를 본 아담은 "나의 살 중의 살이요, 뼈 중의 뼈"라고 노래한다. 인류 최초의 사랑 노래이다. 그러나 이 사랑 노래 혹은 시는 곧 '연애소설宴哀疎說'로 바뀐다. 에덴동산에서 사랑의 한없는 기쁨 속에 낙원을 누리던 아담과 이브는 뱀의 유혹을 받아 선악을 알게 하는 나무의 과실을 따먹게 되고, 그 후로 그들의 사랑은 슬픔과 고통으로 연결되기 때문이다. 뱀의 유혹에 빠져 선악과를 따먹은 그들은 서로를 탓하게 되고, 수치감을 느끼게 되었으며, 낙원에서 추방되어 삶의 현장에서 힘든 하루하루를 보내야 했다. 뿐만 아니라 사랑의 결실로 카인과 아벨을 낳았지만, 결국 카인이 아벨을 죽이는 것을 보면서 크나큰 고통을 느껴야만 했다. 이렇게 보았을 때 최초의 인간들의 이야기는 연애소설戀愛小說이자,

또한 연애소설宴哀疎說이기도 한 것이다.

이화여자대학교출판부에서 『연애소설宴哀疎說』을 처음 기획 · 출판한 것은 2004년이었다. 당시 국문학 작품들 중에서 사랑에 관한 이야기들을 선별해서 엮었던 김미현 교수는 책머리에 다음과 같이 적었다.

> 굳이 체계나 논리를 중시한다면 지금 이 책과는 전혀 다른 목차나 순서도 가능할 것이다 …… 하지만 이 선집의 제목을 '연宴 애哀 소疎 설說'이라고 정하면서 연애의 기쁨 · 슬픔 · 소외 · 담론 등의 측면에 주목한 것은 연애의 객관성이 아닌 주관성, 통시성이 아닌 공시성, 존재성이 아닌 실존성을 문제삼고 싶었기 때문이다. 연애의 전면이 아닌 단면을 통해 연애를 그저 직접 만져보도록 만들고 싶었기 때문이기도 하다.

이 책은 연애소설에 관한 국문학 선집이었던 『연애소설宴哀疎說』의 이러한 취지를 그대로 이어받으면서 영미문학 선집으로 기획되었다. 연애의 각 단면에 따라 영미문학에 나타난 사랑 이야기를 소개하고 함께 공감하면서 우리 자신과 우리의 사랑을 이해해보고자 한다. 사랑은, 신이 아니기에 홀로는 완전하지 못한 인간의 가장 기본적인 욕구이자 필요라는 보편성을 가지면서, 또한 가장 여러 형태의 다양한 이야기를 낳는 창의적 에너지이다. 영미의 작가들도 그들의 작품에 대한 영원한 영감으로 사랑이라는 샘을 찾았고, 다양한 모습의 사랑을 그들의 글 안에 담으면서 삶에 대해 진실한 고찰과 질문을 했다. 영미의 사랑에 관한 단편소설과 담론을 읽으면서 우리는 시공을 넘어선 보편된 정서를 느끼는 동시에, 미처 우리 안에 존재하고 있다는 것을 깨닫지 못했던 감정과 생각에 눈뜨게 된다.

'연宴'이라는 제목 아래 모은 이야기들은 삶에 희망을 주는 동력으로서, 본능적으로 때로는 의지적으로 사랑을 추구하거나 회상한다. 19세기 미국 남부를 배경으로 하는 케이트 쇼팬의 「폭풍우」에서는 일상적이고 관습적인 삶에 빠져 있던 여주인공이 폭풍우와 함께 찾아온 옛 애인과의 짧은 만남을 통해 삶을 재확인하고 새롭게 조명시켜주는 에너지를 얻는다. 이디스 와튼의 「로마의 열병」에서는 처녀 시절 친구였던 두 부인이 어느 날 로마에서 우연히 만나면서 서로가 얽혀 있는 지나간 세월에 대한 이야기가 펼쳐진다. 그들에게 있어 사랑은 각자의 삶에 어떤 의미를 주었는지, 그에 따라 서로 어떤 다른 삶을 살아왔는지가 나타난다. 토머스 하디의 「서부지방 순회재판에서」는 한 젊은 변호사가 별 뜻 없이 시작한 사랑의 유희로 인해 자신에게 족쇄를 채우게 되는 과정 속에 이러한 자신의 운명을 결정지은 가해자와의 사랑을 깨달으면서 오히려 그 사랑에 감사하고 그녀를 용서하게 된다. 이 세 편의 이야기에서 사랑의 기쁨은 찰나와 같고 덧없어 보이지만 그 순간의 농도 짙은 기쁨은 세상을 살아가는 힘이 되거나 사람의 내면을 변화시켜 결국 삶 자체를 바꾸는 힘을 가지기도 함을 볼 수 있다.

하지만 사랑은 완전할 수도 영원할 수도 없어서 사람들은 이룰 수 없는 사랑, 영원하지 않은 사랑에 슬퍼하고 아파한다. '애哀'라는 제목으로 엮은 세 편의 이야기 중에서 나다니엘 호손의 「라파치니의 딸」은 최초의 낙원과 같은 원초적인 세계에서 사랑의 가능성을 탐색

한다. 그러나 하나님이 사랑으로 창조한 에덴동산과는 달리 과학자 라파치니의 야심과 이기심으로 '창조된' 정원에서 그의 딸 베아트리체와 지오바니의 사랑은 비극으로 끝나고 만다. 윌리엄 포크너의 「에밀리를 위한 장미」는 미국 남부의 한때 권위 있던 가문의 딸로서 변화하는 세상에 적응하지 못한 채 왜곡된 인생을 살아온 에밀리의 삶을 보여준다. 전통과 관습, 신분 등 명분에 대한 집착으로 고립 속에서 사랑에 매달렸던 에밀리의 삶은 한 개인의 사랑이 역사와 사회와의 관계 속에서 어떻게 비극으로 치닫는지를 잘 보여준다. 메이 싱클레어의 「밤비노」는 미모의 여주인공이 자신이 가진 약점 때문에 치명적인 실수를 저지름으로써 가정생활이 파탄으로 치닫고 있는데도, 현실을 직시하지 못한 채 환상 속의 사랑에 매달리고 있는 모습을 보여주고 있다. 그녀가 이미 잃어버렸으나 인식하기를 외면하고 있는, 그러나 조만간 인식할 수밖에 없는 사랑의 상실이 긴 여운을 남긴다.

'소疎'의 제목 아래에 있는 세 편의 소설은 사랑을 갈구하면서도 인간의 이기적 본성이나 사회와 문화의 억압적 힘 앞에 소외되고 고통받는 인간의 모습을 그린다. 버지니아 울프의 「유산」은 중견 정치가의 아내로서 그 위치에 상응하는 사회생활을 수행해주는 것에만 만족하는 남편의 이기적인 남성성 앞에 점점 고독을 느끼며 자아를 찾아가는 아내의 순례를 따라간다. 현실을 자신의 눈으로만 보는 것에 익숙한 남편은 그에게 '유산'으로 남겨진 아내의 일기장을 읽으며 비로소 진실을 들여다보게 된다. 도리스 레싱의 「19호실로」 역시 외면적으로는 너무나 완벽한 결혼생활을 하고 있는 한 부부가 실은 내면적으로 서로 얼마나 멀리 떨어져 있는지 잘 나타난다. 합리적이고 이

성적인 결혼생활을 영위해왔던 여주인공이 어머니와 아내라는 존재로서만이 아닌 자기 자신이 되기 위해 몸부림치지만 철저한 고독과 무기력을 느끼며 삶의 의미를 잃고 좌절해가는 모습이 고통스럽게 다가온다. F. 스콧 피츠제럴드의 「겨울의 꿈」은 사랑하는 대상의 이기적 욕망으로 인해 사랑의 꿈이 얼어붙고 꽃피지 못한 채 좌절되는 모습을 그린다. 경제적 · 신분적 차이 속에서 사랑의 대상을 그 사람 자체로 보지 못하고 자신의 욕망의 대상으로 바라보았을 경우 평등과 존중에 기초한 결합이 일어나기보다는 오히려 숭배와 왜곡을 통해 멀어져가는 모습을 볼 수 있다.

마지막으로 '설說' 부분에서는 사랑에 대한 영미의 담론을 실은 세 편의 글을 통해 역사와 문화와 사상의 변화 속에서 사랑이 어떻게 이해되고 있는지를 볼 수 있다. 프랜시스 베이컨의 「사랑에 대하여」에서는 사랑에 대해 사람을 나약하거나 어리석게 만드는 힘으로 보고 있다. 동물이 입의 지배를 받는다면 사람은 눈의 노예가 되어 이성을 향한 마음이 우상숭배의 경지에 도달하므로, 사랑은 이성과 지혜와 함께 가기 힘든 것으로 정의한다. 이성을 중시하게 된 근대 초기에 이성에 의해 조절되지 않는 사랑이라는 감정에 대해 가졌던 생각이 잘 나타나 있다. 반면 D. H. 로렌스의 「사랑」은 남녀 간의 사랑에는 각자가 열정으로 하나가 되는 성스러운 사랑이 존재할 뿐만 아니라 또한 자신의 고유한 독립적 존재를 확인하는 세속적 사랑도 동시에 존재한다고 이성애를 찬양한다. 사랑은 형제간의 사랑, 신을 향한 사랑 등 여러 형태로 존재하지만 두 가지 상반되는 사랑 — 성스러운 사랑과 세속적 사랑 — 이 동시에 가능한 것은 이성 간의 사랑밖에 없다고 평가한다. 크리스토퍼 래쉬의 「사랑의 미스터리」는 고대 그리스로부터 현대에 이르기까지 문학작품 속에 나타난 남녀 간의 사랑을 분석한 진 핵스트럼의 글을 논평하는 형식을 통해 현대인의 사랑관을 평가한다. 서구에서 사랑은 호머의 『오디세이*Odyssey*』에서부터 이미 나타나듯이 매우 긴 역사를 가진 것인데, 오늘날 마치 사랑이 근대에 중산층에 의해 만들어진 개념으로 치부하고 있음을 지적한다. 또한 남녀 간의 끌림이라는, 이성으로 통제되지 않는 사랑의 감정은 미스터리 같아서, 불안한 것보다는 안전한 것을 좋아하는 현대인들은 사랑에 대해 불안감을 느끼며 그 가치를 평가절하하고 있다고 분석하고 있다.

이 책에 실린 영미의 사랑 이야기들은 사랑을 갈망하면서도 아름다운 사랑의 이상에 도달하지 못한 채 불완전한 관계 속에서 때로는 사랑으로 인해 기뻐하기도 하지만 더 많은 경우 슬퍼하고 괴로워하는 모습들을 그리고 있다. 완전한 남녀 간의 사랑은 천국의 기쁨을 맛보게 하지만, 가질 수 없는 사랑은 지옥보다 더한 고통으로 다가온다. 에덴동산에서 쫓겨난 인간에게 사랑이 가져다주는 완전한 일치의 기쁨은 찰나에 불과할지도 모른다. 이성 간의 결합은 자신을 재확인시켜주는 힘을 가지지만 상대방에 대한 진정한 존중 없이 자신의 욕망에만 이기적으로 탐닉할 경우 사랑은 떠나버린다. 사랑을 믿지 못하고 또는 사랑을 너무 갈구한 나머지 이를 영원히 이상의 세계의 것으로 남기고 용감히 나서지 못하기도 한다.

그러나 형태와 모습이 어떻든 간에 많은 사람들은 생명을 갈구하듯이 사랑을 갈구하면서 자기 안의 창조적 에너지를 불사르며 쉽지 않은 과제이지만 사랑을, 그리고 사랑 이야기를 만들어가고 있다. 이 책에 실린 글들이 사랑의 의미를 소중히 여기는 모든 사람들에게 지혜와 용기를 주는 샘이 되기를 소망해본다.

2010년 1월에

오정화 씀

차례

宴

[연]

그녀의 입술은
기쁨의 샘이었다

폭풍우

케이트 쇼팬

I

잎사귀들이 전혀 흔들리지 않았기 때문에 비비까지도 비가 올 것이라고 생각했다. 아들과 대등한 입장에서 대화를 나누는 데 익숙한 보비노는 아이더러 검은 구름을 보라고 했다. 그 구름은 불길한 의도를 품은 채 음침하고 위협적인 소리를 내면서 서쪽으로부터 다가오고 있었다. 그들은 프라이드하이머의 가게에 있었으며 폭풍이 지나갈 때까지 거기에 있기로 하고 문 안쪽에 있는 두 개의 빈 나무통 위에 걸터앉았다. 비비는 네 살이었는데 매우 총명해 보였다.

"엄마가 무서워할 것 같아요." 비비가 눈을 깜박이며 말을 꺼냈다.

"엄마가 문을 다 닫으실 거야. 그리고 실비 아줌마가 오늘 저녁에 일 도와주러 오셨는지도 모르지." 보비노는 아들을 안심시키며 대답했다.

“아니에요, 실비 아줌마는 오늘 안 오실 거예요. 어제 오셨거든요.” 비비가 말했다.

보비노는 일어나 계산대로 가서 칼릭스타가 매우 좋아하는 새우 통조림을 샀다. 그는 다시 나무통 위의 자리로 돌아가 폭풍우가 이는 동안 통조림통을 들고 멍하게 앉아 있었다. 폭풍우는 가게 전체를 뒤흔들었으며 먼 들판에 있는 커다란 이랑도 찢을 듯한 기세로 휘몰아쳤다. 비비는 아버지의 무릎 위에 작은 손을 올려놓고 무서워하지 않았다.

II

집에 있는 칼릭스타는 그들이 안전한지에 대해 전혀 불안해하지 않았다. 그녀는 창가에 앉아 열심히 재봉틀을 돌렸다. 너무 집중한 나머지 폭풍우가 다가오는 것도 알아채지 못했다. 그러나 더워서 자주 재봉틀을 멈추고 땀이 송골송골 맺힌 얼굴을 닦았다. 그녀는 흰 윗옷의 목 부분을 느슨하게 했다. 문득 밖이 점점 어두워지고 있다는 것을 깨닫고 칼릭스타는 서둘러 일어나서 집 여기저기의 창문과 문을 닫기 시작했다.

그녀는 바람에 말리려고 걸어놓았던 보비노의 주일 양복을 비가 오기 전에 걷기 위해 전면에 있는 작은 발코니로 서둘러 나갔다. 그녀가 밖으로 나가자 바로 그때, 말을 탄 알레쎄 라빌레르가 문 안으로 들어섰다. 결혼한 뒤로 칼릭스타는 그를 자주 보지 못했으며 혼자 있을 때 본 적은 더더구나 없었다. 그녀는 보비노의 외투를 손에 든 채 서 있었는데, 커다란 빗방울들이 떨어지기 시작했다. 알레쎄는 닭들이 떼 지어 모여 있는 지붕의 끝자락 아래로 말을 몰았다. 한쪽 구석에는 쟁기와 써레가 쌓여 있었다.

"칼릭스타, 폭풍우가 지나갈 때까지 발코니에서 기다려도 되겠소?" 그가 물었다.

"들어오세요, 알레쎄 씨."

그와 자신의 목소리가 마치 꿈속에서 들리는 것 같아 놀라며 그녀는 바비노의 조끼를 꽉 잡았다. 발코니로 올라오면서 알레쎄는 갑자기 불어온 바람에 날아가 버릴 뻔한 비비의 바지와 윗옷을 붙잡았다. 그는 집 안에 들어가지 않겠다는 의향을 밝혔지만 발코니에 있는 것이나 아예 밖에 있는 것이나 별반 차이가 없음이 곧 분명해졌다. 비가 나무 판 위에 휘몰아쳐서 그는 문을 닫고 안으로 들어섰다. 심지어 빗물이 새어들어 오지 못하게 문 밑을 무언가로 막아놓아야만 했다.

"어머, 정말 대단한 폭우에요! 이렇게 비가 쏟아지는 건 2년 만에 처음인 것 같아요." 칼릭스타는 천을 말면서 큰 소리로 말했다. 알레쎄는 그녀가 천을 문틈 밑에 쑤셔넣도록 도와주었다.

그녀는 5년 전 결혼할 당시보다는 살이 조금 오른 상태였지만 예전의 생기는 전혀 잃지 않았다. 그녀의 파란 눈에서는 아직도 그 특유의 감상적인 기질이 엿보였으며 비바람으로 헝클어진 금빛 머리카락은 귀와 관자놀이 주위에서 더욱 고집스럽게 곱슬거렸다.

비는 그들을 그 자리에서 삼켜버릴 것만 같은 기세로 소란스럽게 위협하며 낮은 널빤지 지붕 위로 세차게 내리쳤다. 그들은 이 집의 식당이자 거실, 그리고 다용도실로도 사용되는 방에 있었다. 바로 옆은 칼릭스타의 침실이었는데 비비의 침상과 그녀의 침대가 나란히 놓여 있었다. 방문은 열려 있었다. 덧문이 내려진 창문들과 순결한 하얀 침대가 있는 그 방은 아득하고 신비스러워 보였다.

알레쎄는 흔들의자에 털썩 앉았으며 칼릭스타는 꿰매고 있던 홑이불을 마룻바닥에서 초조하게 주워 올렸다.

"이렇게 비가 계속 온다면, 이런 비에 둑이 견딜 수 있는지는 하나님만이 아실 거예요!" 그녀가 큰 소리로 말했다.

"당신이 둑과 무슨 상관이 있소?"

"꽤 상관이 있죠! 보비노와 비비가 이렇게 폭풍우가 치는데 밖에 있잖아요. 프라이드하이머의 가게를 떠나지 않았다면 좋으련만!"

"칼릭스타, 보비노는 회오리바람을 피할 만한 지각은 있잖소."

불안한 기색으로 그녀는 창가로 갔다. 그녀는 습기로 흐려진 창틀을 닦아냈다. 숨이 막힐 정도로 더웠다. 알레쎄는 일어나서 창가에 서 있는 칼릭스타의 곁으로 다가가 그녀의 어깨 너머를 바라보았다. 비는 가득히 퍼져서 멀리 있는 오두막집은 희미하게만 보였고 저편의 숲은 회색 안개로 덮여 있었다. 번개의 유희는 끝없이 펼쳐졌다. 번개 한 줄기가 들판 가장자리에 서 있는 키 큰 전단나무 위로 떨어져 눈에 보이는 모든 공간을 눈부신 섬광으로 가득 채웠으며 그 굉음은 그들이 서 있는 바로 그 마루까지 침투하는 듯했다.

칼릭스타는 손으로 눈을 가린 채 비명을 지르고 비틀거리며 뒷걸음쳤다. 알레쎄의 팔이 그녀를 감싸 안았고 한순간 그는 그녀를 자기 품에 충동적으로 끌어안았다.

"세상에!" 그녀는 그의 팔로부터 빠져나와 창가에서 물러났다. "이제는 집이 날아가겠어요! 비비가 어디에 있는지 알 수 있다면 좋을 텐데……" 그녀는 자신의 마음을 가라앉힐 수도, 앉을 수도 없었다. 알레쎄는 칼릭스타의 어깨를 감싸 안으며 그녀의 얼굴을 뚫어지게 바라보았다. 충동적으로 그녀를 안았을 때 뜨겁고 전율하는 그 몸과 닿자 그녀의 육체를 향한 그의 옛 열정과 욕망이 되살아났다.

"칼릭스타, 겁내지 말아요. 아무 일도 없을 거요. 이렇게 많은 큰 나무들이 에워싸고 있지 않소. 그리고 이 집은 낮아서 번개에 맞지 않을 거요. 자, 이제 진정할 수 있겠소?" 그는 뜨겁고 열이 오른 그녀의 얼굴로부터 머리카락을 넘겼다. 그녀의 입술은 석류 씨처럼 빨갛고 촉촉했다. 하얀 목과 흘긋 보이는 풍만하고 탄탄한 그녀의 가슴은 그의 마음을 강렬하게 어지럽혔다. 칼릭스타가 눈을 들어 그를 바라보자 그녀의 투명하고 파란 눈에 깃들었던 공포는 관능적 욕망을 무의식적으로 드러내는 몽롱한 눈빛으로 변해 있었다. 그녀의 눈을 바라보고 있으니 알레쎄는 그녀의 입술에 키스하지 않을 수 없었다. 이는 어썸션에서의 일을 상기시켰다.

"칼릭스타, 기억나오? 어썸션에서의 일 말이오." 그는 열망으로 타는 듯한 나직한 목소리로 물었다. 아, 그녀는 기억하고 있었다. 어썸션에서 그는 그녀에게 키스하고 또 키스하고 끊임없이 키스하여 거의 이성을 잃을 것만 같았다. 그래서 그는 그녀를 지켜주기 위해 필사적으로 떠나야만 했다. 그녀가 그때 순진하지는 않았다고 해도 적어도 더럽혀지지는 않았었으며, 열정적이었지만 무방비했기 때문에 그는 오히려 신의를 지키고자 그녀를 범하지 않았던 것이다. 하지만 지금 그녀의 입술은, 그 둥그런 하얀 목은, 그보다 더 하얀 그녀의 가슴은 어떤 면에서는 맛볼 수 있는 자유가 깃든 듯했다.

그들은 격렬하게 쏟아지는 빗줄기에 신경 쓰지 않았고, 폭풍우의 노호는 그의 품에 안긴 그녀를 웃게 만들었다. 어둡고 은밀한 그 밀실에서 칼릭스타는 그녀가 누워 있는 침대만큼 하얀 하나의 계시였다. 마치 처음으로 그 존재의 의미를 깨달은 듯한 그녀의 탄탄하고 탄력 있는 육체는, 마치 태양이 이 세상의 영원한 생명력에 그 숨결과 향기를 보태라고 초대한 촉촉한 백합과도 같았다.

솔직하고 넘치는 그녀의 열정은 아직 한 번도 자극되지 않았던 그의 육감적 본능의 깊은 곳까지 침투하여 반응케 하는 하얀 불꽃과도 같았다.

그의 손이 닿았을 때 그녀의 가슴은 떨리는 환희에 스스로 항복하여 그의 입술을 유혹했다. 그녀의 입술은 기쁨의 샘이었다. 그가 그녀를 가졌을 때, 삶의 신비의 바로 그 경계선에서 그들은 함께 황홀경에 빠졌다.

그는 가쁘게 숨을 몰아쉬며 온몸에 기운이 빠져나간 듯 멍한 채로 그녀 위에 누워 있었다. 그의 심장은 마치 망치같이 그녀를 두드렸다. 그의 이마에 가볍게 입을 맞추고 그녀는 한 손으로 그의 머리를 감싸 안았다. 그녀의 다른 손은 그의 건장한 어깨를 진정시키며 어루만졌다.

천둥의 울림은 멀리 사라지고 있었다. 이제 비는 지붕의 널 위로 조용히 내려 그들은 졸음이 쏟아졌다. 그러나 그들은 감히 잠들 수가 없었다.

III

비는 그쳤고 태양은 반짝이는 초록의 세상을 보석 궁전으로 바꾸고 있었다. 칼릭스타는 발코니에 서서 알레쎄가 말을 타고 떠나는 모습을 지켜보았다. 그는 뒤돌아보며 환한 얼굴로 그녀에게 미소를 보냈고 그녀는 예쁜 턱을 치켜세우면서 크게 웃었다.

터벅터벅 집으로 걸어오던 보비노와 비비는 옷매무새를 가다듬기 위해 저수지에 들렀다.

"비비, 엄마가 뭐라고 하겠니. 창피하지 않니? 좋은 바지를 입는 게 아닌데…… 자, 봐라! 옷깃에까지 진흙이! 비비, 어떻게 진흙이 옷깃에까지 묻지? 이런 아이는 어디를 가도 없을 거다." 비비는 대꾸도 못하고 애처롭게 서 있었다. 보비노는 자신과 아들의 몸에서 질퍽거리는 길과 뜰을 거쳐온 행로의 흔적을 지우고자 애썼다. 그는 비비의 맨 다리와 발에 묻은 진흙을 닦아냈고 투박한 자신의 단화로부터도 세심하게 모든 흔적을 없앴다. 그리고는 최악의 상황―무척이나 꼼꼼한 아내와의 대면―에 대비해 마음의 준비를 하고 뒷문으로 조심스럽게 집에 들어갔다.

칼릭스타는 저녁식사를 준비하고 있었다. 상을 차리고 난롯가에서 커피를 내리고 있던 그녀는 보비노와 비비가 들어오자 벌떡 일어났다.

"오, 보비노. 돌아왔네요. 정말 걱정 많이 했어요. 비가 오는 동안 어디에 있었어요? 비비는요? 젖지 않았나요? 어디 다치지는 않았어요?" 그녀는 비비를 끌어안고는 열렬히 입을 맞추었다. 칼릭스타가 어디 젖지는 않았는지 자신을 만져보며 무사하게 돌아온 것에 대한 만족감 외에 별다른 기색을 보이지 않자 오는 동안 내내 준비했던 변명과 사과의 말은 보비노의 입에서 사라졌다.

"새우를 좀 사왔소, 칼릭스타." 보비노는 큰 옆 주머니에서 통조림을 꺼내 탁자 위에 올려놓았다.

"새우라고요! 오, 보비노! 당신은 정말 자상한 사람이에요!" 그리고 그의 뺨에 소리 나게 키스를 했다. "우리 이렇게 해요. 오늘 밤에 만찬을 즐기는 거예요!"

보비노와 비비는 긴장이 풀리면서 기분이 좋아졌다. 세 사람은 식탁에 자리 잡고 앉아서 라빌레르의 집처럼 멀리 떨어진 곳에 있는 누구라도 들을 수 있을 정도로 너무나 많이, 또 크게 웃었다.

IV

알레쎄 라빌레르는 그날 밤 아내인 클레리스에게 편지를 썼다. 그 편지는 다정한 염려가 담긴 사랑의 편지였다. 그는 그녀에게 서둘러 집에 돌아올 필요가 없으며 빌록 시에 있는 것이 좋다면 아이들과 한 달 더 있다가 와도 괜찮다고 썼다. 자신은 잘 지내고 있으며 그들이 보고 싶지만 가족의 건강과 행복이 더 중요하니 좀 더 떨어져 지내도 견딜 수 있다고 했다.

V

클레리스는 남편의 편지를 받고 기뻤다. 그녀와 아이들은 잘 지내고 있었다. 그곳의 사교계는 만족스러웠다. 그녀의 친구와 지인들이 이 해안가에 많이 와 있었다. 그리고 결혼한 후 처음 맛보는 자유는 처녀 시절의 달콤한 자유를 되돌려주는 것 같았다. 비록 남편에게 헌신적인 그녀였지만, 친밀한 그들의 관계는 기꺼이 한동안 포기할 수 있었다.

이렇게 폭풍우는 지나갔고 모두가 행복했다.

로마의 열병

이디스 와튼

I

잘 가꾼 원숙한 중년의 미국 부인 둘이 로마의 한 식당에서 막 점심 식사를 마쳤다. 그들은 자리에서 일어나 높은 테라스를 가로질러 가서 난간에 기대섰다. 그리고서 서로의 얼굴을 쳐다보고는 분명하게 알기는 어렵지만 어떤 호의적이고 만족한 듯한 표정을 두 사람 모두 지으면서 널리 펼쳐진 팔라틴 언덕과 로마의 광장을 내려다보았다.

그들이 그렇게 난간에 기대어 있을 때, 아래 쪽 마당으로 향한 계단에서 젊은 처녀의 명랑한 목소리가 들려왔다. "자, 이리 와. 우리 젊은 친구 분들은 뜨개질이나 하시게 놔두자." 그것은 두 부인에게가 아니라 그들이 있는 곳에서는 보이지 않는 자신의 친구에게 하는 말이었다. "아, 바버라, 실제로 뜨개질하시지는 않아……" 마찬가지로 생기 넘치는 목소리가 웃으면서 대답했다. "음, 말하자면 그렇다는 거지. 어쨌든 가엾은 우리 어머니들이 별달리 하실 일이 없잖니 ……" 먼저 들렸던 목소리가 말했다. 그 지점에서 계단이 굽어져 대화는 더 이상 들리지 않았다.

두 부인은 이번에는 약간 당황한 듯 웃으며 서로의 얼굴을 쳐다보았다. 키가 작고 안색이 창백한 편인 부인이 고개를 흔들며 얼굴을 살짝 붉혔다.

그녀는 "바버라!" 하고 중얼거리며 그 놀리는 듯했던 목소리가 난 계단 쪽을 향해 들리지 않는 꾸지람을 했다.

몸집이 더 풍만하고 혈색이 좋으며, 활기 있는 검은 눈썹으로 인해 작고 단호한 코가 돋보이는 부인이 기분 좋게 웃었다. "우리 딸들은 우리를 저렇게 생각한다니까!"

그녀의 친구는 그 말에 동의하지 않는다는 듯한 몸짓을 하며 말했다. "우리 각자가 다 그렇다는 것은 아니지. 그 점을 기억해야 해. 그것은 어머니라는 존재에 대한 지금 시대의 일반적인 개념일 뿐이야. 그리고 너도 알다시피 저……" 그녀는 약간 미안한 듯한 표정으로 근사하게 장식된 검은 핸드백에서 두 개의 뜨개바늘에 끼인 진홍빛 실크 실 뭉치를 꺼내면서 중얼거렸다. "정말 모를 일이야. 요즘 세상이 분명히 우리에게 무료함을 메워야 하는 시간을 너무 많이 주고 있지. 난 때로는 그저 구경만 하고 있는 것이 싫증이 나…… 심지어 이런 경치조차도." 그녀는 이번에는 그들의 발밑에 펼쳐진 웅장한 광경을 가리키는 듯한 몸짓을 했다.

머리색이 짙은 부인이 다시 웃었다. 그들은 눈앞의 광경을 다시 바라보며 봄날의 눈부심이 더욱 정적을 두드러지게 하는 로마의 하늘 아래에서 조용히 사색에 잠겼다. 이미 점심때는 훌쩍 지나 있었고, 그들은 넓은 테라스의 한쪽 끝을 독차지하고 있었다. 반대편 끝에는 눈 아래 펼쳐진 도시의 경치를 바라보느라고 머뭇거리고 있던 몇 무리의 사람들이 관광 안내서들을 주섬주섬 모아들고 팁을 찾고 있었다. 마침내 마지막 무리도 흩어졌고 두 부인만이 서늘한 높은 테라스에 남았다.

"여기 좀 더 있자." 혈색이 좋고 정열적인 눈썹을 가진 슬레이드 부인이 말했다. 그리고는 가까이에 있는 등의자 두 개를 난간 구석으로 밀어놓고 한쪽에 자리 잡고 앉아서 팔라틴 언덕을 향해 시선을 고정했다. "여전히 여기 경치가 세상에서 제일 아름다운 것 같아."

"영원히 그럴 거야, 내게는." 그녀의 친구인 앤슬리 부인이 '내게는'이라는 말을 약간 강조하면서 동의했다. 슬레이드 부인이 이를 느꼈지만 구식의 편지를 쓰는 사람들이 아무 곳에나 밑줄을 치는 것과 같이 별 뜻 없는 것이겠거니 생각했다.

"그레이스 앤슬리는 항상 구식이었어." 슬레이드 부인은 옛날을 회상하며 미소를 띠고 큰 소리로 덧붙였다. "여기는 옛날부터 우리에게 낯익은 경치지. 우리가 여기서 처음 만났을 때는 지금의 우리 딸들보다 더 어렸잖니. 기억나?"

"그럼, 난 기억나." 아까 같이 '난'이라는 말에 알 듯 모를 듯 미묘한 강세를 두고 앤슬리 부인이 중얼거렸다. "저기 있는 수석 웨이터가 우리에 대해 궁금해하는 것 같은데." 그녀가 말머리를 돌렸다. 그녀는 자기 자신에 대해서나 이 세상에서 누릴 수 있는 자신의 권리에 대해서 분명히 옆에 있는 친구보다 자신이 없었다.

"내가 그의 궁금증을 풀어줘야지." 슬레이드 부인은 앤슬리 부인의 것만큼이나 고급스럽게 보이는 핸드백으로 손을 뻗었다. 그녀는 손짓을 해서 웨이터를 부르고는 그녀와 그녀의 친구는 오래 전부터 로마를 몹시 좋아했는데 그들의 일에 방해가 되지 않는다면 오후 늦게까지 저 경치를 내려다보고 싶다고 설명했다. 웨이터는 그녀가 준 팁에 감사하며 허리를 굽혀 인사했다. 그리고 귀부인들은 언제든지 환영하며, 그들이 저녁 식사 때까지 계속 머문다면 더욱 영광일 거라는 말을 했다. 만월의 밤을 아마 잊지 못하게 될 것이라고……

뜬금없이 달밤을 들먹이는 것은 이 상황에 어울리지 않으며 심지어 달갑지 않다는 듯 슬레이드 부인의 검은 눈썹이 한데 모아졌다. 그러나 웨이터가 물러가자 그녀의 찌푸린 얼굴은 곧 미소 띤 얼굴로 바뀌었다. "그럼 그렇게 할까? 이만하면 괜찮잖아. 애들이 언제 돌아올지도 모르고. 심지어 어디에 갔다 오는 것인지는 더더구나 모르잖니!"

앤슬리 부인의 얼굴이 다시 약간 붉어졌다. "내 생각에는 대사관에서 만났던…… 왜 있잖아, 그 이탈리아인 비행사들이 차 마시자며 타르퀴니아로 초대한 것 같아. 아마 시간이 지나기를 기다려서 달빛을 받으며 비행기를 타고 돌아오겠지."

"달빛이라…… 달빛! 아직도 달빛이 큰 몫을 하는군. 너 그 애들이 우리같이 감상적이라고 생각하니?"

"나는 그 애들이 어떤지 전혀 모르겠어. 어쩌면 우리도 서로에 대해서 잘 몰랐는지도 모르고." 앤슬리 부인이 말했다.

"음, 아마 그랬을 거야."

그녀의 친구가 그녀에게 수줍은 눈길을 보냈다. "알리다, 난 네가 감상적이라고는 생각해본 적이 없어."

"음, 난 감상적이지는 않았던 것 같아." 슬레이드 부인이 회상에 잠겨 눈을 감았다. 어릴 때부터 친하게 지냈던 두 여인은 잠시 서로에 대해 얼마나 잘 알지 못하는가 하는 생각을 했다. 물론 서로 상대방이 어떤 사람인지 그 특징을 잡아 이야기할 수는 있었다. 예를 들어 델핀 슬레이드의 부인은 자기 자신에게나 혹은 호레이스 앤슬리의 부인에 대해서 물어보는 누구에게나 "25년 전에 그녀는 기막히게 예뻤어요. 아니, 믿기 힘들겠지만…… 물론 아직도 매력적이고 눈에 띌 정도이긴 하지만…… 소녀 적엔 정말 깜찍했지요"라고 말했을 것이다. 그녀는 딸 바버라보다 더 예뻤었다. 그렇지만 어쨌든, 소위 현대적인 기준에서 보면 개성이 뚜렷한 바버라가 더 낫긴 하지만…… 저렇게 꽉 막힌 부모 사이에서 바버라와 같은 딸이 생겼다는 것은 이상한 일이었다. 그랬다. 호레이스 앤슬리는 바로 그 아내의 복사판이었다. 옛 뉴욕의 박물관의 전시품처럼. 그는 당당하고, 흠 잡을 데 없는 모범적인 사람이었다. 슬레이드 부인과 앤슬리 부인은 수년간 서로의 집 반대편—단지 비유적인 의미에서뿐만 아니라 실제로도—에서 마주 보며 살았다. 이스트 73번가 20번지의 거실 커튼이 새 것으로 바뀌면 길 건너에 있는 23번지에서는 어김없이 그것을 알았다. 그 집에 오가는 사람들이라든지, 구매한 물건들, 여행이나 기념일, 병치레 등 사회적으로 존경 받는 그 부부의 평온한 일상을 다 알고 있었다. 그 어느 것 하나도 슬레이드 부인이 모를 수는 없었다. 그러나 그녀도 남편이 월 스트리트에서 크게 성공할 즈음해서는 그 일이 싫증나기 시작했고, 파크 에비뉴 위쪽에 집을 사게 되자 '기분 전환으로 차라리 무허가 술집 맞은편에 사는 편이 더 낫겠어. 적어도 술집은 경찰이 들이닥치는 것을 보기라도 하지'라고 생각했다. 그레이스가 급습당하는 것을 목격한다는 생각이 너무 재미있어서 이사하기 전에 그 허구의 이야기를 여자들의 점심 모임에서 화제로 띄웠다. 그 이야기는 인기를 끌어 돌고 돌았다. 때로는 그 이야기가 길 건너 그레이스의 귀에까지 들어가지는 않았을까 하는 걱정이 되기도 했다. 그러지 않기를 바랐지만 크게 신경 쓰지는 않았다. 그 당시는 점잖음이 폄훼되었던 시절이었고 그들을 약간 비웃어준다고 해서 비난을 받을 만큼 그렇게 크게 해가 될 일은 아니었다.

몇 년 뒤, 불과 몇 달의 간격을 두고 두 부인은 각각 남편을 먼저 떠나보냈다. 서로 적절한 위로의 말과 조의를 표하는 꽃을 주고받기도 하면서, 남편을 잃은 슬픔을 서로 공감하며 둘 사이에 새로운 친밀감이 잠시 다시 생겨나기도 했다. 그리고 지금, 또 다른 세월의 간격을 넘어 각자 생기 넘치는 딸들의 동반자로서 로마의 한 호텔에서 우연히 다시 만났다. 유사한 서로의 운명이 그들을 다시 가까이 끌었다. 만일 옛날이었더라면 딸들을 지키느라고 붙들려 있어 피곤했겠지만 지금은 가끔씩 그럴 필요가 없어 지루하다는 고백을 서로 가벼운 농담으로 늘어놓았다.

슬레이드 부인은 할 일이 없어진 것을 분명히 그레이스보다 자신이 훨씬 더 크게 느낄 것이라고 생각했다. 델핀 슬레이드의 부인에서 그의 미망인으로의 변화는 상당히 큰 추락이었다. 그녀는 항상 사회적 능력 면에서 (결혼한 부부의 자부심을 가지고) 남편과 자신이 동등

하다고 생각했으며 특별한 부부가 되기 위해 자신의 역할에 혼신의 힘을 다했다. 그러나 남편의 죽음 이후와 그 이전과의 변화의 간극은 메울 수 없는 것이었다. 항상 한두 건의 국제적 사건을 맡고 있었던 유명한 변호사의 아내로서 날마다 흥분되고 예기치 못하게 해야 할 일들이 생겼다. 해외에서 온 저명한 동료 변호사를 준비도 없이 갑자기 접대해야 한다거나, 법률 사무를 보러가는 남편을 따라 런던, 파리, 또는 로마로 서둘러 떠나야 할 때도 있었다. 그녀가 베풀었던 환대는 그녀의 수고에 상응하여 보상받았다. 연회에서 "아니, 멋지게 차려 입은 저 부인이 정말 슬레이드 부인이란 말이야? 눈이 아름다운 저 멋진 부인이? 정말 슬레이드의 아내라고? 보통 저명인사의 부인들은 구닥다리인데"라고 하는, 등 뒤에서 들려오는 소리를 듣는 것은 즐거운 일이었다.

그랬다. 이러한 생활을 경험했던 그녀에게 슬레이드의 미망인으로 사는 것은 재미없는 일이었다. 그녀는 그런 남편에 맞추어 살아가는 일에 자신의 모든 능력을 바쳤었다. 그런데 이제 딸 하나만을 바라보며 살아야 한다. 아버지의 재능을 물려받은 듯했던 아들은 어릴 때 갑작스럽게 죽었다. 그 비통함을 남편이 있었기 때문에 서로 도와가며 이겨낼 수 있었다. 그런데 지금, 남편이 죽은 후에, 아들에 대한 생각을 하면 견디기 어려웠다. 어머니에게는 이제 딸 하나밖에 남지 않았다. 그런데 사랑스러운 제니는 너무나 완벽한 딸이라서 어머니로서의 역할이 그다지 필요가 없었다. "내가 바버라 앤슬리의 엄마였다면 저렇게 조용하지는 못했겠지." 슬레이드 부인은 가끔씩 반쯤 부러워하며 이렇게 생각했다. 그러나 제니는 그녀의 화려한 친구보다 어렸지만 아주 희귀한 보물과 같은 존재였다. 제니는 하여간 보기 드문 존재로, 젊음이나 아름다움의 유무가 그녀의 운명에 별다른 영향을 끼치지 않을 것 같은 예쁜 아가씨였다. 그러한 점이 슬레이드 부인에게는 정말 혼란스러웠고 약간 따분했다. 그녀는 제니가 사랑에 빠졌으면—심지어 턱없는 상대하고라도—하고 바랬다. 그러면 적어도 딸을 감시해야 될 것이고 억지 술책을 써서라도 그로부터 구해낼 것이기 때문이다. 그런데 대신 어머니인 그녀를 제니가 보호했다. 그녀가 술을 많이 마시지 않도록, 그리고 약을 틀림없이 챙겨 먹도록 말이다……

앤슬리 부인은 슬레이드 부인만큼 자신의 친구에 대해 그렇게 명료하게 표현할 능력은 없었다. 슬레이드 부인에 관한 그녀의 인상은 보다 약하고, 희미하게 그려졌다. "알리다 슬레이드는 굉장히 총명하지. 그렇지만 자기 생각만큼 그렇게 영리하지는 못해"라고 단적으로 요약할 정도였다. 그녀를 잘 모르는 사람을 위해서, '슬레이드 부인은 굉장히 적극적인 처녀였어요'라고 덧붙이겠지만. '그 딸보다 훨씬 더했지요. 딸도 예뻐요, 그리고 어떤 면에서는 똑똑해요. 그렇지만 엄마의 뭐랄까…… 음, "생기발랄"—누군가가 그렇게 말하더군요—그런 면이 없어요.' 앤슬리 부인은 이와 같은 말을 마치 통속적인 표현이라도 되는 양 말했다. 아니야. 제니는 그 엄마와는 달라. 때때로 앤슬리 부인은 알리다 슬레이드가 자신의 삶에 실망하고 있다고 생각했다. 대체로 그녀는 슬픈 삶을 살았다. 실패와 실수로 가득한 삶을. 앤슬리 부인은 언제나 그녀가 안됐다는 생각을 했다……

이렇게 두 부인은 서로를 오해하며 상대방의 삶을 그릇되게 바라보고 있었다.

II

오랫동안 그들은 아무 말도 하지 않고 서로의 옆에 앉아 있었다. 다소 하잘 것 없는 일상을 한때 웅장했던 건물들의 잔해 앞에 내려놓는 것이 그들에게 안도감을 주었다. 슬레이드 부인은 시선을 씨저의 궁전의 황금빛 지붕 경사면에 못 박고 조용히 앉아 있었다. 잠시 뒤에 앤슬리 부인도 가방을 만지작거리는 것을 멈추고 사색에 빠져 들었다. 가까운 사이의 친구들 대부분이 그렇듯이, 그 두 부인은 서로 아무 말 없이 침묵하면서 시간을 보낸 적이 전에는 없었다. 앤슬리 부인은 여러 해가 지난 후 그들의 우정에 있어 새로운 단계처럼 보이는, 아직은 어떻게 대처해야 할지 모르는 이 상황이 약간 당황스러웠다.

갑자기 은빛 지붕으로 로마를 덮는 듯한 종소리의 깊은 울림이 대기를 채웠다. "벌써 5시야." 슬레이드 부인이 흘깃 손목시계를 보더니 깜짝 놀란 듯 말했다.

"5시에 대사관에서 브리지 게임을 할 거라던데." 친구의 의향을 물어보는 듯 앤슬리 부인이 말했다. 한참 동안 슬레이드 부인은 대답하지 않았다. 그녀는 사색에 잠긴 것처럼 보였고 앤슬리 부인은 그 말을 흘려들었나 보다, 라고 생각했다. 그렇지만 잠시 뒤에 마치 꿈에서 깨어난 듯 "브리지 게임이라고 했니? 네가 가고 싶은 것이 아니라면…… 그렇지만 난 가고 싶지 않아"라고 말했다.

"아니, 아니야." 앤슬리 부인이 급히 그녀를 안심시켰다. "나도 전혀 가고 싶지 않아. 여기 경치가 너무 아름답잖니. 네 말대로 옛 추억으로 가득 차 있고." 그녀는 의자에 푹 기대어 앉아 살며시 뜨개질실과 바늘을 꺼냈다. 슬레이드 부인은 곁눈으로 이를 보았지만 그녀의 잘 가꾼 아름다운 손은 무릎 위에 그대로 가만히 놓여 있었다.

"방금 이런 생각이 들었는데," 슬레이드 부인이 천천히 말했다. "도대체 각 세대의 여행자들에게 로마는 각각 무엇을 상징하는 것일까? 로마는 우리 할머니들에겐 로마의 열병을, 우리 어머니들에겐 감상적 위험을 의미했어. 우리를 얼마나 단속하셨니! 우리 딸들에겐 중심가의 한복판에 있는 것보다도 더 위험한 일은 없지. 그 애들은 모를 거야…… 얼마나 많은 것들을 놓치고 있는지!"

길게 드리워진 황금색의 빛이 옅어지기 시작해서 앤슬리 부인은 뜨개질실과 바늘을 눈앞으로 좀 더 가까이 들어 올렸다. "맞아. 얼마나 감시당했었는지!"

"난 항상 우리 어머니들이 할머니들보다 훨씬 더 힘들었을 거라고 생각해. 로마의 열병이 거리에 퍼질 때면 위험한 시각에 딸들을 집 안에 불러들여 놓기만 하는 일은 그래도 쉬웠어. 그렇지만 너와 내가 젊었을 때에, 그와 같이 아름다움이 우리를 불러내고 불복종이라는 짜릿한 맛까지 더해지면, 해 진 뒤의 추운 시각에 걸리는 감기의 위험쯤은 얼마든지 감수할 수 있는 것이었지. 어머니들이 우리를 집에 있게 하느라고 얼마나 애먹으셨을까?"

슬레이드 부인은 다시 앤슬리 부인을 바라보았지만 그녀는 아주 어려운 부분을 뜨개질하고 있던 참이었다. "하나, 둘, 셋…… 두 코 빼먹었네. 맞아, 무척 애먹으셨을 거야." 그녀는 쳐다보지도 않고 동의했다. 슬레이드 부인은 좀 더 주의를 기울여 친구를 바라보았다. '이런 경치를 앞에 두고 뜨개질을 할 수 있다니! 어떻게 저럴 수

가……'

슬레이드 부인은 뒤로 등을 기대고 앉아 골똘히 생각에 잠겼다. 그녀는 눈앞에 있는 폐허에서부터 광장의 길게 늘어선 푸른 가로수까지, 그리고 그 너머 교회의 앞뜰에 저물어가는 작열하는 빛과 콜로세움으로 펼쳐진 거대한 공간을 훑어보고 있었다. 갑자기 이런 생각이 들었다. '우리 딸들이 감상적 기분과 달빛은 내던져버렸다고 치자. 그런데 바버라 앤슬리는 그 비행사 청년―후작―을 붙들려고 갔을 거야, 틀림없어…… 제니는 그 옆에 있어 봐야 기회가 없는데. 그것도 분명해. 그래서 그레이스 앤슬리가 두 아이를 어디라도 항상 같이 다니게 하는 것이 아닐까? 가엾은 나의 제니를 비교 상대로!' 슬레이드 부인은 거의 들릴 만큼 소리 내어 웃었고 그 웃음소리에 놀라 앤슬리 부인이 뜨개질감을 떨어뜨렸다.

"응……?"

"난…… 아니야, 아무것도. 난 바버라가 어떻게 그렇게 모든 것을 다 가졌나 하고 생각했어. 그 캠폴리에리 청년은 로마 최고의 신랑감이잖아. 그렇게 시치미 떼지 마. 그런 줄 알면서. 그리고 가끔 난, 정말 좋은 뜻으로 하는 말인데, 너 알다시피…… 너와 호레이스같이 모범적인 사람들 사이에서 어떻게 그렇게 활발한 딸이 태어났는지 의아한 생각이 들어." 슬레이드 부인이 약간 퉁명스럽게 다시 웃었다.

앤슬리 부인의 손이 바늘 사이에서 느리게 움직였다. 그녀는 발아래 놓인 열정과 광휘의 거대한 잔해를 똑바로 바라보았다. 그렇지만 그녀의 작은 얼굴은 거의 표정이 없었다. 마침내 "내가 보기에 넌 바버라를 너무 과대평가하는 것 같아"라고 말했다.

슬레이드 부인의 말투가 부드러워졌다. "아냐, 그렇지 않아. 나는 그 애를 제대로 평가하고 있어. 아마 네가 부러운가 봐. 아, 물론 내 딸도 완벽하지. 만일 내가 오랫동안 병을 앓고 있는 환자라면 난…… 음, 아마 제니의 보살핌을 받는 게 낫겠지. 그럴 때가 분명히 오겠지만…… 그렇지만 난 언제나 활발한 딸을 원했어…… 그런데 대신 천사를 얻다니 정말 이해할 수가 없어."

앤슬리 부인은 "바버라도 천사야"라고 중얼거리며 웃었다.

"물론이지…… 물론이야! 그렇지만 바버라는 무지개 빛 날개를 가졌지. 음, 아마 그 애들은 같이 간 청년들과 바닷가를 거닐고 있을 거야. 우리는 여기 앉아서…… 지나간 과거가 좀 더 아프게 회상되는 걸."

앤슬리 부인은 다시 뜨개질을 했다. (그녀를 잘 모르는 사람 같으면, 슬레이드 부인이 회상했듯이) 그녀에게도 역시 저 장엄한 폐허 위로 길게 드리워지는 그림자에서 너무나 많은 추억들이 되살아났으리라고 상상했을 것이다. 그러나 아니었다. 그녀는 그저 자신의 일에만 몰두했다. 그녀에게 무슨 걱정거리가 있겠는가? 그녀는 바버라가 틀림없이 굉장히 유능한 그 캠폴리에리 청년과 결혼을 약속하고 돌아오리라는 것을 알고 있었다. "그녀는 뉴욕의 아파트를 팔고 로마의 그들 곁에 정착하겠지, 그리고 딸에게 절대로 방해가 되지는 않을 거야…… 빈틈없는 사람이니까. 훌륭한 요리사도 있겠지. 브리지 게임이나 칵테일파티에 어울리는 손님들을 맞아서…… 그리고 손자들에게 둘러싸여 완벽하게 평화로운 노년을 맞을 거야……"

슬레이드 부인은 자기 혐오감으로 진저리치며 이 미래에 대한 비약을 떨쳐냈다. 누구보다도 자기에게는 그레이스 앤슬리를 나쁘게 생각할 권리가 없었다. 그녀를 시기하는 자신을 바꿀 수는 없을까? 아마도 너무 오래 전부터 시작된 것 같았다.

그녀는 일어나 난간에 기대어 서서 혼란스러운 눈을 그 시간이 베푸는 정적의 마술로 채웠다. 그러나 그 광경이 그녀의 마음을 침착하게 가라앉히는 대신 오히려 분노로 치솟게 하는 것 같았다. 그녀의 눈이 콜로세움으로 향했다. 이미 그 황금빛 옆면은 보라색 그늘에 잠겼고 그 위의 하늘은 어떤 빛이나 색이 없이 수정처럼 투명하게 궁륭을 이루었다. 바야흐로 오후와 저녁이 팽팽하게 균형을 이루며 하늘 위에 걸려 있는 순간이었다.

슬레이드 부인이 몸을 돌리더니 친구의 팔에 손을 얹었다. 그 몸짓이 너무 갑작스러워 앤슬리 부인은 깜짝 놀라 올려다보았다.

“해가 졌어. 너 무섭지 않니?”

“무서워……?”

“로마의 열병이나 폐렴 말이야. 그해 겨울에 네가 얼마나 앓았는지 생각난다. 처녀 때 넌 목이 굉장히 예민했었잖아?”

“아, 이 위에 있으니까 괜찮아. 저 아래, 광장은 갑자기 끔찍하게 추워지지. 그렇지만 여긴 괜찮아.”

“물론 네가 잘 알겠지. 넌 조심해야 하니까.” 슬레이드 부인은 난간 쪽으로 몸을 돌렸다. 그녀는 생각했다. ‘저 애를 미워하지 않도록 다시 한 번 노력해봐야겠어.’ 그리고는 큰 소리로 말했다. “이 위에서 저 광장을 바라볼 때마다 너의 대고모님 이야기가 생각나. 그 굉장히 교활한 대고모님 말이야.”

"응, 해리엇 대고모님 말이지. 자기 앨범에 끼워둘 달맞이꽃을 꺾어 오라고 해가 진 뒤 여동생을 광장에 보냈다는 그 고모님 말이야. 우리 대고모님이나 할머니들은 말린 꽃을 앨범에 간직하곤 했지."

슬레이드 부인이 고개를 끄덕였다. "그렇지만 사실은 그 두 분이 한 남자를 사랑하고 있었잖아. 그렇기 때문에 동생을 보냈던 거고……"

"음, 우리 집안에 전설처럼 내려오는 이야기야. 해리엇 고모님이 몇 해 뒤에 고백했다고 해. 어쨌든 그 불쌍한 동생은 열병에 걸려 돌아가셨어. 어렸을 때 어머니가 우리를 겁주려고 그 이야기를 하셨지."

"그리고 넌 그 이야기로 나를 겁주었고. 너와 내가 처녀였던 그 해 겨울에 말이야. 내가 델핀과 약혼했던 그 겨울에."

앤슬리 부인이 힘없이 웃었다. "오, 내가 그랬니? 정말 너를 무섭게 했어? 난 네가 쉽게 무서워할 줄은 몰랐는데."

"보통은 아니야. 하지만 그때는 그랬어. 난 너무 행복했기 때문에 쉽사리 겁먹었었어. 그게 무슨 말인지 아는지 모르겠다."

"내가…… 그래……" 앤슬리 부인이 더듬거리면서 말했다.

"음, 그래서 너의 간교한 고모님 이야기가 그렇게 깊은 인상을 주었던 것 같아. '로마의 열병은 이제 사라졌어. 그렇지만 광장은 해가 진 후에는 끔찍이도 추워. 특히 낮이 뜨거운 날에는. 콜로세움은 더 춥고 더 습해'라고 생각했어"

"콜로세움……?"

"응. 밤에 문이 잠기고 나면 안으로 들어가기가 어려웠지. 결코 쉽지 않았어. 그렇지만 그 시절엔 어떻게든 들어갈 수는 있었어. 가끔은 가능했지. 아무 데서나 만날 수 없었던 연인들은 거기서 만나곤 했잖아. 너도 알지?"

"난…… 난 잘 모르겠는데. 기억이 안 나."

"기억이 안 난다고? 어느 날 저녁, 해가 진 직후에 유적지 여기저기를 돌아다녔던 일이 기억 안 난다고? 그리고 아주 심한 감기에 걸렸던 일을? 넌 달이 뜨는 것을 보러 갔다고 했어. 사람들은 그 모험 때문에 네가 감기에 걸렸다고 하더라."

잠시 침묵이 흘렀다. 그리고서 앤슬리 부인이 대답했다. "사람들이 그랬어? 너무 오래 전 일이라서."

"그래. 그리고 넌 감기가 나았지. 그래서 더 이상 문제는 없었어. 그렇지만 네가 병에 걸린 이유가 친구들에게는 충격이었을 거야. 내 말은…… 왜냐하면 네가 목 때문에 굉장히 조심한다는 것을 모두 알고 있었고 또 너의 어머니가 그렇게 너를 잘 보살피고 계셨으니까…… 넌, 밤에 경치를 구경하러 나갔던 거야, 그날 밤에, 그랬었지?"

"아마 그랬나 봐. 아무리 조신한 처녀라도 항상 조신한 행동만 하라는 법은 없지. 그런데 왜 갑자기 그 생각이 났니?"

슬레이드 부인은 미처 대답을 못했다. 그러다 잠시 후에 "왜냐하면 난 다만 그 일을 더 이상 참고 있을 수가 없어서 그래!"라고 불쑥 외쳤다.

앤슬리 부인이 머리를 홱 들었다. 놀라움에 그녀의 눈은 커졌고 얼굴은 창백해졌다. "뭘 참을 수 없다는 거니?"

"네가 왜 나갔는지 난 알고 있는데 넌 그 사실을 모르고 있으니 말이야."

"내가 왜 나갔는지……?"

"맞아. 내가 괜한 소리를 하는 줄 알겠지, 그렇지? 넌 나와 약혼한 남자를 만나러 갔던 거야…… 난 너를 거기로 나가게 한 그 편지에 쓰여 있었던 글자 하나까지 다 외울 수 있어."

슬레이드 부인이 말하는 동안 앤슬리 부인은 비틀거리며 일어났다. 그녀의 핸드백과 뜨개질실과 바늘 그리고 장갑이 미끄러져 모두 바닥에 떨어졌다. 그녀는 마치 유령을 보듯 슬레이드 부인을 바라보았다.

"아니야, 아니…… 그럴 리 없어." 앤슬리 부인이 더듬거리며 말했다.

"뭐가 그럴 리 없다는 거니? 들어봐, 만일 믿지 못하겠거든. '내 유일한 사랑, 일이 이렇게 되어갈 수는 없소. 당신과 단 둘이 만나야겠소. 내일 어두워지거든 즉시 콜로세움으로 오시오. 누군가가 당신을 들여보내 줄 거요. 당신이 두려워해야 할 사람은 아무 의심도 하지 않을 것이오.' 아마 그 편지에 적혀 있던 말들을 잊어버렸다고 하지는 않겠지?"

앤슬리 부인은 친구의 힐책을 예상외로 침착하게 받아들였다. 그녀는 의자에 몸을 기댄 채 친구를 바라보면서 대답했다. "아니. 나도 외우고 있어."

"그리고 그 서명도? '오직 당신의 D.S.' 그랬었지? 맞지? 바로 그 편지 때문에 넌 그날 밤 어두워진 뒤에 밖으로 나갔던 거야."

앤슬리 부인은 아직도 그녀를 바라보고 있었다. 슬레이드 부인에게는 앤슬리 부인의 조그마한 차분한 얼굴이 마치 의식적으로 제어된

가면을 쓰고 있는 듯 보였다. 그리고 가면의 뒤에는 복잡한 생각들이 느리게 다투고 있는 것 같았다. "그녀가 이렇게 침착하리라고는 예상하지 못했어." 슬레이드 부인은 이렇게 생각하며 분개하다시피 했다. 바로 그때 앤슬리 부인이 말했다. "네가 어떻게 알았는지 모르겠다. 그 편지를 바로 태워버렸는데."

"그래. 그랬겠지, 당연히…… 넌 조심성이 많은 사람이니까!" 그녀는 이제 드러내놓고 친구를 비웃었다. "그 편지를 태워버렸는데 도대체 내가 어떻게 그 내용을 아느냐 그 말이지? 그렇지?"

슬레이드 부인은 답변을 기다렸으나 앤슬리 부인은 아무 말도 하지 않았다.

"그야 내가 그 편지를 썼기 때문이지!"

"네가 썼다고?"

"그래."

두 여인은 저물어가는 태양의 마지막 황금빛 햇살 속에서 서로를 뚫어지게 쳐다보며 잠시 서 있었다. 그러더니 마침내 앤슬리 부인이 의자에 무너지듯 주저앉았다. "아." 그녀는 중얼거리며 손으로 얼굴을 감쌌다.

슬레이드 부인은 그녀가 어떤 다른 말이나 행동을 하기를 초조하게 기다렸다. 그러나 아무 반응이 없자 마침내 불쑥 말했다. "내가 너를 놀라게 했구나."

앤슬리 부인의 손이 무릎으로 떨어졌다. 드러난 그 얼굴은 눈물로 범벅이 되어 있었다. "네가 그 편지를 썼을 거라고는 생각지도 못했어. 나는…… 그것이 내가 그에게서 받은 유일한 편지였는데!"

"그런데 그 편지는 내가 쓴 거야. 그래, 내가 썼다고! 그와 약혼했던 것은 바로 나야. 그건 기억나니?"

앤슬리 부인의 고개가 다시 푹 꺾어졌다. "변명하려는 건 아니야…… 나는 알고……"

"그런데도 갔던 거야?"

"그런데도 갔어."

슬레이드 부인은 일어서서 그녀의 옆에 고개를 숙이고 앉아 있는 친구의 작은 체구를 내려다보았다. 분노의 불길은 이미 가라앉았고 친구에게 아무 목적 없이 상처를 입혀서 도대체 무슨 만족을 얻겠다고 생각했을까 하는 마음이 들었다. 그렇지만 자기 자신을 정당화시켜야만 했다.

"이해하지? 난 알고 있었어…… 그래서 널 미워했어, 미워했단 말이야. 난 네가 델핀과 사랑에 빠진 것을 알았어…… 그리고 두려웠어. 네가 두려웠어. 너의 그 조용한 태도, 너의 부드러움…… 너의…… 그래, 너를 내 눈앞에서 치워버리려 했던 거야. 그뿐이야. 단 몇 주만이라도. 내가 그를 확실히 붙잡을 때까지만. 그래서 화가 나서 무작정 그 편지를 썼어…… 내가 지금 왜 이 이야기를 네게 하는지 모르겠어."

"내 생각에," 앤슬리 부인이 천천히 말했다. "그것은 아마 네가 항상 나를 미워하고 있었기 때문인 것 같아."

"어쩌면. 아니면 내 마음에서 전부 털어버리고 싶었는지도 몰라." 그녀는 잠시 말을 멈추었다. "네가 그 편지를 없애버려서 다행이야. 물론 난 네가 죽을 거라는 생각은 안 했었어."

앤슬리 부인은 침묵 속으로 빠져들었다. 그녀 위로 몸을 기울여 서면서 슬레이드 부인은 낯선 소외감을 느꼈으며 인간적인 따스한 교감이 단절되었음을 의식했다. "너 나를 괴물이라 생각하겠지!"

"모르겠어…… 그것이 내가 받은 유일한 편지였는데, 그가 그 편지를 쓰지 않았다고 했지?"

"아, 넌 아직도 그를 좋아하고 있구나!"

"난 그 추억을 소중히 간직하고 있어." 앤슬리 부인이 말했다.

슬레이드 부인은 계속 그녀를 내려다보고 있었다. 충격으로 앤슬리 부인의 육체는 쪼그라든 것처럼 보였고 그녀가 일어서면 바람이 그녀를 마치 먼지 가루처럼 흩어버릴 것만 같았다. 그 모습을 보자 슬레이드 부인의 질투심이 갑자기 솟구쳤다. 긴 세월 내내 그녀는 그 편지의 추억으로 살고 있었다니. 이미 재가 되어버린 편지에 대한 추억을 그렇게 소중히 생각하다니, 얼마나 그를 사랑했을까! 친구의 약혼자인 남자의 편지를. 괴물은 바로 자기가 아닌가?

"넌 내게서 그를 떼어놓으려고 갖은 애를 썼지? 그렇지만 실패했어. 내가 그를 차지했으니까. 그뿐이야."

"그래. 그뿐이지."

"너에게 그 이야기를 하지 말 걸 그랬어. 난 네가 그런 감정을 가지고 있으리라고는 생각하지 못했어. 재미있어할 줄 알았지. 네 말대로 그건 아주 오래 전 일이잖아. 네가 아직까지도 그 일을 소중히 간직하고 있을 것이라고는 전혀 생각하지 못했어. 그 점을 이해해주길 바래. 어떻게 그럴 수가 있겠니? 그 일이 있은 지 바로 두 달 뒤에 넌 호레이스 앤슬리와 결혼해버렸는데. 네가 병석에서 일어나자마자 너의 어머니가 서둘러 너를 플로렌스로 데리고 가서 결혼시켜버리셨잖아. 사람들이 상당히 놀라워했어. 그리고 네가 그렇게 빨리 결혼을 한 것을 이상하게 여겼어. 그러나 난 그 이유를 알고 있다고 생각했어. 네가 홧김에 델핀과 나보다 앞서가려고 서둘러 결혼했다고 생각했지. 젊은 여자들은 가끔 일생에서 가장 중요한 일을 그런 바보 같은 이유에서 하곤 하니까. 그리고 네가 그렇게 바로 결혼해버린 것은 진정으로 델핀을 좋아하지는 않았기 때문이라고 난 믿었어."

"그래. 충분히 그럴 수 있어." 앤슬리 부인이 동의했다.

머리 위의 맑은 하늘에는 이제 황금빛이 다 사라졌다. 땅거미가 그 위를 덮어 갑자기 세븐 힐즈의 언덕이 어둠에 싸였다. 그들의 발아래 여기저기에서 나뭇잎 사이로 불빛들이 반짝거리기 시작했다. 텅 빈 테라스 위로 발자국들이 오고 갔다. 계단 위에서는 웨이터들이 문간 쪽을 내다보고 있더니 접시와 냅킨, 포도주 병들을 들고 다시 나타났다. 그들은 식탁들을 옮기고 의자들을 바로 놓았다. 가는 긴 줄에 달려 있는 전등 불빛이 깜박거렸다. 시든 꽃이 담겨 있던 화병들은 다시 신선한 꽃으로 채워졌다. 갑자기 얇은 덧옷을 입은 통통한 부인이 나타나서는 서툰 이탈리아어로 너덜거리는 베데커 여행 안내서를 묶어놓았던 고무줄을 누구 보지 못했느냐고 물었다. 그녀는 점심을 먹었던 식탁 밑을 지팡이로 휘젓고 있었고 그런 그녀를 종업원들이 도와주었다.

슬레이드 부인과 앤슬리 부인이 앉아 있는 구석은 아직 어두웠고 텅 빈 채였다. 한동안 어느 누구도 말하지 않았다. 마침내 슬레이드 부인이 다시 입을 열었다. "나는 재미로 그 이야기를 했던 것 같아……"

"재미?"

"왜, 젊은 여자들은 가끔 잔인할 때가 있잖아. 특히 사랑에 빠진 여자는. 난 그날 저녁 안으로 들어가려고 애쓰면서 어둠 속에서 기다리고 있는 네 모습을 생각하며 혼자 웃었던 기억이 나. 사람들 눈을 피해가며 작은 소리 하나에도 귀를 기울이면서 말이야. 물론 나중에 네가 그렇게 앓아누웠다는 말을 듣고는 마음이 혼란스럽긴 했지만."

앤슬리 부인은 한참 동안 움직이지 않았다. 이제 그녀는 친구 쪽으로 천천히 몸을 돌렸다. "그렇지만 난 기다리지 않았어. 그가 모든 것을 다 준비해두었거든. 그가 거기에 왔고 우리는 바로 안으로 들어갔어."

기대앉아 있던 슬레이드 부인이 몸을 벌떡 일으켰다. "델핀이 거기에? 안에 들어갔다고? 너 지금 거짓말하는 거지!" 그녀가 거칠게 외쳤다.

앤슬리 부인의 목소리는 놀라움에 가득 차서 보다 더 또렷해졌다. "물론 그가 거기 있었어. 당연히 그가 왔고……"

"그가 왔다고? 어떻게 네가 거기 올 것을 알았던 거지? 너 헛소리하는 거지!"

앤슬리 부인은 마치 생각을 하고 있는 듯 머뭇거렸다. "그렇지만 난 그 편지에 답장을 썼어. 그에게 거기에 나가겠다고 했어. 그래서 그가 왔던 거야."

슬레이드 부인은 손으로 급히 얼굴을 감쌌다. "오, 맙소사…… 네가 답장을 하다니! 난 네가 답장을 썼을 줄은……"

"편지를 썼으면서 그에 대한 답장을 할 거라고는 생각하지 못했다니 이상하다."

"그래. 난 분노로 제정신이 아니었어."

앤슬리 부인은 털목도리를 끌어당기며 일어섰다. "여기 춥다. 가는 편이 낫겠어…… 네게 미안해." 그녀는 털목도리를 목에 감으면서 말했다.

예상하지 못했던 그 말들이 슬레이드 부인에게 찌르는 듯한 고통을 주었다. "그래. 가는 편이 낫겠다." 그녀도 핸드백과 외투를 들어 올렸다. "난 네가 왜 나에게 미안해해야 하는지 모르겠어."

앤슬리 부인은 그녀로부터 시선을 돌려 어둠에 잠긴 콜로세움의 비밀스런 거대한 구조물을 바라보며 서 있었다. "음…… 글쎄, 그건 그날 밤 내가 기다릴 필요가 없었기 때문이야."

슬레이드 부인이 소리 내어 웃었다. "그래. 그건 내가 졌어. 그렇지만 난 너를 시기해서는 안 되겠지. 긴 세월이 지난 지금, 결국 내가 전부 다 가졌잖아. 난 그를 25년이나 소유했으니까. 하지만 넌 그가 쓰지도 않았던 편지 한 장 외에는 아무것도 갖지 못했잖아."

앤슬리 부인이 다시 침묵했다. 그녀는 마침내 테라스의 문을 향해 몸을 돌렸다. 한 발자국을 떼더니, 그녀는 다시 몸을 돌리고 친구를 마주 보았다.

"난 바버라를 갖게 되었지." 그녀는 이렇게 말하고는 슬레이드 부인을 앞서서 계단 쪽으로 향했다.

서부지방 순회재판에서

토머스 하디

I

이제 묘사할 두 여인의 조용한 인생을 어지럽힌 역할을 한 남자, 결코 대단한 사람이 아닌 그가 그들을 처음 알게 된 것은 10월의 어느 날 밤, 멜체스터라는 도시에서였다. 그 남자는 어둠 속에서 자기 앞의 축축하고 평평한 풀밭에 우뚝 솟아 있는, 영국에서 가장 동질적인 중세의 건축물들을 잠시 보기 위해 성당의 마당에 서 있었는데 이는 헛수고였다. 그는 서 있는 동안 성당 벽이 있다는 것을 눈이 아닌 귀로 간파했다. 성당의 벽은 눈에 보이지 않았으나 시내 광장에서 이어지는 길로부터 울리는 소리는 그 벽들에 부딪혀 날카롭게 반향을 하여 건물 위에 떨어진 후 다시 남자에게로 쏟아졌다.

그는 황량한 그 건물을 살펴보기 위한 수고를 다음 날로 미루고 들려오는 소리에 집중했다. 그것은 증기 오르간과 징, 연주용 종, 딸랑이, 그리고 알아듣기 힘든 남자들의 외침이 뒤섞여나는 소리였다. 떠들썩한 소리가 나는 방향에서는 화려한 불빛이 공중에 걸려 있었다. 남자는 그 불빛이 나오는 곳을 향해 아치 모양의 문을 지나서 곧게 뻗은 길을 따라 광장 안으로 갔다.

거기서 본 것보다 더 극명하게 대조되는 광경을 그는 유럽의 그 어디에서도 찾지 못했을 것이다. 이 광경은 그 색채와 불길에 있어서는 단테의 『지옥』에서 묘사된 여덟 번째 수렁을 연상시켰으며 그 즐거움에 있어서는 호머가 묘사한 천국을 연상시켰다. 놋쇠 빛의 뿌연 섬광이 부스와 노점 그리고 넓은 시장 광장을 가득 메운 간이 건조물에 고정된 수많은 나프타 등불의 불길로부터 피어올랐다. 이 불빛 앞으로 수십 개의 사람 형상이 석양을 배경으로 모기가 날아다니듯 여기저기로 움직이고 있었다.

그들의 움직임은 너무나 규칙적이어서 마치 기계에 의해 움직이는 듯했다. 그리고 실제로 기계에 의해 움직이고 있다는 것이 곧 드러났다. 이 형체들은 그네와 시소, 도약대, 그리고 무엇보다 그 한가운데에 위치한 세 대의 증기 회전목마를 타고 있는 사람들이었다. 증기 오르간의 소음은 바로 그 회전목마에서 나온 것이었다.

남자는 다시 생각해 보니 어둠 속의 건축물보다 환한 곳에서의 약동하는 인기척이 더 좋았다. 그 젊은이는 짧은 파이프에 불을 붙이고 모자를 비스듬히 쓰고는 한 손을 주머니에 넣은 채 새 환경의 일부가 되고자, 주인들이 스스로 회전목마를 일컬어 명명한 '스팀 서커스' 중 가장 크고 손님이 많은 것으로 다가섰다. 그것은 아주 눈부시게 윤이

났고 한창 돌고 있던 중이었다. 목마를 탄 사람들은 악기가 뿜어내는 음악에 맞춰 그 주위를 빙빙 돌고 있었다. 악기는 금관의 나팔 주둥이를 젊은이를 향해 쏟아냈으며 목마와 함께 돌고 있는 비스듬히 놓인 긴 판 모양의 거울들은 회전하고 있는 사람들과 목마를 그의 눈에 만화경처럼 비추었다.

젊은이는 군중의 대부분의 사람들과는 달랐다. 이 젊은 신사는 특히 런던과 같은 큰 도회지에서나 볼 수 있는 그런 부류의 사람으로, 섬세한 외모에 복장은 유행을 따르지는 않았지만 잘 입고 있었으며 전문직에 종사하는 계층에 속하는 듯 보였다. 그의 외모에서는 딱딱하거나 사무적인 면은 찾을 수 없었고 대체로 부드럽고 감각적인 면이 보였다. 이 젊은이를 사랑 대신 더러운 욕망의 지배를 받게 된 이 시대의 전형적인 중산층의 남자로 보지 않는 사람도 있을 것이다.

평소의 행동에서는 우아함이나 조용함을 보이지 않았을 것 같은 탑승객들은 예상하지 못한 조용한 기품을 내뿜으며 떼를 지어 그의 눈앞을 지나갔다. 어떤 방법으로인지는 모르겠지만 각각의 목마는 회전목마 고유의 어떤 동작에 따라 완벽하게 움직이고 있었는데, 그 질주하는 상승과 낙하는 일정하게 작동하도록 장치되어 준마들의 짝이 하나는 솟구쳐올라 갈 때 다른 하나는 그 반동으로 내려왔다. 탑승객들은 그 시대의 가장 유쾌한 나들이 놀이에서 이 말들의 오르내림에 완전히 매료되었다. 목마를 타고 있는 사람들은 여섯 살쯤 되어 보이는 어린아이부터 예순 살 정도로 보이는 노인에 이르기까지 다양했다. 처음에는 한 사람에게 집중하기 힘들었으나 점점 이 관찰자의 눈은 돌고 있는 여러 미모의 아가씨들 중에서 가장 예쁜 아가씨를 주목하게 되었다.

그녀는 처음에 끌렸던 밝은 드레스와 모자 차림의 아가씨가 아니었다. 검정 망토와 회색 치마를 입고 밝은 색 장갑을 낀 아가씨도 아니었다. 바로 그녀 뒤에 있던, 진홍색의 치마와 짙은 색의 상의, 밤색 모자와 장갑을 낀 그 아가씨였다. 틀림없이 그녀가 제일 예뻤다.

마침내 그 아가씨로 정하고는 이 한가한 구경꾼은 그녀가 자신의 시야에 잠깐씩 들어올 때마다 가능한 한 자세히 살펴보았다. 그녀는 회전목마를 타는 것 외에는 다른 어떤 것도 의식하지 않았다. 그녀의 얼굴은 황홀경에 빠져 있었으며 그 순간 그녀는 자신의 나이나 과거, 외모, 게다가 걱정거리마저 다 잊어버린 것 같았다. 젊은이 자신도 막연한 현세의 침울함과 유행하고 있는 우울함으로 가득 차 있었는데, 낙원에 온 것처럼 기쁨에 젖어 있는 이 어린 아가씨를 바로 눈앞에 두고 바라보니 상쾌한 기분이 들었다.

번쩍거리는 화려한 기계 장치 뒤에 숨어 있는 냉정한 화부가 탑승객들이 요금만큼 탔다고 결정하고는 증기 엔진과 목마, 거울, 나팔, 드럼, 심벌즈 등을 멈추어 조용해지게 될 그 순간을 두려워하며, 남자는 매번 그녀가 다시 나타나기를 기다렸다. 그는 평범하게 생긴 두 소녀들과 나이든 여자와 아이, 두 젊은이들, 신혼부부, 담뱃대를 문 노인, 반지를 낀 멋 부린 청년, 마차를 탄 숙녀들, 날품팔이 목수 한 쌍을 포함한 모든 방해되는 형상은 무심히 쳐다보며 그가 찍어둔 예쁜 시골 아가씨가 다시 제자리로 돌아올 때까지 기다렸다. 그는 이보다 더 아름다운 자연의 산물을 본 적이 없었다. 매번 지나쳐갈 때마다 그녀는 그의 감정에 더 깊은 흔적을 남겼다. 마침내 회전목마가 멈추자

목마를 탔던 사람들의 한숨 소리가 들려왔다.

그는 그 아가씨가 내릴 것이라고 생각되는 쪽으로 갔는데 그녀는 목마에서 내리지 않았다. 비어 있던 안장들이 다시 사람들로 채워지기 시작했다. 분명 그녀는 한 번 더 타려고 마음먹고 있었던 것 같았다. 젊은이는 그녀의 말 옆으로 다가서서 말을 타는 것이 즐거웠는지 쾌활하게 물어보았다.

"네, 아주요!" 그녀는 눈빛을 반짝이며 대답했다. "난생 처음 느껴보는 그런 기분이었어요!"

그녀와 대화를 이어가는 것은 어려운 일이 아니었다. 인위적으로 자제하기에는 경험이 충분치 않은 그녀는 천성적으로 스스럼없고 너무나 솔직해서 약간의 구슬림 끝에 그의 말에 선뜻 대답했다. 그 아가씨는 그레이트 플레인에 있는 마을에서 살다가 멜체스터에 오게 되었는데 이번에 증기 서커스를 처음 보았다. 이렇게 놀라운 기계들이 어떻게 만들어지는지 이해할 수 없었다. 그녀는 하언햄 부인의 초청으로 이 도시에 오게 되었는데, 부인은 소질이 보이면 하녀로 교육시키기 위해 그녀를 집안으로 들였던 것이다. 하언햄 부인은 결혼하기 전에는 이디스 화이트로 불렸던 젊은 숙녀로, 그녀의 집과 가까운 마을에 살았다. 하언햄 부인은 그녀를 어렸을 때부터 잘 알았기 때문에 지금도 너무 친절하게 대해 주고 그녀를 교육시키기 위한 수고도 감수하고 있었다. 부인은 그녀의 유일한 친구로 아이가 없어서 온 지 얼마 안 되었지만 그녀를 다른 사람보다 가까이 두고 원하는 대로 할 수 있게 배려했으며, 청하면 언제나 휴가를 주었다. 이 친절한 부인의 남편은 부유한 와인 상인이었는데 그녀는 남편을 별로 좋아하지는 않았다. 낮에는 지금 이야기를 나누고 있는 이 장소에서 그 집을 잘 볼 수 있다고 했다. 그 아가씨는 외로운 시골보다 멜체스터가 더 좋으며 다음 주 일요일에는 15파운드 9펜스가 나가는 새 모자를 사게 될 거라고 했다.

자신의 이야기를 하고 나서 그녀는 남자에게 어디에 사는지 물었다. 그는 목숨이 붙어 있는 사람이면 다 살고 있으며 결국은 거기서 살기 힘들어 죽는, 그 오래되고 뿌연 도시인 런던에서 산다고 대답했다. 직업상의 이유로 웨섹스 지방에 1년에 서너 번 들르게 되는데 어제 윈톤세스처에서 왔으며 하루나 이틀 뒤에 다음 지방으로 가게 될 것이라고 했다. 그는 도시보다 시골이 더 좋은데 그 이유는 그녀와 같은 어여쁜 아가씨들이 있기 때문이라고 했다.

그때 그 쾌락의 기계가 다시 작동하기 시작했다. 이 명랑한 아가씨에게는 그 잘생긴 청년과 사람과 불빛이 가득한 시장의 광장과 그 너머의 집들과 그리고 세상 전체가 전과 같이 돌기 시작했는데, 그녀의 오른편에 있는 거울에서는 이 모두가 반대 방향으로 돌고 있었다. 굽이치는 듯한, 현란한 이 세계에서 중심점은 바로 그녀 자신이었으며 가장 두드러지게 다가오는 것은 방금 자신과 이야기를 나눈 그 남자의 모습이었다. 궤도를 그리며 돌고 있는 그녀가 그와 가까운 쪽으로 접근할 때마다 그들은 그 순간에는 아주 작은 의미를 지닐 뿐이지만 흔히 열정, 가슴앓이, 결합, 헤어짐, 헌신, 인구과잉, 고역, 만족, 체념, 절망에까지 이르게 되는 그 틀림없는 표정과 미소를 지으며 서로를 응시했다.

다시 목마들이 멈추어섰을 때 그는 그녀의 곁으로 다가가 한 번 더 탈 것을 제안했다. "한 번쯤이야 돈이 아깝지 않습니다. 제가 내지요."

그녀는 눈물이 나도록 웃었다.

"귀여운 아가씨, 왜 그렇게 웃는 건가요?"

"왜냐하면, 지체가 높으신 듯하니 분명 돈이 많으실 텐데 재미있자고 한 말이잖아요!" 그녀가 대답했다.

"하하!" 그도 함께 웃고는 정중히 돈을 내서 그녀는 한 번 더 목마를 탈 수 있었다.

모직 상의를 걸치고 챙 넓은 중절모를 쓴 채 손에 파이프를 들고 여러 사람이 뒤엉킨 군중 속에서 웃으며 서 있는 그를 보고 누가 윈톤세스처에서 수학하고 링컨스인 법학원에서 변호사 자격을 딴 하급법원 변호사라고 생각했겠는가? 또한 누가 그를 현재 서부지방 순회재판에 가는 도중에 다른 변호사들은 다음 지방 도시로 간 사이 중재 재판 때문에 잠시 멜체스터에 머물게 된 찰스 브래드포드 레이일 거라고 생각했겠는가?

II

젊은 아가씨가 이야기한 그 집은 층마다 몇 개의 창문이 있는 꽤 크고 위엄 있는 저택으로 멀리 광장을 내려다보고 있었다. 그 창문들 중 하나 너머에 있는 큰 접견실에는 스물여덟에서 서른 살 정도 되어 보이는 숙녀가 앉아 있었다. 커튼은 아직 내려져 있지 않았으며 그녀는 손에 뺨을 괴고 앉아 밖의 이상한 광경을 멍하니 바라보고 있었다.

방에 불은 켜져 있지 않았지만 시장으로부터 나오는 강렬한 불빛으로도 숙녀의 얼굴은 드러났다. 잘생긴 여자라기보다는 흥미롭게 보이는 존재였다. 그녀는 검은 눈동자에 민감해 보이는 입술을 가지고 있었으며 사려 깊게 보였다.

뒤에서 한 남자가 방으로 어슬렁어슬렁 들어와서는 다가섰다.

"오, 이디스, 당신을 보지 못했소. 왜 여기 어둠 속에 앉아 있는 거지?"

"축제를 보고 있어요." 나른한 목소리로 그녀가 대답했다.

"어, 그래? 매년 아주 귀찮군. 어떻게든 열지 못하게 해야 하는데."

"전 좋은데요."

"흠, 사람의 기호는 각양각색이니까."

예의상 그는 그녀와 함께 잠시 창 밖을 내다보다가 다시 밖으로 나갔다.

잠시 후 그녀는 종을 울렸다.

"애나가 아직 들어오지 않았니?" 하언햄 부인이 물었다.

"네, 마님."

"지금쯤은 집에 돌아왔어야지. 10분 정도만 있다가 오라고 했는데."

"제가 나가서 찾아볼까요, 마님?" 가정부가 긴장하며 물었다.

"아니. 그럴 필요는 없어. 착한 아이니까 곧 들어오겠지."

하지만 가정부가 나가자 하언햄 부인은 자기 방으로 올라가 외투를 입고 모자를 쓰고는 아래층으로 내려가 남편을 찾았다.

"전 축제도 보고 싶고 애나도 찾아볼래요. 제가 애나를 책임지기로 했기 때문에 그 애에게 별 일이 없는지 봐야겠어요. 지금쯤에는 집에 돌아왔어야 하거든요. 저랑 같이 가겠어요?"

"음, 그녀는 별일 없을 거요. 들어오면서 그녀가 그 빙빙 도는 장난감 위에 앉아 젊은 사내와 이야기하고 있는 것을 봤지. 하지만 당신이 원한다면 같이 가겠소. 그렇지만 난 차라리 반대 방향으로 백 마일 가는 편이 더 낫겠소."

"그러면 그렇게 하세요. 혼자 가더라도 무슨 일이 있겠어요."

그녀는 집을 나서서 시장을 가득 메운 사람들 속으로 들어갔다. 거기서 회전하는 목마 위에 앉아 있는 애나를 발견했다. 하언햄 부인은 목마가 멈추자마자 다가가서는 엄하게 말했다. "애나, 왜 이렇게 제멋대로니? 십 분만 나가 있겠다고 했잖아."

애나는 멍해 보였으며, 뒤에 물러서 있던 젊은이가 목마에서 그녀가 내리는 것을 도와주려고 나섰다.

"그녀를 탓하지 마세요." 그는 예의를 갖추어 말했다. "그녀가 지체한 것은 제 탓입니다. 말을 타고 있는 아가씨의 모습이 너무나 우아해 보여서 제가 또 타라고 권했습니다. 그동안 아무 일 없었으니 염려하지 않으셔도 됩니다."

"그렇다면 이 애를 당신에게 맡길게요." 하언햄 부인이 발길을 돌리며 이렇게 말했다.

그러나 거기를 벗어나는 것이 그 순간에는 그리 쉬운 일이 아니었다. 그들의 뒤편에서 무언가가 군중의 관심을 끌었고, 사람들의 물결에 밀린 와인 상인의 아내는 그 청년과 사람들 사이에 끼여 꼼짝할 수 없게 되었다. 그들의 얼굴은 서로에게서 불과 몇 인치 정도밖에 떨어져 있지 않았고, 그의 숨결은 애나의 뺨뿐 아니라 그녀의 뺨에도 느껴졌다. 그들은 이런 뜻밖의 상황에 소리 없이 웃을 뿐 서로 아무 말도 하지 않고 몸을 움직일 수 있을 때까지 순순히 기다리고 있었다. 그때 하언햄 부인은 어떤 남자의 손이 자신의 손가락을 움켜쥐는 것을 느꼈다. 청년의 얼굴에 나타난 의식적인 표정으로 보아 그녀는 그 손이 그의 것임을 알았다. 또한 애나의 위치로 미루어볼 때 그 남자는 자신이 잡은 손이 바로 애나의 손이라고 생각하고 있다는 것도 알 수 있었다. 그에게 왜 사실을 밝히지 않았는지 그녀 자신도 알 수 없었다. 그는 손을 잡는 것으로 만족할 수 없었는지 손가락 두 개를 장난스럽게 그녀의 장갑 안 손바닥에 닿도록 살짝 집어넣었다. 그들은 사람들로부터의 압력이 서서히 없어지기까지 이런 상태로 있었는데 하언햄 부인이 손을 빼낼 수 있을 정도로 군중이 줄어들기까지는 몇 분이 흘렀다.

"서로 어떻게 알게 되었을까? 정말 궁금하네." 그녀는 물러서면서 생각에 잠겼다. "애나는 정말 주제넘은걸…… 그 남자는 정말 짓궂고도 괜찮은 사람이야."

그녀는 이 낯선 사내의 태도와 목소리, 그의 장난스러운 손길의 섬세함에 미묘하게 동요되어 집으로 들어가지 않고 다시 돌아가서 구석진 곳에서 두 사람을 지켜보았다. (애나와 다름없이 충동적인) 그녀는 애나가 어떻게 그 남자를 알게 되었는지는 모르겠지만 그의 구애를 받아들이는 것은 당연한 일이라고 생각했다. 그는 너무나 신사적이고 매력적이며 또한 매우 아름다운 눈을 가졌다. 그가 자기보다 몇 살 아래일 거라는 생각을 하니 자신도 모르게 한숨이 나왔다.

마침내 그들은 회전목마에서 하언햄 부인의 집을 향해 걸었는데 청년이 집까지 그녀를 바래다주겠다고 하는 말이 들렸다. 애나는 그렇다면 애인을 구한 것이고 그것도 겉으로 보기에는 아주 헌신적인 사람을 찾은 것이다. 하언햄 부인은 그에게 관심이 많이 갔다. 이제는 인적이 끊긴 와인 상인의 집 가까이 도달했을 때 그들은 벽이 드리운 그림자 속에서 한동안 모습을 드러내지 않고 서 있더니 헤어졌다. 애나는 집 입구로 들어섰고 그녀의 동반자는 광장을 가로질러 돌아갔다.

"애나." 하언햄 부인이 다가서면서 불렀다. "널 지켜보고 있었어! 헤어질 때 그 청년이 네게 키스했지."

"네." 애나는 더듬거리며 대답했다. "그가 이렇게 말했어요. 내가 그리 싫지 않다면…… 키스를 하면 나에게는 해가 되지 않고 그에게는 큰 행복을 가져다줄 거라고요."

"아, 그럴 것 같았어. 오늘 밤에야 알게 된 사람이지?"

"네, 마님."

"그런데도 그 남자에게 네 이름과 너에 관한 모든 것을 알려주었겠지?"

"제게 물어봐서요."

"자기 이름은 알려주지도 않고?"

"아니에요, 알려주었어요!" 애나는 의기양양하게 외쳤다. "런던에서 온 찰스 브래드포드예요."

"흠, 그 남자가 행실이 바른 사람이라면 네가 그를 알고 지내는 것을 반대할 이유는 없지." 일반적인 도의에 어긋남에도 불구하고 이미 그 젊은 남자에게 호감을 갖게 된 그녀의 여주인이 대답을 했다.

"하지만 그가 다시 너를 만나려고 한다면 모든 것을 재고해봐야 할 것 같다. 멜체스터에서 산 지 채 한 달도 되지 않는데다가, 여기에 오기 전에는 검은 양복 입은 신사를 거의 본 적도 없는 너 같은 시골 아이가 그런 젊은 런던 신사를 유혹할 만큼 영악하다면 말이야!"

"전 그를 유혹하지 않았어요. 전 아무 짓도 하지 않았어요." 어리둥절해서 애나가 대답했다.

안에 들어와서 혼자가 되자 하언햄 부인은 애나의 상대가 얼마나 귀품이 있고 정중해 보였는지 생각했다. 그녀의 손에 닿은 그의 구애의 손길에는 어떤 마법의 힘이 있었다. 그녀는 어떻게 해서 그가 애나에게 매료되었는지 의아했다.

그 다음 날 감수성이 예민한 이디스 하언햄은 멜체스터 성당의 평일 예배에 참석했다. 안개를 뚫고 골목길을 가로질러 걸어가면서 그녀는 높고 웅장한 본당의 건축물을 생각에 잠겨 응시하고 있는, 전날 저녁 그녀의 관심을 사로잡았던 그 남자를 다시 보게 되었다. 그녀가 성당 안에 들어가 자리에 앉자 곧 그도 들어와서 그녀의 건너편에 앉았다.

그는 특별히 그녀에게 관심을 두지 않았지만 하언햄 부인은 그에게서 눈을 뗄 수 없었으며 그가 젖내 나는 자기 시종의 어떤 점에 매료되었는지 더욱더 의아한 생각이 들었다. 이 주인 마님은 자신의 하녀만큼이나 이 세기말적인 성향을 가진 젊은이에 대해 익숙하지 않았으므로 그렇게 의아한 생각이 들 수밖에 없었다. 레이는 주위를 둘러보고는 아직 예배가 진행되고 있음에도 불과하고 갑자기 일어서더니 나갔다. 그리고 외롭고 감수성이 예민한 존재였던 하언햄 부인은 더 이상 하나님을 찬양하는 데 관심을 두지 못했다. 그녀는 자신의 손을 실수로 쓰다듬은 그 남자처럼 연애의 미묘함을 아는 런던 남자와 결혼하지 못한 것을 후회했다.

III

멜체스터에서의 일정은 재판소에서 몇 시간만 진행되는 가벼운 것이었으며 서부지방 순회재판 일정 중 다음 마을인 캐스터브리지에서 레이가 맡은 일은 없었기 때문에 그는 그곳으로 떠나지 않았다. 그리고 다음 마을에서의 법정은 그 다음 주 월요일에서야 열렸고, 재판은 화요일 아침에 열리기로 되어 있었다. 보통 때 같았으면 레이는 그곳에 월요일 오후쯤에 도착했을 것이다. 그러나 수요일 한나절 무렵에서야 그가 법복과 아시리아 식에 따라 층층으로 말아 올린 회색 가발을 휘날리며 숙소에서 큰 거리를 따라 서둘러 걸어가는 모습이 목격되었다. 순회재판소에 입장을 했으나 그가 할 일은 없었기 때문에 변호사석에 있는 파란색 나사천이 깔려 있는 탁자에 착석한 채 진행 중인 재판과는 동떨어진 생각을 하면서 펜을 손질했다. 일주일 전만 해도 자신에게 가능하리라고는 생각조차 못했던 충동적인 행동을 했다는 사실이 그를 불만스러운 우울에 빠뜨렸다.

축제 다음 날 그는 어여쁜 시골 처녀 애나를 다시 만났고 흙으로 쌓은 옛 멜체스터의 망루를 보기 위해 도시를 벗어나 함께 걸었다. 그녀를 향한 격렬한 열망이 일어 그는 일요일, 월요일, 화요일 내내 멜체스터에 머물렀다. 그 기간 동안 그녀를 설득하여 예닐곱 번의 산책을 하고 만남을 거쳐 결국은 그녀의 몸과 영혼을 갖게 되었다.

레이는 처음부터 순진하게 그의 손에 자신을 스스럼없이 맡긴 이 순박한 존재를 향한 열정에 자신이 거리낌 없이 빠진 이유가 최근에 도시에서 틀어박혀 있었던 탓이라고 생각했다. 그는 일시적인 욕망 때문에 그녀의 감정을 가지고 놀았다는 것을 몹시 후회했다. 그리고 자기 때문에 그녀가 고통스러워하며 살아가지 않기만을 바랐다.

그녀는 자기를 보러 다시 오라고 간청하며 눈물을 흘렸다. 그는 그렇게 하겠다고 약속을 했고 또 그 약속을 지키고자 마음도 먹었다. 이제 와서 그녀를 저버릴 수는 없었다. 의도하지 않았던 이러한 관계가 어색하지만, 백 마일이라는—아무 능력이 없는 소녀에게는 천 마일로 느껴질—거리는 아마도 이 여름의 일시적 열정으로 인해 자신의 삶을 구속시키는 결과를 피하게 해줄 것이다. 반면 그가 일에 열중하고 싶을 때에는 그녀의 순수한 사랑에 대한 생각이 도시의 허무한 쾌락으로부터 자신을 지켜줄 것이라 생각했다. 그는 순회재판 때문에 멜체스터에 일 년에 서너 번은 오게 될 것이며 그때마다 그녀를 볼 수 있을 것이다.

그녀와의 관계가 어디까지 진전될지 잘 모르는 상태에서 그녀에게 알려준 그의 가명, 아니 이름의 일부분은 전혀 다른 속셈이나 의도 없이 얼떨결에 말한 것이었다. 그는 애나의 착오를 정정하지는 않았지만 그녀와 헤어지면서 머리글자 C. B.로 그에게 편지를 할 수 있도록 집에서 가까운 서적상의 주소는 알려줘야겠다는 의무를 느꼈다.

이윽고 때가 되어 레이는 런던에 있는 자신의 거처로 돌아왔다. 오는 길에 멜체스터에 들러 그 매혹적인 천진한 아가씨와 몇 시간 더 함께 보냈다. 도시에서 그는 매일 단조롭게 지냈다. 그와 그의 방은 자주 황갈색의 안개로 둘러싸여 외부 세계로부터 단절되었다. 레이는 책을 읽거나 글을 쓰기 위해 가스등을 켤 때 그의 상황이 너무나 인위적으로 느껴져 불빛을 바라보며 멜체스터에서 그를 믿고 기다리고 있는 소녀를 계속 생각하게 되었다. 그는 종종 그녀에 대한 어리석은 애정으로 인해 마음이 무거워져서 북쪽 문을 통해 어두운 법정의 회중석으로 들어가곤 했다. 그는 자신과 비슷한 옷차림을 하고, 자신과 같이 변호 의뢰를 받지 않은 다른 하급법원 변호사들을 팔꿈치로 밀치면서 마치 그 사건과 관련이 있는 사람처럼 선정적인 사건이 진행 중인 법정의 군중 틈에 끼었다. 그러나 레이 자신뿐만 아니라 문간에 서 있는 경찰관들 역시 법정에 들어가려고 아침 8시부터 문 밖에서 끈기 있게 기다리는 한가한 사람들과 마찬가지로 레이가 진행 중인 사건과는 아무 상관이 없다는 것을 알고 있었다. 그 한가한 사람들도 레이와 같이 유산에 의지해서 살아가는 그런 부류의 사람들이기 때문이었다. 레이는 이러한 일들을 아무런 의미도 없이 하면서 상큼한 애나와 이러한 장면 속의 인물들이 얼마나 대조적인지 생각했다.

이 시골 처녀의 행동 중 뜻밖이라고 생각되는 점은, 원한다면 편지를 써도 된다고 일러주었는데도 아직 그에게 편지를 하지 않았다는 것이었다. 이러한 상황에서 이렇게 절제하며 말을 삼가는 젊은 아가씨는 이전에도 없었을 것이다. 마침내 그는 편지를 해달라고 명확하게 요청하는 짧은 글을 그녀에게 보냈다. 돌아오는 우편물에 그녀의 답장은 없었으나 그 다음 날 멜체스터의 소인이 찍혀 있는, 단정한 여성의 필체로 쓰여진 편지 한 통을 서적상으로부터 건네받았다.

편지가 도착했다는 사실만으로도 상상력이 풍부한 그의 감성을 만족시키기에 충분했다. 그는 편지를 급히 열어보고자 하는 마음은 없었고 실제로 열정적인 추억과 다정한 기원의 말들을 예상하며 거의 30분 동안이나 이를 읽지 않았다. 마침내 그가 벽난로 쪽으로 가서 편지를 펼쳤을 때, 거기에 어떤 무절제나 천박함이 없어 그는 놀라고 기뻤다. 여자로부터 받은 편지 중 가장 매력적인 것이었다. 물론 어법은 단순했고 생각은 가벼운 것이었지만 아주 차분하게 쓰여졌으며, 자신의 여성성 자체만으로도 품위를 지킬 수 있다고 생각하는 젊은 아가씨의 순수함이 그대로 드러나 있어 그는 편지를 두 번이나 읽었다. 예전에 유행했던 방식에 따라 네 면이 모두 채워져 있었고 옆으로 몇 줄이 쓰여져 있었다. 편지지도 최신의 색깔이나 재질이 아닌 흔한 것이었다. 그러나 그러한 것이 뭐가 중요한가? 누구에게나 숙녀라고 불리는 여자들로부터 편지를 받아본 적이 있었지만 이만큼 분별 있고 자연스러운 편지는 없었다. 어떤 한 문장을 따로 선별하여 이가 뛰어나다거나 재치 있다고 할 수는 없었다. 그를 사로잡은 것은 바로 편지 전체의 조화로운 느낌이었다. 그리고 답장을 하거나 다시 만나러 와 주지 않겠느냐는 부탁 외에는 그에게 어떠한 요구도 하지 않았다.

이러한 상황에서 다시 편지를 쓰고 서신 왕래를 계속해나간다는 것은 레이로서는 생각하지 않았던 일이었다. 그러나 그는 예명으로 서명한 짧은 격려의 글을 써서 그녀에게 보냈다. 그 글에서 레이는 그녀에게 다시 편지를 보내줄 것을 부탁했으며, 가까운 시일 안에 다시 보러 가겠다고 흔쾌히 약속했다. 그리고 짧은 만남이었지만 서로에게 얼마나 의미 있는 존재가 되었는지 잊지 않겠다고 썼다.

IV

이제 멜체스터에 있는 애나가 레이의 편지를 받는 순간으로 돌아가 보자.

그녀는 아침에 우편물을 돌리고 있던 우체부로부터 직접 편지를 건네받았다. 편지를 받자 애나는 목까지 빨개져서 계속 이를 뒤집었다 바로 놓았다 했다. "제게 온 것인가요?"

"물론이죠, 아가씨한테 온 편지인지 보면 모르겠어요?" 우체부는 그 편지가 어떤 성격의 것인지 그리고 왜 그녀가 당황하는지를 짐작하고는 미소를 지었다.

"네, 그렇군요!" 애나는 억지로 소리를 죽여 웃으면서 더욱 얼굴을 붉힌 채 편지를 보며 대답했다.

우체부가 갔어도 그녀의 얼굴에서 당황한 기색은 사라지지 않았다. 그녀는 봉투를 열고 편지에 입을 맞추고는 주머니에 넣고 눈에 눈물이 가득할 때까지 생각에 잠긴 채 있었다.

몇 분 후 그녀는 침실에 있는 하언햄 부인에게 차를 가져다 드렸다. 애나의 여주인이 그녀를 보고 말했다. "오늘 아침은 아주 우울해 보이네, 애나. 무슨 일이 있니?"

"우울한 게 아니라 기뻐서요, 그런데 단지……" 그녀는 흐느낌을 참으려고 말을 멈췄다.

"왜 그러니?"

"편지를 받았는데요, 한 자도 못 읽으니 무슨 소용이 있어요!"

"그럼, 필요하다면 내가 읽어줄게, 애나."

“하지만 이 편지는 특별한 사람에게서 온 거라서…… 저 말고 다른 사람이 읽는 것은 싫어요!” 애나가 중얼거렸다.

“아무에게도 말하지 않을게. 그 젊은 남자에게서 온 편지니?”

“그런 것 같아요.” 애나는 천천히 그 편지를 꺼내면서 “그러면 제게 편지를 읽어주시겠어요, 마님?” 하고 말했다.

이것이 애나가 당황하고 안절부절못했던 숨은 이유였다. 애나는 글을 읽지도 쓰지도 못했다. 그녀는 광활한 중부 웨섹스 평야의 외진 촌락에서 숙모의 보살핌을 받으며 자랐다. 당시 의무교육제도가 시행되었음에도 불구하고 2마일 거리 안에 학교가 하나도 없었다. 그녀의 숙모는 무지한 여자였다. 비록 이러한 경우 흔한 일이지만, 애나는 잘 먹고 잘 입었으며 홀대를 받지는 않았다. 그러나 그녀의 상황을 들여다보거나 그녀가 받아야 할 기본 교육에 대해 관심을 갖는 사람은 아무도 없었다. 애나가 친절하게도 그녀에게 관심을 갖게 된 하언햄 부인과 함께 멜체스터에 살게 된 후부터 하언햄 부인은 그녀에게 바르게 말하는 법을 가르쳐주었다. 글자를 모르는 사람에게서 흔히 보이듯 애나는 순발력을 보여 안주인의 어법을 따르는데 꽤 유창해졌다. 하언햄 부인은 철자와 습자책을 마련하고 이를 가지고 연습하게 했다. 애나는 이 부분을 배우는 데 있어서는 조금 느렸고, 그러는 동안에 이 편지가 온 것이다.

이디스 하언햄의 크고 검은 눈은 편지의 내용에 대해 관심을 표했지만 통역관이라는 그녀의 역할에 따라 되도록이면 기계적이고 소극적인 목소리를 내고자 했다. 그녀는 애나에게 다정한 답장을 보내달라고 부탁하는 마지막 문장까지 그 짧은 편지를 읽었다.

"그럼, 저를 위해 해주실 거죠, 마님?" 애나는 간절히 부탁했다. "그리고 될 수 있는 한 잘 써주실 거죠? 그 사람이 제가 혼자서는 글을 못 쓴다고 생각한다면 끔찍할 거예요. 그가 만일 이 사실을 안다면 전 부끄러워 땅으로 꺼져버리고 싶을 거예요!"

편지에 쓰여 있었던 몇 마디 말에 대해 하언햄 부인은 애나에게 물어보았는데 애나의 대답은 그녀가 우려했던 바를 확인시켜주었다. 그녀는 애나가 자신의 행복을 갑자기 생겨난 이 사랑이라는 감정에 맡긴 것을 알고는 무척 걱정이 되었다. 비록 그 두 사람이 같이 있는 것을 보았을 때에는 막 돋아나는 젊은 사랑의 싹을 자르는 일을 해서는 안 된다고 느꼈었지만, 지금은 자기에게 맡겨진 이 소녀에게 너무나 가혹한 결과를 가져온 이런 연애 유희에 간섭하지 않았던 자신을 책망했다. 그렇지만 엎지른 물은 되 담을 수 없는 법이었고 애나의 유일한 보호자로서 지금이라도 힘이 닿는 한 도와야겠다고 결심했다. 다른 상황이라면 아마 요리사를 대필자로 추천했겠지만 애나에 대한 그 런던 청년의 애정이 식지 않게 하기 위해서 하언햄 부인은 그의 편지에 대한 답장을 직접 써 달라는 애나의 요구를 들어줘야겠다는 의무감이 들었다.

이디스 하언햄의 필치로 다정한 답장이 쓰여졌다. 레이가 받고 좋아했던 편지가 바로 이것이었다. 물론 애나가 보는 앞에서 그녀의 초라한 편지지 위에 쓰여졌고 일부분은 이 어린 아가씨가 서술한 내용을 적은 것이었지만, 그 편지에 담긴 활기와 정신 그리고 인격은 이디스 하언햄의 것이었다.

"이름이라도 네가 써보면 어떻겠니?" 그녀가 말했다. "이제 그 정도는 할 수 있을 텐데?"

"아니, 안 돼요." 애나는 뒷걸음질치면서 말했다. "제가 쓰면 너무 보기 싫을 거예요. 그는 나를 부끄럽게 생각할 거고 다시는 보려고 하지 않을 거예요!"

예쁘게 그의 답장을 청하고 있는 그 편지는 앞서 보았듯이 요청한 그 결과를 가져올 만큼 힘이 있었다. 그는 그녀의 소식을 듣는 것은 너무 기쁜 일이므로 매주 편지를 써달라고 했다. 동일한 과정을 거쳐 애나와 그녀의 여주인은 편지를 계속 작성했고 이는 몇 주 동안 이어졌다. 각각의 편지는 모두 이 소녀가 옆에 서 있을 때 이디스가 썼으며 어떤 말을 쓸지도 제안했다. 답장도 이디스가 읽고 이에 대해 설명을 해주면 애나는 옆에 서서 듣고만 있었다.

여섯 번째 편지를 보내고 난 후 어느 겨울 저녁 시간에, 불씨가 남아 있는 벽난로 옆에서 하언햄 부인은 홀로 앉아 있었다. 그녀의 남편은 잠자리에 들었고 그녀는 시간이나 온도 등을 잊은 채 생각에 잠겨 꼼짝하지 않았다. 이런 마음의 상태는 이디스가 그날 했던 이상한 일 때문에 초래된 것이었다. 레이를 만난 후 처음으로 애나는 친구들과 지내려고 플레인에 있는 시골집에 며칠 동안 가 있었는데, 그녀가 없는 사이에 레이로부터 예상하지 않았던 편지가 왔다. 이에 대해 이디스는 애나를 기다리지 않고 독단으로 자신의 마음속 깊은 곳에서 우러나오는 답장을 쓴 것이다. 편지의 내용이 그 외에 다른 사람에게는 알려지지 않는다는 기쁨은 큰 것이어서 이에 탐닉하게 되었다.

왜 그것이 기쁨이었을까?

이디스 하언햄은 삶은 외로웠다. 비록 단점으로 가득한 불행한 결혼이라고 해도 재미와 위엄, 여유가 있는 독신생활보다 낫다고 생각하는 영국인 부모의 영향으로 그녀는 지금으로부터 3년 전 스물일곱이라는 나이에 나이 많은 와인 상인과 마지못해 결혼을 했다. 그러나 결국은 자신이 실수를 했다는 것을 알게 되었다. 이 결혼이라는 계약으로 인해 그녀는 자신의 깊은 욕구가 아직 한 번도 자극되지 않은 여자로 남게 되었다.

그녀는 자신의 존재는 이름 정도밖에 모르는 남자에게 영혼 깊이 사로잡히게 되었음을 명백히 깨닫고 있었다. 처음부터 그는 그의 외모와 목소리, 그리고 손길로 그녀를 사로잡았고 이들이 촉진제가 되어 연이어 쓰게 된 편지와 그 편지에 대한 감미로운 답장은 그를 자극하는 그녀의 감정을 알지 못하는 사이에 키우게 되었다. 그리하여 한쪽에서는 자신이 아닌 남의 자격으로 편지를 썼음에도 불구하고 이 두 사람 사이에는 서로에게 끌리는 감정이 형성되었다. 다른 여인을 이틀 안에 유혹할 수 있었다는 것은 그의 매력을 보여주는 것이었으나 한편으로는 쉽게 여성에게 매료되는 그의 본성에 기인한 것이기도 했다.

비록 이디스가 자신이 썼다는 사실을 들키지 않으려고 단순한 표현을 주로 썼지만 다른 이름으로 서명된 그 편지들에 담긴 생각들은 억눌려 있던 정열적인 그녀 자신의 것이었다. 단순한 애나는 이를 보고 기뻐했지만 만약 글을 쓸 수 있다고 한들 그의 마음을 사로잡은 예쁜 생각들은 혼자서는 결코 하지 못했을 것이다. 이디스는 이 젊은 변호사에게 주로 반응을 불러일으킨 것은 바로 자신이 슬그머니 써넣은 생각이었음을 알았다. 애나의 입을 통해 나온 몇 개의 문장들은 분명 그에게 아무런 영향도 주지 않았다.

애나는 자신이 없는 동안 쓰여진 편지가 있다는 사실은 알아채지 못했다. 그러나 돌아온 그 다음 날 아침에 그녀는 자기 연인을 봐야할 일이 생겼다고 하면서 그에게 와달라는 요청을 해주십사 하고 하언햄 부인에게 부탁했다.

하언햄 부인은 애나의 태도에서 그녀에게 뭔가 이상한 근심이 있음을 알아챘는데 그 근심은 결국 울음으로 표출되었다. 이디스의 무릎에 엎드려 그녀는 자기 애인과의 관계의 결과가 곧 드러날 수밖에 없게 되었다는 고백을 했다.

이디스 하언햄은 이런 위급한 때에 의지할 곳 없는 애나를 내버려 둘 생각을 하기에는 너무나 사려가 깊은 사람이었다. 그렇지만 진실한 여성이라면 아무리 자신에게 소중한 사람들을 보호하기 위한 조치를 재빨리 취하는 본능이 있다고 해도 자기 자신의 판단으로 행동하게 된다. 레이에게 편지를 보낸 지 얼마 되지 않았으나 그녀는 현재 사태를 섬세하게 그러나 분명히 암시하는 또 다른 애나의 편지를 바로 썼다.

레이는 당장 그녀를 보기 위해 달려가겠다고, 그녀의 소식을 받고 얼마나 걱정하고 있는지 즉시 답장을 보냈다.

하지만 일주일 후 애나는 다른 편지 한 통을 가지고 안주인의 방으로 들어왔다. 그것은 결국 이 여행을 위해 시간을 내기가 어렵다고 알리는 그의 편지였다. 애나는 비탄에 빠졌으나 하언햄 부인의 충고로 이런 상황에 놓인 여성이 일반적으로 던지게 되는 비난과 신랄한 말을 그에게 하는 것을 엄격히 자제했다. 한 가지는 확실했다. 바로 그 젊은 남자가 애나에게 가지고 있는 낭만적 관심을 계속해서 이어

가게 해야 한다는 것이었다. 이디스는 자신의 피보호자를 대신해 오히려 그에게 다가오는 이 심각한 사건에 대해 너무 걱정하지 말고 무리해서 서둘러 내려올 필요는 없다고 했다. 그녀는 무엇보다 그의 일에 부담이 되거나 활동에 방해가 되지 않기를 바란다고 했다. 단지 그에게 어떤 일이 일어났는지 알려주려고 한 것이므로 이 일을 잊기 바란다고도 썼다. 이제까지처럼 다정하게 편지를 계속해서 보내주기를 바랄 뿐이며, 봄 순회재판 때 다시 오게 되면 그때 어떻게 해야 할지 이야기해도 늦지 않다고 썼다.

애나의 기분이 이런 관대한 표현들과 일치하지 않을 거라고 쉽게 짐작이 되지만 안주인의 의견이 강력해서 애나는 잠자코 따랐다. "제가 바라는 것은 경애하는 마님이 편지에 훌륭히 담는 그 우아함입니다. 저도 같은 것을 이야기하고 싶고 마님이 적어놓으면 바로 그거라고 느끼는데 아무리 제 머리를 쥐어짜도 나오지 않아요!"

편지를 보내고 난 후 혼자 남겨진 이디스 하언햄은 의자의 등에 머리를 기대고 울기 시작했다.

"그의 아이가 내 아이였으면…… 정말 내 아이였으면!" 그녀가 중얼거렸다. "그런데 이렇게 나쁜 이야기를 어떻게 내 입으로 할 수 있는 거지!"

V

편지가 도착했을 때 레이는 상당히 감동을 받았다. 내용 그 자체보다는 이러한 상황과 관련해서 자신을 대하는, 예상하지 못했던 그녀의 태도가 오히려 그를 감동시킨 것이었다. 편지에는 어떠한 비난의 말도 없었으며, 그의 관심사에 대한 헌신적인 마음과 매 문장마다 보이는 자기희생, 이 모든 것이 여성에게서 볼 수 있으리라고는 꿈에도 생각하지 못했던 고결한 인품을 이루었다.

"하나님, 저를 용서해주십시오!" 그는 마음을 담아 말했다. "저는 정말 몹쓸 인간입니다. 그녀가 이렇게 보물 같은 사람인 줄 미처 몰랐습니다!"

그는 물론 그녀를 저버리지 않겠노라고, 어디엔가 그녀를 위한 집을 마련하겠다고 하면서 즉시 그녀를 안심시켰다. 그동안에 주인마님이 허락할 때까지 지금 있는 그곳에 있어달라고 했다.

그러나 애나 쪽에서는 불행한 일이 일어났다. 애나의 상황에 대한 소문이 하언햄 부인의 남편의 귀에 들어갔는지 아닌지는 단언할 수 없지만, 이디스의 간청에도 불구하고 그녀의 남편이 애나를 집에서 내보냈던 것이다. 애나는 플레인에 있는 시골집에 한동안 가 있겠다고 결정했다. 이와 같은 정황 때문에 앞으로 어떻게 서신 왕래를 이어갈지에 대해 의논을 하게 되었다. 이제 자기의 이름으로 시작한 일을 혼자서는 계속해나갈 수 없다는 것과 전과 같이 합의해서 하기 어렵다는 것을 알고 애나는 하언햄 부인—그녀가 아는 유일한 부유층 사람인—에게 편지를 대신 받아주고 바로 답을 해주십사 하고 부탁했다. 그리고 그 편지들을 나중에라도 플레인에 있는 자기에게 보내달라고 했다. 혹시 믿을 만한 이웃을 만나게 되면 읽어달라고 할 수 있을지도 모르겠다고 말하고 애나는 짐 가방을 들고 플레인으로 떠났다.

이렇게 해서 이디스 하언햄은 실제 당사자의 감시를 받지 않고 자기의 것도 아닌 몸의 상태에 대해 거의 아내와 같은 말투로 남편도 아닌 남자와 편지를 주고받는 이상한 상황에 놓이게 되었다. 그러나 주로 이러한 역할을 하면서 생겨난 감정을 통해 이디스는 그 남자에게 미묘하고 사실 상상에 의한 것이지만 강렬하고도 흡입력 있는 호감을 몰래 마음에 품게 되었다. 그녀는 편지 하나하나를 열어보고는 자기를 위한 것인 양 읽고 다른 사람이 아닌 오직 자신의 마음이 일러주는 대로 답을 썼다.

이러한 서신 왕래를 하면서 매우 흥분이 된 이디스 하언햄은 애나가 없는 동안 황홀한 공상에 빠져 살았다. 남을 대신함으로써 느끼게 된 친밀함은 여태까지 표현하지 못했던 열정을 내뿜게 했다. 이디스는 처음에는 양심상 그에게서 받은 편지 모두와 답변을 개략적으로 옮겨 적은 편지들을 애나에게 전달했다. 그러나 소위 이들 복사본은 나중에는 많이 요약되어 전해지기에 이르렀고, 주고받은 편지 중 상당수는 아예 보내지도 않았다.

감각적이며 위선적인 사회의 자기탐닉적인 악습에 표면적으로나마 젖어 있긴 했지만 레이의 인격의 기저에는 정직과 공정심이 깔려 있었다. 그는 진실로 이 시골 처녀에게 애정 어린 마음을 갖고 있었으며, 그녀에게 깊은 감수성을 꾸밈없는 말로 표현할 수 있는 능력이 분명히 있다는 것을 알고는 더욱더 마음이 움직였다. 그는 깊이 생각해 보았으며, 마음이 흔들렸다. 결국은 인정 많고 좋은 품성을 지닌, 자신보다 훨씬 나이가 많은 미혼의 누이에게 이 문제를 상의하기로 결정했다. 그녀에 관한 이야기를 털어놓으면서 레이는 편지 몇 장을 누이에게 보여주었다.

"그녀는 교육을 꽤 잘 받은 것처럼 보이네. 생각에 있어서도 명석하고. 자기를 표현하는 감각은 타고난 것 같아."

"네. 의무교육 덕분에 아주 예쁘게 잘 씁니다. 그렇지 않나요?"

"사람을 저도 모르게 끌리게 하는 무엇이 있어, 가엾은 것."

직접적인 충고는 없었지만 누이와 토의 후 내린 결론은, 레이가 혼자서는 결정하지 못했을 일, 즉 그녀 없이는 살 수 없으며 봄에 내려가면 애나와 결혼함으로써 그녀에게 닥쳐올 어려움을 해결하겠다는 내용의 편지를 실명으로 써서 보낸 것이었다.

하언햄 부인은 즉시 플레인에 있는 시골집으로 달려가서 이 상황을 받아들이겠다는 그의 용감한 다짐을 애나에게 알렸다. 애나는 어린아이처럼 좋아서 펄쩍 뛰었다. 그녀는 이디스 하언햄에게 답변을 이러저러하게 써달라는 서투르고 미숙한 의견을 제시했다. 도시로 돌아와서 이디스는 상기된 채 편지를 썼다.

"오!" 그녀는 펜을 내던지며 괴로워했다. "애나…… 이 불쌍하고 순진한 바보…… 그의 가치를 알 만한 지각도 없으면서! 어떻게 알겠어? 그러면서 난…… 난 그의 아이를 가질 수도 없으니!"

이제 2월이 되었다. 서신 왕래는 넉 달 동안 계속되었으며 레이로부터의 다음 서신은 우연찮게 그의 지위와 전망에 대한 내용을 담고 있었다. 그는 그녀에게 청혼하면서, 솔직히 말해 처음에는 보수도 적고 결혼 후에 그 일을 계속 하기 힘들 것 같아 지금의 직업을 그만 둘 생각을 했었다고 했다. 하지만 편지에서 보이는 그녀의 사랑스러운 품성에 깃든 활력과 따스함이 그로 하여금 그 슬픈 계획을 떨쳐버릴 수 있게 했다. 레이는 그녀가 잠재력이 있는 데다가 그의 지도 아래,

그리고 필요하다면 가정교사로부터의 도움을 받아 런던의 사회 범절을 배운다면 자기가 대법관의 자리에까지 오른다고 해도 전문직을 가진 남자의 아내로 손색이 없으리라고 확신했다. 그는 그녀의 편지에서 보았던 직관력을 대부분의 대법관들의 부인에게서는 보지 못했다.

"오, 가여운 사람!" 이디스는 슬퍼하며 울었다.

그녀가 느끼는 비통함은 그 남자에게 매료되었던 만큼 컸다. 그를 여기—그의 파멸을 의미하는 결혼—까지 끌고 온 것은 바로 그녀 자신이었다. 하지만 그녀는 자신의 하녀에 대한 연민으로 그의 계획을 저지시킬 만한 일을 할 수 없었다. 애나는 그 주에 멜체스터에 오기로 되어 있었는데 젊은 남자로부터 온 이 답장을 보여줄 수 없었다. 그동안 애나의 자리를 대신했던 자신에 대해 너무나 많은 것을 밝히고 있었기 때문이다.

애나가 도착하자 그녀의 안주인은 조용히 이야기하기 위해 자신의 방으로 데려갔다. 애나는 조금 불안한 마음으로 결혼식이 가까이 다가와서 기쁘다는 말을 꺼냈다.

"오, 애나!" 하언햄 부인이 말했다. "그에게 모든 일을 털어놓아야만 할 것 같아…… 내가 너를 위해 편지를 써왔다는 사실을…… 만약 네가 그의 부인이 된 후에야 이 사실을 알게 된다면 결국 불화가 생기고 그는 너를 비난하게 될 거야……"

"오, 마님, 친애하는 마님, 제발 지금 말씀하시면 안 됩니다!" 애나는 괴로워하며 외쳤다. "만약 사실대로 이야기하신다면 그는 나와 결혼하지 않을지도 몰라요. 그러면 저는 어떻게 해요? 생각하면 너무 끔찍해요! 그리고 제 쓰기 실력도 점점 나아지고 있어요. 마님이 친절하게도 챙겨주신 습자책을 가지고 가서 매일 연습하고 있거든요. 너무나, 너무나 어려운데요, 계속 연습하면 언젠가는 잘 쓰게 될 거라고 믿어요."

이디스는 습자책을 펼쳐보았다. 그녀가 직접 따라 쓸 글자들을 써넣었었다. 이 소녀가 이룬 진전이라고는 이디스의 필체를 우스꽝스럽게 모방한 것에 지나지 않았다. 만약 이디스의 유려한 필체를 똑같이 따라 쓸 수 있다고 하더라도 이에 담겨 있는 영감은 또 다른 문제였다.

"너무나 아름답게 쓰세요." 애나는 계속해서 말했다. "제가 하고 싶은 말을 저보다 훨씬 잘 하시고요. 제발 이제 와서 궁지에 빠진 저를 모른 체 하지 말아주세요!"

"알겠어. 그렇지만 이제 그만 두는 것이 좋겠어."

"왜요?"

자신의 심정을 털어놓고 싶다는 강한 욕구가 이디스로 하여금 정직하게 대답하게 했다.

"그 일이 내게 주는 영향 때문이지……"

"그렇지만 어떤 영향도 줄 수 없잖아요!"

"왜 없지?"

"마님은 이미 결혼하셨잖아요!" 애나는 명쾌하고 단순하게 답을 했다.

"아, 물론 영향을 줄 수 없지." 그녀의 안주인이 재빨리 말했다. 그러나 이디스는 양심에는 걸려도 몰래 간직할 비밀 한두 가지가 아직 자신에게 남아 있다는 것이 기뻤다. "하지만 내가 여기에 네 이름을 쓰는 동안 넌 이름 쓰는 연습에 집중을 해야 한다."

VI

레이는 곧 결혼식에 관해 편지를 써서 보냈다. 낭만적이지만 어리석었다고 생각한 이 상황에서 최선을 다해보겠다고 다짐한 그는 결혼이라는 위대한 모험에 더 강한 열정을 갖게 되었다. 레이는 다른 사람의 눈에 띄지 않도록 결혼식을 런던에서 치르고 싶었다. 하언햄 부인은 멜체스터에서 치렀으면 했겠지만 애나는 별다른 생각이 없었다. 그러나 그의 의견이 강력해서 하언햄 부인은 슬프지만 열심히 애나의 출발을 위한 준비를 도와주었다. 자신의 꿈의 끝을 반드시 지켜보고자, 또한 일종의 정신적인 감응을 통해 자기에게 그토록 대단한 영향력을 행사한 그 남자를 다시 한 번 보고자 하는 절박한 마음에서, 이디스는 억지로 쾌활한 척하며 '애나의 마지막을 보기 위해' 그녀와 같이 런던으로 가서 결혼식이 끝날 때까지 함께 있겠다고 했다. 애나는 지체 높은 신랑 앞에서 그가 돌이킬 수 없는 사회적 실수를 했다는 생각이 들지 않게 도와줄 친구이자 증인의 역할을 할 다른 동료가 없어 이디스의 이 제안을 고맙게 받아들였다.

3월의 어느 흐린 날 아침이었다. 런던의 S.W. 구역에 있는 등기소 앞에 도착한 레이는 사륜마차에서 내렸다. 그리고 조심스럽게 손을 내밀어 애나와 그녀와 동행한 하언햄 부인이 마차에서 내리는 것을 도와주었다. 하언햄 부인이 구입을 도와준, 어느 정도 유행을 따른 옷을 입고 있는 애나는 매력적으로 보였다. 그러나 멜체스터 축제 때 세련되지 못한 옷을 입고 목마 위에 앉아 있던 순진한 소녀의 모습만큼은 아니었다.

하언햄 부인은 일찍 기차를 타고 아침에 올라왔다. 레이의 친구는 문 앞에서 그들을 만나 네 명 모두 등기소에 같이 들어갔다. 한 시간 전까지만 해도 이전의 우연한 첫 만남을 제외하고 레이는 와인 상인의 부인에 대해 잘 몰랐다. 그리고 결혼식을 앞두고는 바쁜 와중에 잠시 면식을 익힐 정도의 기회밖에 없었다. 등기소에서의 결혼 서약은 곧 끝났지만 레이는 그 과정에서 자신과 애나의 친구와의 사이에 이상하고 비밀스러운 끌림이 있음을 느꼈다.

결혼 절차—더 정확히 말하자면 두 사람이 이미 이룬 관계에 대한 승인—가 끝나고 네 사람은 같은 마차를 타고 레이의 집으로 갔다. 당시에는 레이에게 집세를 낼 만한 능력이 없었기에 런던의 근교에 전셋집을 얻었다. 집에서 애나는 레이가 그 전날 밤 링컨인 법학원에서 오는 길에 페이스트리 장수에게서 산 작은 케이크를 잘랐다. 하지만 그 외 그녀가 할 수 있는 다른 일은 없었다. 레이의 친구는 곧 가야 했고 그가 떠나자 실질적으로는 남은 사람은 활발하게 서로의 의견을 나누고 있는 이디스와 레이였다. 대화는 실제로 그들만 하고 있는 것이나 다름없었다. 애나는 조용하게 듣고 있었으나 오고가는 대화를 이해하지 못하는 하인과 같은 존재였다. 레이는 이 사실을 알아채고 놀랐다. 그리고 그녀의 무능함에 실망했다.

결국 인정하고 싶지 않을 정도로 실망해서 그가 말했다. "하언햄 부인, 제 아내가 경황이 없어서 자기가 무엇을 하는지, 무엇을 말하는지 모르는 것 같습니다. 편지에서 내게 보여주었던 그 다정한 생각들을 말로 표현하려면 이 일이 끝난 후 차분하게 지낼 필요가 있을 것 같군요."

결혼 후 며칠 동안 놀시아에서 보내기 위해 그들은 그날 오후 일찍 떠나기로 계획을 했다. 출발 시간이 다가오자 레이는 아내에게 옆방에 있는 책상에 가서 몸이 불편해 결혼식에 참석하지 못한 자기 누이에게 식이 잘 끝났으며, 선물을 보내줘서 감사하다는 말과 이제 한 가족이 되었으니 더 친해지길 바란다는 내용의 편지를 써 달라고 부탁했다.

"당신이 잘하던 대로 시적으로 예쁘게 써보도록 해요. 특별히 누이의 마음에 들어서 둘이 아주 친하게 지냈으면 좋겠어."

애나는 불안한 듯 보였지만 주어진 과제를 하기 위해 방을 나갔고, 레이는 손님과 이야기하려고 남았다. 애나가 한참 동안 돌아오지 않자 그녀의 남편은 갑자기 일어나 그녀에게로 갔다.

그는 눈물이 글썽한 채 아직도 책상에 몸을 숙이고 있는 아내를 발견했다. 그는 이런 미묘한 상황에서 그녀가 자신의 마음을 어떻게 재치 있게 표현할지 관심을 가지고 편지지를 내려다보았다. 그러나 놀랍게도 그녀는 단 몇 줄밖에 쓰지 못했다. 그것도 여덟 살짜리 아이가 쓴 듯 필체와 철자법이 엉망이었고 내용도 형편없었다.

"애나." 그가 뚫어지게 쳐다보면서 물었다. "이게 뭐지?"

"이건…… 제가 더 잘 할 수 없다는 뜻이에요!" 그녀는 울면서 대답했다.

"뭐라고? 말도 안 돼!"

"더 이상은 못하겠어요." 그녀는 괴로운 듯 흐느끼며 대담하게 말했다. "그 편지들은 제가 쓰지 않았어요, 찰스! 전 단지 부인께 뭘 써달라고 말만 했을 뿐이에요. 그리고 항상 이야기한 것도 아니고요!

하지만 전 배우고 있고 아주 빨리 나아지고 있어요, 여보! 미리 이야기하지 않았던 것 용서해줄 거죠?" 그녀는 주저앉으면서 비참하게 그의 허리를 감싸 안고 얼굴을 파묻었다.

그는 얼마 동안 가만히 서 있다가 그녀를 일으켜 세우더니 갑자기 돌아서서 문을 닫고 응접실에 있는 이디스에게로 갔다. 그녀는 어떤 곤란한 일이 밝혀졌음을 직감했고 그들은 서로를 응시했다.

"제 짐작이 맞습니까?" 그는 힘없이 조용히 물었다. "이 모든 과정 동안 당신이 그녀 대신 쓴 거였나요?"

"필요한 일이었어요." 이디스는 답했다.

"당신이 제게 썼던 말들 모두 그녀가 불러준 것인가요?"

"모두 다는 아니에요."

"사실은 거의 없었겠죠?"

"네, 그래요."

"그녀의 이름으로 당신이 당신 생각대로 매주 그 편지들의 내용 대부분을 쓰신 건가요?"

"네."

"대부분의 편지들을 당신 혼자 있을 때 애나와 의견 교환 없이 쓰셨겠군요?"

"네, 그랬어요."

그는 책장을 향해 돌아서더니 손에 얼굴을 파묻고 기대섰다. 이디스는 그가 괴로워하는 모습을 보고 얼굴이 백지장처럼 하얗게 변했다.

"당신은 나를 속였어요, 나를 파멸시켰어!" 그는 중얼거렸다.

"아, 그렇게 말하지 마세요!" 그녀는 고통스러워하며 소리치고는 일어나서 그의 어깨에 손을 얹었다. "전 그건 견딜 수 없어요!"

"나를 속여서 내게 기쁨을 주다니! 왜 그랬나요? 왜요!"

"처음에는 그 애에게 친절을 베풀려고 시작했어요. 그런 단순한 애가 괴로워하는데 어떻게 도와주지 않을 수가 있겠어요? 하지만 그 일을 계속했던 이유는 저의 기쁨을 위해서였다는 것을 시인하겠어요."

레이는 고개를 들었다. "그 일이 왜 당신에게 기쁨을 주었죠?"

"이야기하지 않는 게 좋겠어요." 그녀가 대답했다.

그는 계속해서 그녀를 바라보았고, 뚫어지게 응시하는 시선 아래 갑자기 그녀의 입술이 떨리기 시작하고 눈에는 눈물이 고이는 것을 보았다. 그녀는 옆으로 비켜서며 역에 가서 집으로 가는 기차를 타야겠으니 마차를 바로 부를 수 있는지 물어보았다.

하지만 레이는 그녀에게 다가가 그녀의 손을 잡았다. 그녀는 레이의 손을 뿌리치지 않았다. "이런 일이 있다니! 당신과 나는 편지로 맺어진 친구…… 연인…… 아니 열렬한 연인이네요, 그렇죠?"

"네, 그런 것 같아요."

"그 이상입니다."

"그 이상이라니요?"

"명백히 그 이상의 관계입니다. 그건 부정할 수 없는 일입니다. 법적으로 저는 애나와 결혼했지만—오, 하나님 저희를 보호하소서—하지만 정신과 영혼으로는 이 세상 그 어느 여자도 아닌 당신과 결혼한 겁니다!"

"쉿! 조용히 하세요!"

"조용히 할 수 없어요! 왜 당신은 이미 반은 인정했으면서 완전한 진실을 속이려고 드는 겁니까? 네, 결합은 그녀와 내가 아니라 바로 당신과 나 사이에 이루어진 것입니다! 이제 저는 더 이상 아무 말도 하지 않겠습니다. 그러나 제게는 잔인한 당신에 대한 권리가 아직 한 가지 남은 것 같군요!"

그녀는 무엇이냐고 묻지 않았다. 그는 그녀를 가까이 끌어당기고는 그녀에게 몸을 굽혔다. "그 편지의 내용 모두가 지어낸 것이라면 저에게 당신의 뺨만 주십시오. 하지만 당신이 쓴 것이 진심이었다면 입술을 주십시오. 이것이 처음이자 마지막일 것입니다, 잊지 마세요!"

그녀는 입술을 그의 얼굴을 향해 올렸으며 그는 그녀에게 오랫동안 키스했다. "저를 용서하시는 건가요?" 그녀가 울면서 물었다.

"네."

"하지만 당신은 이제 어떻게 해요! 당신 인생을 망쳐버렸으니……"

"뭐, 상관없습니다." 어깨를 으쓱하며 그가 대답했다. "제가 자초한 결과인 거죠!"

그녀는 뒤로 물러서서 눈물을 닦고 애나가 있는 방으로 가서 작별 인사를 했다. 애나는 그녀가 이렇게 일찍 떠나리라고 생각하지 못했으며 편지와 계속 씨름을 하고 있었다. 레이는 이디스를 따라 아래층으로 내려갔고 그녀는 삼 분 후에 워털루 역으로 가는 이륜마차에 앉아 있었다.

레이는 자기 아내가 있는 곳으로 돌아왔다. "애나, 오늘은 편지를 쓰지 않아도 돼요." 그는 부드럽게 말했다. "옷을 챙겨요. 우리도 곧 출발합시다.”

자신이 정말로 결혼했다는 사실에 고무된 이 단순한 소녀는 사실을 털어놓은 후에도 그가 변함없이 친절한 것이 너무 기뻤다. 레이는 까다로운 도시 사람인 자신이 쇠사슬에 묶여 평생 갤리선에서 일하는 모습이 눈앞에 선했다. 옆에는 글도 모르는 시골뜨기인 그녀가 쇠사슬로 자신에게 매여 있는 채로…… 애나는 레이가 그런 생각을 하고 있다는 사실을 몰랐다.

이디스는 그날 비탄에 잠겨 망연자실한 얼굴을 하고 멜체스터로 돌아갔다. 그녀의 입술은 그와의 절망적인 키스로 인해 아직도 얼얼했다. 정열에 타올랐던 그녀의 꿈이 결말에 이른 것이었다. 해질 무렵 멜체스터 역에 이르렀을 때 그녀의 남편이 마중 나와 있었다. 그러나 그는 마지못해 나왔기 때문에 주위에 관심을 기울이지 않았고, 그녀는 자신의 감정에 너무 몰두해 있었으므로 서로 보지 못했다. 그래서 이디스는 홀로 역에서 걸어나왔다.

그녀는 마차도 부르지 않고 기계적으로 집으로 걸어갔다. 집에 들어선 그녀는 적막을 견딜 수가 없어 애나가 침실로 썼던 방으로 가서 어둠 속에서 한동안 생각에 잠겨 있었다. 그리고는 응접실에 가서 자신이 무슨 일을 하는지도 모르는 채 바닥에 주저앉았다.

“내가 그의 인생을 망쳐놓은 거야!” 그녀는 되풀이해서 말했다. “그녀를 배반하지 않으려다 난 그의 인생을 망쳐놓은 거야!”

반 시간이 지난 후 누군가 집의 문을 열었다.

“아…… 누구세요?” 어두웠기 때문에 그녀는 놀라 벌떡 일어났다.

"당신 남편이지. 나 말고 누구겠어?" 덕망 있는 상인이 대답했다.

"아…… 내 남편! 내게 남편이 있다는 것을 잊고 있었어!" 그녀는 혼자 중얼거렸다.

"역에서 당신을 놓쳤어." 그는 계속해서 말했다. "애나 결혼식은 잘 치른 거요? 잘 치렀으면 좋겠군. 결혼할 때가 됐지."

"네, 애나는 결혼했어요."

이디스가 집으로 돌아왔을 때 애나와 그녀의 남편은 놀시아로 향하는 이급 마차 안에서 서로 맞은 편 창가에 앉아 있었다. 그의 손에는 빽빽이 글이 쓰여 있는, 구겨진 편지로 가득한 가방이 있었다. 한 장 한 장 펴면서 그는 조용히 이 편지들을 읽고 한숨을 쉬었다.

"찰스, 뭐하고 있어요?" 맞은 편 창가에서 그녀는 주저하면서 묻고는, 그가 마치 신이라도 되는 양 다가갔다.

"애나라고 서명이 된 이 달콤한 편지들을 다시 읽고 있소." 그는 체념한 듯 쓸쓸하게 대답했다.

哀

[애]

나보다 당신의 본성에
독이 더 많지 않았을까요?

라파치니의 딸

나다니엘 호손

아주 오래 전에 지오바니 구아스콘티라는 젊은이가 파두아 대학에서 연구를 하기 위해 이탈리아 남쪽에 위치한 한 지방에서 올라왔다.

지오바니는 주머니에 금화 몇 닢 정도밖에 없었으므로 어느 오래된 건물의 높고 음울한 방에 숙소를 정했다. 그 건물은 파두안 귀족 가문의 성이었다고 해도 손색이 없었을 듯 보였는데, 실제로 그 입구에는 오래 전에 이미 사라진 한 가문의 문장이 달려 있었다. 고국의 시에 대해 일가견이 있던 이 젊은 이방인은 이 가문의 조상 중의 하나, 어쩌면 한때 이 저택의 주인이었을지도 모르는 사람을 단테가 『지옥』이라는 작품에서 영원히 고통을 당하는 사람 중 하나로 그렸다는 것이 기억났다. 이런 기억과 연상들은 고향을 떠나온 젊은이가 당연히 느낄 만한 슬픔과 섞여 황량하고 가구도 제대로 갖춰져 있지 않은 그 방을 살펴보는 지오바니로 하여금 깊은 한숨을 내쉬게 했다.

"도련님!" 젊은이의 뛰어난 외모에 마음을 빼긴 늙은 리사베타 부인은 그 방이 묵을 만하다는 인상을 주기 위해 친절히도 애쓰고 있었다. "젊은 남자의 가슴에서 그런 한숨이 나오다니요! 이 저택이 음울합니까? 그렇다면 창밖으로 머리를 내밀어 보세요. 그러면 나폴리의 햇빛 못지않게 밝은 빛을 볼 수 있을 겁니다."

구아스콘티는 기계적으로 나이 든 부인이 충고한 대로 했지만, 이탈리아 남부의 햇빛만큼 파두아의 햇빛이 밝다는 말에 동의할 수 없었다. 그처럼 밝은 빛은 아니었지만 햇빛은 창 밑에 있는 정원에 떨어지면서 아주 정성스럽게 키운 듯한 다양한 식물 위에 그 양분의 기운을 나누어주고 있었다.

"정원이 이 집에 딸린 것인가요?" 지오바니가 물었다.

"아이고, 그럴 리가요. 저기서 자라는 나무들은 수확이 전혀 없잖아요." 늙은 리사베타 부인이 답했다. "저 정원은 아마 나폴리에까지도 널리 알려졌을 그 유명한 지아코모 라파치니 박사님이 직접 가꾸신 거랍니다. 그분이 이 식물들을 증류해서 마법과 같이 강력한 약으로 만들고 있다고 해요. 종종 박사님이 일하는 모습을 볼 수 있을 거고요 어쩌면 그 따님이 정원에서 자라는 이상한 꽃들을 따는 모습도 볼 수 있을 겁니다."

방을 정리할 만큼 하고 나서 그 늙은 부인은 젊은이에게 신의 가호가 있기를 빌며 나갔다.

지오바니는 창밖을 내다보는 것보다 더 좋은 소일거리를 찾지 못했다. 외견상으로 보아 그 정원은 이탈리아나 세계 그 어느 곳에 있는 정원보다도 더 일찍 조성된 파두아의 식물원들 중의 하나로 생각되었다. 아니면, 한때는 부유한 가문의 휴양지였을 확률이 높았다. 왜냐하면 정원의 한가운데에 희귀한 기술로 조각되었으나 너무 처참히 부서져 남아 있는 조각들로는 도저히 원래의 모양을 가늠할 수 없는 대리석 분수의 잔해가 있었기 때문이다. 하지만 물은 여전히 쾌활하게 햇빛 속으로 계속해서 솟구치며 반짝였다. 그 콸콸하는 물소리는 젊은이의 창가에까지 올라와서 주위의 영고성쇠에 개의치 않고 끊임없이 자신의 노래를 부른, 한 세기 동안에는 그 노래를 대리석 안에 가두었다가 다른 세기에는 사라지기 쉬운 운치를 흙 위에 뿌린 이 분수가 마치 불멸의 정령처럼 느껴졌다. 물이 흘러 이룬 웅덩이 주위에는 다양한 식물들이 자라고 있었는데, 그 거대한 잎들과 어떤 경우 화려하고 커다란 꽃들을 위해 많은 양의 수분이 필요한 듯했다. 특히 웅덩이 한가운데의 대리석 항아리 안에 심어진 관목은 보랏빛 꽃을 풍성히 피웠는데, 그 꽃 하나하나가 보석의 광채와 화려함을 지녀서 꽃송이 모두가 어우러지니 햇빛이 없어도 정원 전체를 밝힐 만한 눈부신 광경을 만들어냈다. 정원은 식물과 허브들로 가득 차 있었는데, 비록 덜 아름답더라도 이를 기르는 과학자가 각각의 가치를 잘 알고 있는 듯 세심하게 배려해서 돌본 흔적이 있었다. 어떤 것들은 고풍스러운 조각이 가득한 단지 안에, 어떤 것들은 평범한 정원용 화분에 들어 있었다. 또한 땅을 따라 뱀처럼 기어가거나 혹은 타고 올라갈 수 있는 것이라면 무엇이든지 이를 감고 높이 올라가는 식물들도 있었다. 나무 하나는 베르탐누스 신의 동상을 화환처럼 감싸고 올라가 늘어진 잎사귀가 마치 장막처럼 동상을 덮고 있어 조각가가 연구할 만할 정도로 근사한 모양을 하고 있었다.

지오바니가 창가에 서 있는 동안 나뭇잎 뒤쪽에서 바스락거리는 소리가 들려 누군가 정원에서 일하고 있다는 것을 알게 되었다. 곧 그 사람의 모습이 지오바니의 시야에 들어왔는데, 평범한 일꾼이 아니라 키가 크고 여위었으며, 마르고 병약해 보이는 남자로 학자들이 입는 검은 옷차림을 하고 있었다. 그는 중년을 넘긴 남자로, 머리와 가는 수염은 희끗희끗했으며, 남다른 지성과 교양은 배어 있었지만 젊었을 때에도 결코 따뜻한 마음을 표현하지 못했을 그런 얼굴을 하고 있었다.

이 과학자 정원사는 지나는 발길마다 자라고 있는 관목 하나하나를 어찌나 몰두해서 점검하는지 어느 누구도 그보다 더 집중할 수는 없을 듯했다. 마치 그들의 창조적 본질에 대한 관찰을 하며 왜 어떤 잎은 이런 모양으로, 어떤 잎은 또 다른 모양으로 자라는지, 그리고 왜 어떤 꽃들은 빛과 향기에 있어 차이가 나는지 그들의 내면의 본성을 들여다보는 듯했다. 그러나 그럼에도 불과하고 이 식물들과 더 친근감을 갖고자 하는 마음은 전혀 없는 듯 보였다. 오히려 그는 그 식물들을 실제로 만지거나 직접 향기를 맡는 것을 아주 조심해서 피했는데 이러한 경계심은 지오바니에게 불쾌한 마음이 들게 했다. 그 남자의 태도는 마치 한순간 방심이라도 하게 되면 자신에게 끔찍한 치명상을 가할 수 있는 맹수나 독사, 악령 같은 악의 세력들 가운데를 걷는 듯했다. 타락하기 이전의 인류의 조상이 가졌던 기쁨과 수고에 흡사한, 인간의 노동 중 가장 단순하고 순수한 정원을 가꾸는 일을 하는 사람에게서 이러한 불안의 기운을 목격하는 것은 젊은이의 상상력에 묘한 공포감을 더해 주었다. 그렇다면 이 정원은 현세계의 에덴이었던가? 그리고 자신의 손으로 키운 것들에게서 위험을 감지하는 이 남자는 오늘날의 아담이었나?

이 의심 많은 정원사는 두꺼운 장갑으로 손을 보호한 채 시든 잎사귀는 떼어내고 너무 무성하게 자란 관목은 잎을 다듬었다. 장갑만이 그의 유일한 방호복이 아니었다. 그가 정원을 걷다가 대리석 분수 옆에 보랏빛 보석을 드리운 그 찬란한 나무에 이르렀을 때, 이 모든 아름다움이 보다 더 치명적인 악의를 숨기고 있는 듯 자신의 입과 코 위로 마스크를 걸쳤다. 그러나 자기의 작업이 너무나 위험하다고 느꼈는지 뒤로 물러서더니 마스크를 벗고 크게, 그러나 속병을 앓고 있는 사람처럼 허약한 목소리로 불렀다.

"베아트리체! 베아트리체!"

"저 여기 있어요, 아버지. 왜 그러세요?" 맞은편에 있는 집 창문에서 풍부하고 젊은 목소리가 외쳤다. 그 목소리는 열대 지방의 황혼만큼 풍요롭고 왜인지는 모르겠지만 지오바니에게 보랏빛이나 진홍빛과 같은 깊은 색감과 달콤한 향기를 연상하게 했다. "정원에 계시나요?"

"그래, 베아트리체." 정원사가 대답했다. "네 도움이 필요하구나."

곧 조각 장식이 되어 있는 현관 입구 아래에서 가장 눈부시게 아름다운 꽃처럼 화려한 취향의 옷을 입은 어린 아가씨의 모습이 나타났다. 그녀는 낮처럼 아름다웠고 조금만 더 진했더라도 지나칠 정도로 짙은 빛으로 선명하게 피어 있었다. 그녀는 생기와 건강, 에너지가 넘쳐 보였으며, 이 모든 속성들이 그 풍요함 그대로 그녀의 허리띠에 의해 다 잡혀 조여져 있는 듯 보였다. 그러나 지오바니의 상상력은 그가 정원을 내려다보고 있는 동안 병적으로 변해가고 있음에 틀림없었다. 왜냐하면 그 아름다운 낯선 사람이 그에게 준 인상은, 마치 그녀가 다른 꽃들의 자매로서 그들만큼 아름답고, 아니 그들 중 가장 화려한 꽃보다 아름답지만 장갑을 끼어야만 만질 수 있고 마스크 없이는 접근할 수 없는 또 하나의 꽃인 듯했기 때문이다. 정원에 난 길을 따라 내려오면서 베아트리체는 아버지가 용의주도하게 피했던 몇몇 나무들을 만지며 그 향기를 맡았다.

"여기다, 베아트리체." 그녀의 아버지가 말했다. "소중한 우리의 보물을 돌보려면 할 일이 얼마나 많은지 봐라. 마음은 아프지만 이 나무가 필요한 만큼 가까이 다가간다면 내 건강이 그 대가를 치러야 될 것 같다. 그러니 이 나무는 너에게 전적으로 맡겨야겠구나."

"기꺼이 맡을게요." 아가씨는 그 빼어난 나무를 향해 몸을 굽혀 이를 안으려는 듯 팔을 벌리고는 풍요로운 목소리로 다시 말했다. "그래, 내 동생, 나의 영광, 너를 가꾸며 보살피는 것은 이제 내 일이야. 그러면 너는 내 생명의 호흡인 너의 키스와 향기로운 숨결로 나에게 보답을 해주어야 한다."

그리고서 그녀는 자신의 말에서 강하게 표현했듯이 아주 자상하게 그 나무를 정성껏 보살펴주었다. 지오바니는 높은 창문에서 눈을 비비며 자기가 보고 있는 광경이 한 아가씨가 사랑하는 꽃을 돌보고 있는 것인지, 아니면 언니가 동생에게 사랑을 표현하고 있는 것인지 거의 분간이 되지 않았다. 이러한 광경은 곧 끝이 났다. 라파치니 박사가 정원에서 작업을 다 마쳤는지 아니면 그의 경계의 눈이 낯선 사람의 얼굴을 포착한 것인지 모르겠으나, 그는 딸의 팔을 끼고 집으로 들어갔다.

벌써 밤이 다가왔으며 식물들로부터 불쾌한 향취가 배출되어 열린 창가로 엄습하는 것 같았다. 지오바니는 격자창을 닫고 잠자리로 가서 풍요로운 꽃과 아름다운 아가씨에 대해 꿈을 꾸었다. 꽃과 아가씨는 다르기도 했지만 또 같기도 해서 각자의 모습에 어떤 이상한 위험을 안고 있는 듯했다.

그러나 아침의 햇살에는 해가 진 후나 혹은 밤의 어둠 속에서, 또는 음울한 달빛 속에서 우리가 저지른 상상이나 판단의 실수를 교정시켜 주는 영향력이 있다. 지오바니가 잠에서 깨어나 처음으로 한 일은 창문을 열어 그의 꿈을 그토록 신비로 가득하게 만든 정원을 내려다보는 것이었다. 그는 잎사귀와 꽃잎에 달려 있는 이슬을 금빛으로 반짝이게 하고 모든 희귀한 꽃들에게 더 환한 아름다움을 부여하는 동시에 모든 것을 평범한 경험의 경계 안으로 불러들이는 첫 햇살 아래에서 그 정원의 모습이 얼마나 일상적이며 실제적인지를 발견하고는 놀라고 조금은 부끄럽기도 했다. 지오바니는 황량한 도시 가운데서 이렇게 아름답고 풍요로운 녹음을 내려다볼 수 있는 특권에 감사했다. 이 정원은 자신이 대자연과 계속 교감을 나눌 수 있게 해주는 상징적인 언어가 될 수 있다고 생각했다. 아직까지 병약하고 생각에 지친 지아코모 라파치니 박사나 그의 찬란한 딸도 모두 보이지 않았다. 그래서 지오바니는 그들에게서 본 기이함이 얼마나 그들 자신의 특질에 의한 것인지 아니면 지오바니 자신이 상상하는 환상에 기인한 것인지 가늠할 수 없었지만 모든 일을 가장 이성적으로 보기로 마음먹었다.

낮 동안에 지오바니는 자신의 소개장을 드려야 하는 명성 높은 의사이자 대학의 의학교수인 피에트로 발리오니 교수를 찾아가 인사를 드렸다. 교수는 유쾌하다고 할 수 있는 태도와 온화한 품성을 지닌 나이가 지긋한 분이었다. 그는 지오바니에게 저녁 식사까지 대접했다. 특히 터스칸 와인 한두 병을 마시고 취기가 오르자 자유롭고 쾌활한 대화로 자상하게 대해 주었다. 지오바니는 같은 도시에 사는 이 두 과학자가 서로 알고 지내는 사이일 거라고 추측하고는 라파치니 박사의 이름을 꺼냈다. 그러나 지오바니가 예상한 것과는 달리 교수는 그다지 달갑지 않다는 듯한 반응을 보였다.

"라파치니와 같이 뛰어난 기술을 가진 의사에게 당연히 해야 할 찬사를 하지 않는다면 그것은 신성한 의술을 가르치는 선생으로서 옳은 행동이 아니지." 지오바니의 질문에 발리오니 교수가 대답했다. "그렇지만 내 옛 친구의 아들인 지오바니 자네와 같은 젊은이가 자신의 운명을 좌우할 수도 있는 사람에 대해 잘못된 생각을 품게 내버려둔다면 내 양심을 저버리는 일이 되네. 사실은 존경하는 우리의 라파치니 박사는 파두아나 이탈리아 전체의 어느 교수—아마 한 사람 정도 예외가 있을 수 있겠지만—못지않은 과학적 지식을 가지고 있지만 그의 직업상의 인격에는 심각한 결함이 있어."

"그것이 무엇입니까?" 젊은이가 물었다.

"의사에 대해 이리 호기심이 많다니, 자네 몸이나 마음에 무슨 말 못할 질병이라도 있는가?" 교수는 미소를 지으며 말했다. "사람들 말로는 라파치니가 인류보다 과학에 훨씬 더 관심이 많다고들 하는데 그를 잘 아는 나로서도 그 말이 맞는다고 하겠네. 그에게 환자들은 단지 새로운 실험 대상으로서만 흥미가 있을 뿐이지. 그는 자신이 축적한 지식에 겨자 씨만한 지식이라도 더할 수 있다면 자기를 포함한 모든 사람의 생명이나 자신에게 가장 소중한 것도 얼마든지 희생할 수 있는 사람일세."

"저도 그 분이 무섭다는 생각이 듭니다." 구아스콘티는 라파치니 박사의 차갑고 철저히 지적인 모습을 생각하며 말했다. "그렇지만 교수님, 그것은 숭고한 정신이 아닌가요? 사랑이나 과학에 있어 그렇듯 숭고한 정신을 가질 수 있는 사람이 흔할까요?"

"그러면 안 되지." 교수는 조금 퉁명스럽게 대답했다. "적어도 치료술에 대해 라파치니보다는 건전한 견해를 가지고 있어야지. 그의 이론에 따르면 모든 의약적 효능은 우리가 식물적 독이라는 부르는 성분 안에 함유되어 있다는 거야. 그는 그 성분을 모두 직접 자신의 손으로 만들어낸다네. 사람들은 그가 자연이 만든 독보다 훨씬 유독한 새로운 종류의 독을 개발해 자연은 박사의 도움 없이는 이 세계에 재앙을 입히지 못한다고 말들을 하지. 이러한 위험한 성분으로 인해 일어날 수 있는 해악을 우리 의사 선생님께서 저지르지 않는다는 것만은 사실이야. 이따금 그가 대단한 치료제를 만들어내거나 그렇게 보일 때도 있지만, 내 사적인 견해를 이야기한다면, 그는 그러한 성공의 사례—아마도 우연히 일어난 일이겠지만—에 대한 공로를 인정받기보다는 온전히 자업자득이라 볼 수 있는 실패에 대해서 엄격하게 책임을 져야 되네."

발리오니 교수와 라파치니 박사 사이에 직업상의 심리전이 오랫동안 있어왔고 대체로 라파치니가 좀 더 우세하게 생각되고 있다는 것을 알았다면 지오바니는 발리오니 교수의 견해들을 상당 부분 참작하여 받아들였을 것이다. 만약 독자들도 직접 판단을 내리고 싶다면 파두아 대학의 의학과에 보관되어 있는 두 사람의 소논문들을 참고해 보길 바란다.

"존경하는 교수님, 저는 잘 모르겠습니다." 라파치니 박사의 오로지 과학에 대한 열정에 대해 한동안 상고하더니 지오바니가 대답했다. "그 의사께서 자신의 의술을 얼마나 사랑하는지 전 잘 알지 못하지만, 그에게 더 소중한 대상이 분명히 있을 겁니다. 그분에게는 딸이 있지 않습니까."

"아!" 교수는 웃으면서 큰 소리로 외쳤다. "이제야 지오바니의 비밀이 드러나는군. 파두아의 모든 젊은이들이 열광하는, 그러나 그녀의 얼굴을 볼 수 있을 만큼 운이 좋은 사람은 대여섯 명도 안 되는 그의 딸에 대한 소문을 들었군. 난 라파치니가 그가 익힌 학문을 딸에게 철저히 가르쳤고, 젊고 아름답다고 소문난 그녀가 교수 자리를 차지할 수 있을 정도로 이미 자격을 갖추었다는 것 외에는 베아트리체 양에 대해서 아는 것이 많지 않네. 어쩌면 그녀의 아버지가 자기의 딸을 내 자리에 앉힐 계획인지도 모르지! 다른 터무니없는 소문이 있지만 모두 다 이야기하거나 들을 가치가 없어. 자, 지오바니 군, 라크리마 잔을 어서 비우게."

와인을 마신 지오바니는 약간 취해서 숙소로 돌아왔다. 술기운 때문인지 지오바니는 라파치니 박사와 아름다운 베아트리체에 대한 이상한 환상으로 머리가 빙빙 돌았다. 오는 길에 꽃집을 지나게 된 그는 싱싱한 꽃다발을 샀다.

자신의 방으로 올라가서 지오바니는 창 가까이에, 그러나 들키지 않고 정원을 내려다볼 수 있도록 벽으로 인해 생긴 그림자 속에 자리를 잡고 앉았다. 그의 눈 아래에는 정적만이 깔려 있었다. 이상한 식물들은 마치 서로에게 공감을 한다는 듯, 또한 서로의 유사성을 확인하려는 듯 때때로 고개를 끄덕이면서 햇빛을 쬐고 있었다. 이 식물들 가운데 부서진 분수 옆에는 그 화려한 관목이 자라고 있었다. 그 관목을 가득 덮은 보랏빛 보석들은 공중에서 반짝거리며 빛났고, 그 빛은 웅덩이 깊은 곳에서 다시 반사되었다. 웅덩이 안은 물속에 잠긴 그 화려한 반영으로 인해 광채로 흘러넘치는 듯했다. 앞서 말했듯이 처음에는 정원에 정적만이 흘렀다. 그러나 지오바니가 한편으로는 기대하고 한편으로는 두려워했던 대로 곧 고풍스럽게 조각된 입구 밑에서 사람의 형상이 나타나더니, 마치 달콤한 향기를 맡으며 사는 전설 속의 주인공처럼 식물들이 줄지어 있는 사이로 내려오면서 다양한 향기를 들이마셨다. 베아트리체를 다시 바라보면서 젊은이는 그녀가 자신이 기억했던 것보다 훨씬 아름답다는 사실을 깨닫고 놀라기까지 했다. 그 아름다움은 너무나 눈부시고 선명해서 마치 햇빛 가운데서도 빛나는 듯했고 지오바니가 혼잣말을 했듯이, 확실히 정원의 어두운 구석까지 환히 밝혀주었다. 지난번 보았을 때보다 그녀의 얼굴이 더 잘 드러났는데 지오바니는 그 얼굴에 나타난 순수하고 사랑스러운 표정을 보고 놀랐다. 그 표정들은 지오바니가 그녀의 성격으로는 전혀 생각하지 못했던 특질을 보여주는 것이었기에 그로 하여금 그녀가 어떤 종류의 사람인지 다시금 자문하게 만들었다. 그는 다시 한 번 그 아름다운 처녀와 분수 위로 보석 같은 꽃을 드리운 찬란한 나무 사이에 닮은 점이 있다는 사실을 깨닫게 되었다. 베아트리체의 옷과 그 색깔은 환상적인 분위기를 뿜어내어 나무와의 유사함을 더욱 강조하는 듯했다.

그녀는 나무에 다가서면서 두 팔을 벌려 열정적으로 그 가지들을 안았는데, 너무나 사랑스러운 듯 끌어안아서 그녀의 얼굴은 무성한 잎사귀에 묻혀버리고 그녀의 빛나는 곱슬머리는 꽃들과 뒤섞여 분간이 가지 않았다.

"너의 숨결을 나에게 불어주렴, 내 동생아." 베아트리체가 말했다. "보통 공기는 나를 답답하게 하는구나. 그리고 내게 이 꽃을 주렴. 줄기에서 조심스럽게 떼어내어 내 심장 가까이에 달게."

이렇게 말하면서 라파치니의 아름다운 딸은 나무에서 가장 탐스러운 꽃을 따서 막 가슴에 달려고 했다. 그러나 바로 그때, 술기운이 지오바니의 의식을 혼란시킨 것이 아니라면, 기이한 일이 일어났다. 마침 도마뱀이나 카멜레온 같은 종류로 보이는 주황색이 나는 작은 파충류 한 마리가 베아트리체 발치 밑의 길을 따라 기어오고 있었다. 그런데 지오바니에게는—비록 먼 거리에 떨어져 있어서 자세하게 보이지는 않았으나—꺾인 꽃의 줄기에서 한두 개의 물방울이 도마뱀의 머리 위로 떨어진 듯 보였다. 잠시 그 파충류는 격렬하게 몸을 뒤틀더니 햇빛 속에서 꼼짝하지 않았다. 베아트리체는 이 이상한 광경을 바라보고는 슬프게, 그러나 전혀 놀라지 않으며 가슴에 성호를 그었다. 그리고 머뭇거리지 않고 가슴에 그 치명적인 꽃을 달았다. 거기에서 그 꽃은 마치 귀한 보석처럼 찬란한 빛을 뿜으며 붉게 피어오르면서 그녀의 옷과 모습에 이 세상의 그 어떤 것도 줄 수 없는 매력을 더해주었다. 그러나 지오바니는 창의 그늘진 곳에서 벗어나서 앞으로 몸을 뺀다가 다시 움츠렸다. 그리고 몸을 떨면서 중얼거렸다.

"지금 내가 깨어 있는 것이 맞는가? 내 이성이 붙어 있는 것인가?" 그는 자신에게 말했다. "이 존재는 무엇인가? 그녀를 아름답다고 해야 하는가 아니면 표현할 수 없을 정도로 무시무시하다고 해야 하는가?"

베아트리체는 정원 여기저기를 돌아다니다가 이제 지오바니의 창 아래 다다르게 되었다. 지오바니는 그녀가 불러일으킨 강렬하고 고통스러운 호기심을 충족시키기 위해 숨어 있던 곳으로부터 머리를 내밀었다. 그 순간 아름다운 곤충 한 마리가 정원의 벽을 넘어 날아왔다. 이 곤충은 도시를 헤매다가 그 오래된 인간의 근거지에서는 꽃도 풀도 찾지 못하고 결국은 라파치니 박사가 키우는 나무들의 강한 향기에 이끌려 멀리서 여기까지 날아온 것 같았다. 이 날개 달린 곤충은 꽃 위에 앉지 않고 베아트리체에게 매료되었는지 공중에 머무르면서 그녀 머리 주위를 날아다녔다. 이때 지오바니 구아스콘티의 눈이 그를 속였다고 생각할 수밖에 없는 일이 일어났다. 실제로 그랬는지도 모르겠지만, 베아트리체가 어린아이와 같이 기뻐하면서 곤충을 바라보고 있을 때, 그것은 점점 힘이 빠지더니 그녀의 발치에 떨어져 그 빛나던 날개를 떨더니 죽었다. 그녀의 숨결 때문이 아니라면 이 죽음에 대한 다른 이유를 짐작할 수가 없었다. 베아트리체는 다시 가슴에 성호를 긋고 죽은 곤충을 내려다보며 한숨을 지었다.

이때 지오바니의 갑작스러운 움직임이 그녀의 시선을 창문으로 향하게 했다. 거기서 그녀는 한 젊은 남자의 아름다운 머리—순수한 얼굴에 금빛이 도는 곱슬머리를 한, 이탈리아인의 것이라기보다는 희랍인의 특징을 가진 머리—가 마치 공중에 떠다니는 듯 자신을 내려다보고 있는 것을 보았다. 지오바니는 얼떨결에 여태까지 손에 들고 있던 꽃다발을 아래로 던졌다.

"아가씨, 순결하고 싱싱한 꽃입니다. 지오바니 구아스콘티를 위해 받아주십시오."

"감사합니다." 베아트리체는 마치 음악이 솟구쳐 흐르는 듯한 풍부한 목소리로 반은 아이 같고 반은 여성스러운 기쁨에 찬 표정을 지으면서 대답했다. "당신의 선물을 받겠습니다. 그리고 기꺼이 이 사랑스러운 보랏빛 꽃을 답례로 드리고 싶지만, 위로 던지면 당신에게 닿지 않을 것 같네요. 그러니 구아스콘티 씨, 제 감사의 말로 만족하셔야겠어요."

그녀는 땅에서 꽃다발을 집어올리더니 숙녀로서 자제하지 못하고 낯선 이의 인사에 대답한 것이 속으로는 부끄러운지 재빨리 정원을 가로질러 집으로 향했다. 그러나 아주 잠깐이기는 했으나 그녀가 조각된 기둥을 지나갈 때 지오바니의 눈에는 그가 준 꽃다발이 벌써 그녀의 손안에서 시들기 시작한 것처럼 보였다. 그러나 그것은 근거 없는 생각이었다. 그렇게 먼 거리에서 시든 꽃과 싱싱한 꽃을 구별하기는 불가능했을 것이기 때문이다.

이 일이 있은 후 젊은이는 무심코 바라보다가는 어떤 흉측하고 기괴한 광경이 그의 시야를 망쳐버릴 것 같아 여러 날 동안 라파치니 박사의 정원이 내려다보이는 창을 피했다. 그는 베아트리체와 이야기를 나눈 뒤로 어떤 알 수 없는 힘의 영향을 어느 정도 받고 있다는 사실을 인식했다. 그의 마음이 실제적인 위험에 처해 있다면 그가 취할 수 있는 가장 현명한 방법은 즉시 그의 숙소와 파두아를 떠나는 것이다. 그 다음으로 현명한 방법은 되도록이면 먼 거리에서 낮 시간 동안 베아트리체의 친숙한 모습에 적응하며, 엄격히 그리고 의식적으로 그녀와의 관계를 일상적인 생활 안으로 끌어들이는 것이다. 적어도 지오바니는 그녀와 마주치는 것을 피하면서 이 평범하지 않은 여자와 그처럼 가까이에 계속 머물러 있는 것만은 피했어야 했다. 그녀가 가까이에 있고 그녀와 만날 수 있다는 가능성이 지오바니의 상상력이 계속 무성하게 키워내는 무모한 환상에 일종의 실체나 현실감을 부여하는 결과를 낳았기 때문이다. 구아스콘티는 누군가를 깊이 사랑할 수 있는 사람이 아니었다. 적어도 현재에는 그의 마음 깊이 그러한 감정이 느껴지지는 않았지만, 그의 빠른 상상력과 정열적인 남방의 기질은 그를 매 순간 더 높은 열정의 단계로 올려놓았다.

지오바니가 목격한 그 끔찍한 특질들, 그 죽음의 숨결, 그리고 그토록 아름답고 치명적인 꽃들과의 유사성이 베아트리체에게 있건 없건 간에 그녀는 적어도 매섭고도 미묘한 독을 그의 몸 안에 주입한 것이었다. 비록 지오바니가 그녀의 아름다움에 도취되었으나 그것은 사랑이 아니었고 그녀의 육체를 침투한 파멸의 기운이 그녀의 영혼 역시 침투했을 거라고 생각했지만 그것은 공포 또한 아니었다. 그것은 바로 사랑과 공포가 낳은 산물로서 사랑처럼 타오르기도 하고 또 공포처럼 벌벌 떨게도 했다. 지오바니는 무엇을 두려워해야 하는지 몰랐으며 또 무엇을 소망해야 하는지는 더더구나 몰랐으나 그의 가슴속에는 희망과 공포가 계속 다투면서 번갈아가며 서로를 짓누르고 다시 일어나 새로 싸움을 시작했다. 어둡던 밝던 간에 단순한 감정이야말로 축복을 받은 것이다! 지옥의 불을 활활 타오르게 하는 것은 이 둘의 끔찍한 혼합인 것이다.

지오바니는 때때로 그의 영혼의 열병을 가라앉히고자 파두아 거리나 성문 너머를 빠른 걸음으로 산책했다. 발걸음은 그의 머릿속에 울리는 박동에 맞추어 딛게 되어 결국은 달리는 것처럼 빨라지곤 했다. 어느 날 이렇게 걷고 있는 그를 누군가 저지했다. 한 뚱뚱한 신사가 그를 알아보고는 헐떡거리며 되돌아와서 그의 팔을 붙들었던 것이다.

"이보게, 지오바니 군!" 그가 소리쳤다. "나를 잊은 건가? 내가 자네만큼 그렇게 변했다면 그럴 만도 하겠군."

그는 발리오니 교수였다. 지오바니는 그와의 첫 만남 이후 교수가 그 현명함으로 자신의 비밀을 너무 깊이 파고들 것 같아 그를 피해 다녔다. 그는 마음을 가라앉히려고 애썼다. 그리고 자신의 내면의 세계에서 외부의 세계를 혼란스럽게 바라보며 마치 꿈을 꾸고 있는 듯한 사람처럼 말했다.

"네, 저는 지오바니 구아스콘티입니다. 선생님은 피에트로 발리오니 교수님이시고요. 자, 이제 지나가도록 해주십시오."

"아직은 안 되네. 아직은 안 돼, 지오바니 구아스콘티 군." 교수는 웃으면서 동시에 진지한 시선으로 젊은이를 유심히 살펴보았다. "난 자네 부친과 함께 자란 친구인데 그 아들이 날 파두아의 옛 거리에서 낯선 사람처럼 지나쳐가다니 말이 되나? 잠시 서게, 지오바니 군. 헤어지기 전에 몇 마디 말을 나눠야겠네."

"그렇다면 빨리 하십시오, 교수님." 지오바니는 안절부절못하며 조급하게 대답했다. "제가 지금 바쁜 것이 보이지 않으신가요?"

지오바니가 말하고 있는 그때 검은 옷을 입은 한 남자가 병을 앓고 있는 사람처럼 구부정한 자세로 힘없이 다가왔다. 그의 얼굴은 온통 누르스름해서 병색이 짙었지만 날카로운 지성의 표정이 압도하고 있어서 사람들은 쉽게 육체적 특징은 간과하고 이 놀랄만한 에너지만 봄 직했다. 그 남자는 지나가면서 발리오니와는 냉랭한 인사만을 주고받았지만 지오바니에게는 시선을 고정한 채 마치 그 안에 있는 주목할 만한 가치를 지닌 특질은 무엇이든 끌어낼 수 있을 것 같이 뚫어지게 쳐다보았다. 그러나 그 시선에는 묘한 차분함이 있었는데 마치 젊은이에 대해 인간적인 관심이 아니라 단순히 사변적인 관심을 갖는 듯했다.

"라파치니 박사네!" 낯선 사람이 지나간 후 교수님이 속삭였다. "그가 자네 얼굴을 본 적이 있었나?"

"제가 알기로는 없습니다." 지오바니는 라파치니 박사라는 이름을 듣고 놀라며 대답했다.

"그는 자넬 본 적이 있어! 틀림없이 봤을 거야!" 발리오니는 조급하게 말했다. "목적이 뭔지는 모르겠지만, 이 과학자는 자넬 연구 대상으로 삼았네. 난 그런 그의 표정을 알지! 그가 어떤 실험을 하면서 꽃의 향기로 죽게 만든 새나 쥐, 나비를 바라볼 때 그의 얼굴에 차갑게 빛나는 바로 그 표정이야. 그 표정은 자연 그 자체와 같이 깊이가 있지만 그 사랑의 따스함은 없지. 지오바니 군, 내 목숨을 걸고 장담하네만, 자넨 틀림없이 라파치니가 하는 어떤 실험의 대상이 되어버린 거야!"

"저를 놀리시는 겁니까?" 지오바니는 격해져서 말했다. "교수님, 그것은 참 이상한 실험이겠군요."

"진정하게, 진정해!" 교수가 침착하게 대답했다. "불쌍한 지오바니 군, 분명히 말하지만 라파치니는 자네에게 과학적인 관심을 가지고 있네. 자네는 그의 무서운 손에 빠져들고 말았어! 베아트리체 양은 이 이상한 실험에서 어떤 역할을 하고 있는가?"

그러나 구아스콘티는 발리오니 교수의 집요함을 더 이상 참을 수가 없어 교수가 그의 팔을 또 잡기 전에 그 자리에서 벗어났다. 그는 젊은이의 뒷모습을 지켜보면서 머리를 내저었다.

"정말 아니어야 할 텐데." 발리오니는 혼자 중얼거렸다. "저 젊은이는 내 옛 친구의 아들인데 의학적 비법이 지켜줄 수 없는 해는 당하지 말아야지. 게다가 라파치니는 내 손에서 그를 낚아채가서는 악마같은 실험에 이용하려고 하다니 도저히 참을 수 없는 무례를 저질렀지. 그의 딸이라는 존재도 문제야! 내가 한번 나서봐야겠어. 학식 높은 라파치니 박사님, 자네가 전혀 예상치 못한 일로 자네를 막을 수 있을지도 모르겠군!"

한편 지오바니는 우회로로 가서 결국 자신의 숙소 문 앞에 이르렀다. 집에 들어가다가 그는 리사베타 부인과 마주쳤다. 그녀는 히죽히죽 웃으며 분명 지오바니의 주의를 끌려고 했지만 그는 치솟은 감정 때문에 잠시 차갑고 무감각한 공허감에 빠져 있었다. 그의 시선은 미소를 짓자 주름으로 쭈글쭈글해진 부인의 얼굴을 향해 있었지만 실제로는 바라보지 않는 듯했다. 그래서 늙은 부인은 그의 망토를 붙들었다.

"도련님! 도련님!" 그녀는 얼굴 가득 미소를 지으며 속삭였는데 그 얼굴은 수세기를 지나는 동안 칙칙해져버린 기괴한 나무 조각품처럼 보였다. "도련님, 들어보세요! 그 정원에 들어가는 비밀 입구가 있어요!"

"뭐라고 하셨어요?" 지오바니는 무생물이 흥분한 생명체로 살아나듯 갑자기 홱 돌아서며 소리쳤다. "라파치니 박사의 정원으로 통하는 비밀 입구가 있다는 겁니까?"

"쉿! 그렇게 크게 말하지 마세요!" 그의 입을 자신의 손으로 가리면서 리사베타 부인이 속삭였다. "그렇다니까요. 고매한 박사님이 키운 훌륭한 나무들을 모두 볼 수 있는 그 정원으로 통하는 길이 있어요. 파두아의 수많은 남자들이 그 꽃들이 있는 곳에 출입할 수 있다면 금 정도는 아까워하지 않을 겁니다."

지오바니는 그녀의 손에 금화 한 닢을 쥐어주었다.

"길을 안내해주십시오."

아마 발리오니 교수와 나눈 대화로 인해 자극을 받아 그런 것이겠지만, 리사베타 부인의 이러한 중재가 그것이 어떤 성격의 음모든 간에, 빌리오니 교수가 생각하고 있는 그 음모—라파치니 박사가 어떤 실험에 지오바니를 끌어들이고 있다는—와도 관계가 있을 거라는 짐작이 지오바니의 뇌리를 스쳤다. 그러나 이러한 의심은 지오바니를 불안하게 했지만 그를 저지시킬 정도는 아니었다. 베아트리체를 만날 수 있다는 가능성이 있음을 알게 되자 그에게는 그녀를 만나는 일이 반드시 해야만 하는 절대적 필연처럼 느껴졌다. 그녀가 천사이건 악마이건 그것은 중요하지 않았다. 그는 되돌릴 수 없을 정도로 이미 그녀의 영향권 안에 들어와 있었으며 아예 예측하려고 시도조차 하지 않은 어떤 결과를 향해 점점 더 가까이 자신을 몰아가고 있는 그 힘에 복종할 수밖에 없었다. 그러나 이상하게도 문득 그녀에 대한 강렬한 관심이 망상은 아닌지, 지금 자신을 가늠할 수 없는 상태로 몰아넣는 것을 정당화할 만큼 그 관심이 깊고도 확실한지, 그리고 그것이 자신의 마음과는 별 관계가 없거나 전혀 관계없는, 단지 머릿속에서 파생된 환상에 불과하지는 않은지 하는 의심이 들었다.

그는 잠시 멈춰 서서 주저하며 몸을 반쯤 돌렸지만 다시 계속 걸어갔다. 그 늙은 안내자는 몇몇 외진 길들을 따라 지오바니를 인도하여 마침내 어떤 문을 열자 그들의 눈앞에 바람에 살랑거리는 잎사귀의 소리와 함께 잎들 사이로 햇빛이 비추는 광경이 펼쳐졌다. 지오바니는 비밀 통로 위로 덩굴손을 늘어뜨린 관목의 엉킨 가지들을 헤치고 나가 라파치니 박사의 정원에서 바로 자신의 방 창문 아래에 서 있게 되었다.

불가능한 일이 실현되고 안개 같던 꿈의 환영이 구체적인 현실이 될 때, 그러한 현실을 상상하며 기뻐하거나 혹은 고통스러워했을 그 상황에서는 오히려 침착하고 냉정해진 우리 자신을 발견하는 일을 종종 경험하게 된다. 운명은 우리를 이렇게 훼방 놓으면서 즐거워한다. 그리고 열정은 제 맘대로 현장에 달려들 순간을 결정하면서도 정작 열정이 필요한 상황이 되면 뒤에서 꾸물거린다. 지오바니가 바로 그러한 상황에 있었다. 바로 이 정원에서 베아트리체와 얼굴을 마주 보며 서서 그녀의 빛나는 아름다움을 만끽하고, 그녀의 눈빛에서 자신의 존재에 대한 수수께끼 같은 신비를 알게 되는, 일어날 것 같지도 않은 그녀와의 만남에 대한 생각에 그의 가슴은 날마다 뜨거운 피로 고동쳤었다. 그러나 지금 그의 가슴은 이상하게 침착했다. 그는 혹시 베아트리체나 그녀의 아버지가 나와 있는지 정원을 살폈는데 자신 혼자뿐임을 깨닫고는 식물들을 자세하게 관찰하기 시작했다.

나무들 모두 그를 실망시켰다. 그 나무들의 화려함은 너무나 강하고 열정적이며 심지어는 부자연스럽게 느껴졌다. 숲 속을 혼자 헤매던 사람이 야생에서 자라는 것을 보았다면 소스라치게 놀라지 않을 나무는 한 그루도 없었다. 마치 덤불 속에서 소름 끼치는 얼굴이 자기를 노려보는 것처럼…… 몇 그루의 나무는 여러 종류의 식물을 간음, 말하자면 혼배를 시켜 아름다움을 사악하게 비웃고 있는 타락한 인간의 머리에서 파생한, 더 이상 하나님의 솜씨가 아닌 인간의 기괴한 산물임을 알리는 인위적인 모습을 하고 있어 섬세한 본능을 지닌 사람에게는 충격을 줄 만했다. 이 나무들은 한두 경우에는 각각의 아름다운 식물을 혼배하여 정원 전체의 특징인 알 수 없는 불길한 특질을 가진 혼합물로 만드는 데 성공한 실험의 결과였을 것이다. 결국 그중 지오바니가 식별할 수 있는 식물은 두세 개뿐이었는데 이들은 독성을 지닌 종류였다. 지오바니가 이런 생각에 잠겨 있을 때 실크 옷 스치는 소리가 들려 뒤를 돌아보니 조각된 입구 아래에서 베아트리체가 나오고 있었다.

지오바니는 정원에 허락도 없이 들어온 것에 대해 사과를 해야 할지, 아니면 라파치니 박사나 그 딸이 청한 것은 아니지만 적어도 이에 대해 알고 있다는 척을 해야 하는지 어떻게 처신할지 미리 생각을 하지 않았었다. 비록 지오바니는 자신의 출입이 왜 허용되었는지에 대해 계속 의문이 들었지만 베아트리체의 태도는 그를 편안하게 해주었다. 가벼운 발걸음으로 길을 따라온 그녀는 무너져내린 분수 옆에서 그와 마주쳤다. 그녀의 얼굴에는 놀란 기색이 있었지만, 기쁨에 넘치는 순진하고 착한 표정으로 밝았다.

"꽃에 대한 감식안이 있으시더군요." 베아트리체는 미소를 띠며 지오바니가 창에서 그녀에게 던져준 꽃다발 이야기를 꺼냈다. "그러니 저의 아버지의 진귀한 꽃들이 가까이 와서 보게끔 당신을 유혹했다고 하더라도 놀랄 일이 아니죠. 아버지께서 여기에 계셨더라면 아마 이곳에 있는 모든 나무들의 성질과 습성에 대해 이상하고 흥미로운 사실들을 이야기해주셨을 거예요. 아버지는 평생 그런 학문을 연구하셨고, 이 정원은 아버지께는 세상 전부나 마찬가지랍니다."

"그리고 소문이 사실이라면 아가씨 역시 이 화려한 꽃들과 진한 향기의 특질에 대해서 깊은 지식을 갖고 계신 것으로 압니다. 저의 선생님이 기꺼이 되어주신다면 라파치니 박사님께 직접 배우는 것보다 더 훌륭한 학생이 되도록 노력해보겠습니다.

"그런 쓸데없는 소문이 돌고 있나요?" 베아트리체는 음악 소리와 같은 유쾌한 웃음을 터트리며 물었다. "제가 아버지의 식물학에 대해 지식을 갖고 있다고 말들을 하나요? 정말 실없는 농담이군요! 비록 이 꽃들과 함께 자랐지만 전 그들의 색과 향기 외에는 꽃들에 대해 아는 것이 없어요. 그리고 어떨 때는 그 얼마 안 되는 지식도 기꺼이 떨쳐버리고 싶을 때도 있지요. 여기에 있는 많은 꽃들은, 특히 아름다운 꽃들은, 저를 놀라게 하거나 제 기분을 상하게 하기도 한답니다. 그러나 제발 제 학문에 관한 그런 이야기를 믿지 마세요. 당신의 눈으로 직접 보는 것 말고는 저에 관한 어떤 이야기도 믿지 마세요."

"그렇다면 제 눈으로 본 것은 다 믿어야 됩니까?" 지오바니는 자신을 움츠러들게 만들었던 과거의 장면을 떠올리며 날카로운 한마디를 던졌다. "아닙니다. 아가씨는 제게 요구하는 것이 너무 적으시군요. 당신의 입에서 나오는 이야기 외에는 그 어떤 말도 믿지 말라고 말해주십시오."

베아트리체는 그가 무슨 말을 하는지 이해하는 것 같았다. 그녀의 뺨은 상기되었지만 그녀는 지오바니의 눈을 똑바로 쳐다보고는 여왕과 같은 도도함으로 그의 불안한 의심의 눈길에 응했다.

"네, 그렇게 부탁드릴게요. 저에 대해 상상했던 것은 무엇이든간에 잊어주세요. 외부 감각으로는 사실인 것이 그 근본은 거짓일 수 있지만, 베아트리체 라파치니의 입에서 나온 말은 가슴 깊은 곳에서 나온 진심입니다. 제 말은 믿어도 됩니다."

그녀의 온몸에서 열정이 불타올라 마치 진실의 빛인 양 지오바니의 의식 위에도 비췄다. 그러나 베아트리체가 말하는 동안 그녀 주위에 짙고 달콤한 향기가 풍겼는데 희미하긴 해도 뭐라고 설명할 수 없는 거부감이 일어 그는 숨을 전혀 들이쉬지 않았다. 그것은 꽃들에게서 나는 향기일지도 모른다. 아니면 마치 그녀의 마음에 적신 듯 그녀의 말을 야릇하고 강렬한 향기로 채운 베아트리체의 숨결이었을까? 현기증이 지오바니의 머리를 그림자와 같이 스치며 사라졌다. 그는 아름다운 아가씨의 눈을 통해 그녀의 투명한 영혼을 들여다보는 듯했으며, 더 이상 어떤 의심이나 공포를 느끼지 않았다.

베아트리체의 태도에 배어 있던 열정의 빛은 사라졌다. 그녀는 쾌활해져서 외딴 섬의 처녀가 문명 세계에서 온 여행자와 대화하는 것처럼 이 젊은이와의 교감에서 순수한 기쁨을 얻는 듯했다. 그녀의 삶이 이 정원에 국한되어 있었음이 분명했다. 그녀는 햇빛이나 여름날의 구름과 같은 단순한 것에 대해서 이야기했으며, 또한 도시에 관해, 멀리 있는 지오바니의 고향과 그의 친구, 어머니, 그리고 누이들에 관해 질문을 했다. 이러한 질문들은 그녀가 그동안 사람들과 격리된 은둔 생활로 인해 생활양식과 풍습 등에 익숙하지 않음을 보여주는 것이어서 지오바니는 아이에게 하듯 그 질문들에 대답해주었다. 그녀의 영혼은, 햇빛을 처음 보며, 자신의 품에 안긴 하늘과 땅의 모습에 경탄하는 맑은 시냇물과 같이 그의 앞으로 쏟아져나왔다. 마치 콸콸 솟는 샘의 물방울 사이로 다이아몬드와 루비가 빛나면서 솟아오르듯, 깊은 곳에서 나오는 생각과 보석처럼 찬란한 상상이 함께 흘러나왔다. 이따금 젊은이는 자신의 상상력을 그토록 자극시켰던, 그처럼 강한 공포의 색깔로 그려보고 끔찍한 속성의 조짐을 확실히 목격했던 존재와 함께 걷고 있다니, 마치 오빠처럼 베아트리체와 이야기하고 그녀에게서 이리 인간적이고 소녀다운 면모를 발견하다니 의아한 생각이 들었다. 그러나 이런 생각들은 순간적일 뿐이었다. 그녀의 성격이 너무나 실제적으로 느껴져서 곧 친근감이 들었다.

그들은 자유롭게 대화를 나누면서 정원을 거닐었는데, 여러 굽이의 샛길을 돌다가 빛나는 꽃들이 풍성하게 핀 그 화려한 관목 옆에 있는 부서진 분수대에 이르게 되었다. 그 나무에서는 지오바니가 베아트리체에게서 느꼈던 것과 같은 향기가 풍겼지만 비교할 수 없을 만큼 아주 강했다. 베아트리체의 시선이 이 나무에 머물 때 지오바니는 그녀가 갑자기 가슴이 고통스럽게 뛰기라도 하듯 가슴을 누르는 것을 보게 되었다.

“난생 처음으로 널 잊었구나.” 그녀는 나무를 향해 중얼거렸다.

“아가씨, 전에 제가 용감하게 당신의 발치로 던진 꽃다발의 대가로 이 살아 있는 보석을 한 송이 주신다고 약속한 적이 있죠. 오늘의 만남을 기념하기 위해 한 송이 꺾을 수 있도록 허락해주십시오.”

그가 손을 뻗은 채 나무를 향해 걸어가자 베아트리체는 그의 가슴을 비수처럼 찌르는 듯한 비명을 지르며 앞으로 튀어나왔다. 그녀는 지오바니의 손을 붙잡고 자신의 가녀린 몸으로 있는 힘을 다해 그를 끌어당겼다. 지오바니는 그녀의 손길이 닿자 온몸의 조직이 전율하는 것을 느꼈다.

“만지지 마세요!” 베아트리체가 고통스러운 목소리로 외쳤다. “절대로 만져서는 안 돼요. 치명적이에요!”

그렇게 말하고 그녀는 얼굴을 가리고 지오바니로부터 도망쳐 조각이 된 입구 아래로 사라졌다. 지오바니의 시선은 그녀를 따라가다가 언제부터인지는 모르겠으나 정원 입구의 그늘 아래에서 이 광경을 지켜보고 있는 라파치니 박사의 여윈 모습과 활기 없는 지적인 얼굴을 보게 되었다.

지오바니가 방으로 돌아와 혼자 있게 되자 베아트리체를 처음 봤을 때부터 일어났던 모든 마법과 같은 일들과 지금은 소녀와 같은 여성적인 부드러운 따뜻함으로 물들은 그녀의 모습이 그의 열정적인 생각 속에 떠올랐다. 그녀는 인간적이었으며 그녀의 성품은 부드럽고 여성스러운 자질로 가득했고 숭배하기에 충분한 가치를 지니고 있었다. 그녀 자체로 고결하고 용기 있는 사랑을 할 자질을 분명히 가지고 있었다. 그녀의 육체적, 도덕적 체계에서 무서운 괴기성의 증거로 생각해왔던 여러 징표들은 이제 잊히거나 열정의 미묘한 궤변에 의해 매혹적인 화려한 왕관으로 변모하여 베아트리체가 독특한 만큼 그녀를 더욱 사모할 만한 대상으로 만들었다. 추하게 보였던 모든 것들이 이제 아름다워 보였다. 만약 이러한 변화가 불가능한 경우에 그것들은 우리의 의식이 완전히 깨어 있는 대낮의 빛 너머 어두운 영역을 가득 메우는 형체 불명의 생각들 사이로 슬그머니 들어가 자취를 감추어버렸다. 지오바니는 이런 생각들을 하며 밤을 보내다가 라파치니 박사의 정원에 잠들어 있던 꽃들이 깨어나는 새벽녘이 되어서야 잠이 들었다. 지오바니는 분명 라파치니 박사의 정원에 있는 꿈을 꾸었을 것이다. 태양은 때가 되어 떠올랐고 그 햇살을 젊은이의 눈꺼풀에 비추자 그는 고통스럽게 눈을 떴다. 잠에서 완전히 깨어난 후에 지오바니는 자신의 손, 그가 보석과 같은 꽃송이 하나를 꺾으려는 순간 베아트리체가 잡았던 바로 그 오른손에서 화끈거리고 아리는 통증을 느꼈다. 손등에는 네 개의 작은 손가락 모양의 보라색 자국이 있었으며 손목에는 가녀린 엄지손가락 모양의 자국이 남아 있었다.

아, 사랑은—가슴속 깊이 뿌리내리지 못하고 상상 속에서 모습만을 간사하게 갖춘 것일지라도—엷은 안개 속으로 완전히 사라질 운명의 순간까지 얼마나 고집스럽게 그 믿음을 붙들고 있는가! 지오바니는 자신의 손을 손수건으로 싸고 어떤 사악한 것이 자기를 쏘았는지 생각하다가 곧 베아트리체에 대한 생각으로 고통을 잊었다.

첫 번째의 만남 이후 두 번째 만남은 운명이라는 필연적인 과정이었다. 계속해서 세 번째와 네 번째 만남이 이어졌고, 그리고 이제 정원에서 베아트리체를 만나는 것은 지오바니의 일상에서 단지 하나의 사건이 아니라 그의 삶을 이루는 공간 전체나 마찬가지였다. 왜냐하면 그 황홀한 시간에 대한 기대와 추억이 그녀와 만나지 않은 나머지 시간들도 모두 채웠기 때문이다. 라파치니의 딸에게도 마찬가지였다. 그녀는 지오바니가 나타나기를 기다렸으며 마치 어릴 때부터 소꿉친구였던 것처럼, 아니 아직도 그런 사이인 것처럼 어떤 주저함도 없이 자신 있게 그의 곁으로 달려갔다. 어쩌다 지오바니가 약속한 시간에 오지 못할 때에는 그의 방 창 아래에서 주위를 돌아다니며 그의 가슴에 메아리쳐 울리도록 달콤하고 풍요로운 목소리를 방안으로 올려 보냈다. "지오바니! 지오바니! 왜 이리 더디세요? 어서 내려오세요!" 그러면 그는 독꽃들이 가득한 그 에덴으로 황급히 내려갔다.

그러나 이 모든 친밀한 익숙함에도 불과하고 여전히 베아트리체는 그에게 거리를 두는 듯했다. 이러한 그녀의 태도가 너무 엄격하고 한결 같아서 지오바니는 이를 깨는 것은 생각조차 할 수 없었다. 감지할 수 있는 모든 징후로 보아 그들은 서로 사랑하고 있었다. 속삭이기에는 너무나 성스러워 한 영혼의 깊이에서 다른 영혼의 깊이로 거룩한 비밀을 말하는 듯한 눈으로 사랑을 전했으며, 오랫동안 숨겨왔던 불꽃처럼 분명한 숨결로 그들의 영혼이 솟구쳐 나올 때 열정을 쏟아내며 사랑을 이야기했다. 그러나 사랑이 요구하고 신성시하는 입맞춤이나 손을 꼭 쥐는 등의 어떠한 접촉도 없었다. 지오바니는 그녀의 빛나는 곱슬머리를 만져보지 못했으며 그들 사이에 존재하는 물리적 장벽이 얼마나 견고했는지 바람결에 그녀의 옷자락조차 몸에 스친 적이 없었다. 지오바니가 이러한 선을 넘고자 했던 몇 안 되는 경우에도 베아트리체는 너무나 슬프고도 단호하게 변했으며 얼굴에는 너무나 쓸쓸한 단절의 표정을 지어서 그를 거부하는 데 말 한마디도 필요하지 않을 정도였다. 이러한 경우, 그는 자신의 마음속 깊고 어두운 곳에서 일어나 자신의 얼굴을 빤히 쳐다보는, 괴물과 같은 끔찍한 의심에 놀라 그녀에 대한 사랑은 아침 안개와 같이 엷고 희미해졌다. 오직 그의 의심만이 실체가 있는 듯했다. 그러나 잠시 어두워졌던 베아트리체의 얼굴이 다시 밝아지면 그녀는 바로 지오바니가 너무나 많은 두려움과 공포를 느끼며 바라보던 그 알 수 없는 의문 가득한 존재에서 그의 영혼이 다른 어떤 지식보다 확신을 갖고 믿는 아름답고 순수한 소녀로 변했다.

지오바니가 발리오니 교수와 마지막으로 마주친 후로 상당한 시간이 흘렀다. 그러나 어느 날 아침 그는 몇 주 동안 한 번도 생각나지 않았던, 그리고 더 오랜 시간 기꺼이 잊고 있었을 발리오니 교수의 방문을 받았다. 지오바니는 오랫동안 격정의 상태에 빠져 있었기 때문에 현재 자신의 감정을 똑같이 공감할 수 있는 상대가 아니라면 그 누구도 만나고 싶지 않았다. 물론 발리오니 교수로부터 이러한 공감을 기대할 수 없었다.

교수는 도시와 대학에 대한 이러저러한 이야기를 하더니 다른 이야기로 화제를 돌렸다.

"요즘 나는 옛 고전 작가의 작품을 읽고 있는데 이상하게 내 관심을 끄는 이야기를 보게 되었네. 자네도 그 이야기를 기억할 수 있을지 모르겠군. 그것은 알렉산더 대왕에게 아름다운 여인을 선물로 보낸 어떤 인도의 왕자에 대한 이야기야. 그 여인은 새벽처럼 아름다웠고 황혼처럼 찬란했는데 무엇보다 그녀의 두드러진 특징은 그녀의 숨결에서 맡을 수 있는 어떤 향기였네. 그 향기는 페르시아 장미의 정원에서 나는 향기보다 더 진했지. 젊은 정복자답게 알렉산더는 이 눈부신 여인과 첫눈에 사랑에 빠졌는데 그 자리에 함께 있었던 현명한 의사가 그녀에 대한 끔찍한 비밀을 알게 되었다네."

"그것이 무엇이었습니까?" 지오바니는 교수의 눈을 피하려고 시선을 아래로 향한 채 물었다.

"이 사랑스러운 여인은 태어나면서부터 독을 자양분 삼아 자라서 그녀의 본성이 독성으로 물들어 그녀 자체가 이 세상에 존재하는 가장 무서운 독이 되어버린 거라네. 독이 그녀의 생명을 이루는 요소가 된 것이지. 그녀는 그 진한 숨결의 향기로 공기를 시들게 했어. 그녀의 사랑은 독이 되고 그녀의 포옹은 죽음이 되는 거야. 너무나 기이한 이야기가 아닌가?"

"유치한 동화에 불과하네요." 지오바니는 의자에서 초조하게 일어서면서 대답했다. "교수님께서 중대한 연구를 하시는 중에 어떻게 이런 터무니없는 이야기를 읽을 시간이 나시는지 궁금합니다."

"그런데 자네 방에서 나는 이 특이한 향기가 무엇인가? 장갑에서 나는 향인가? 엷고 달콤하지만 결코 좋은 냄새는 아니군. 오래 맡으면 몸에 좋지 않을 것 같다는 생각이 드네. 마치 꽃향기 같은데 이 방에서 꽃은 보이지 않는군."

"꽃은 없습니다." 지오바니는 발리오니 교수가 이야기하는 동안 얼굴이 창백해졌다. "교수님의 상상 속에서 나는 향기 외에 다른 것은 없다고 생각합니다. 냄새는 감각적인 것과 정신적인 것이 결합된 것이기 때문에 이런 식으로 우리를 속이곤 하죠. 어떤 향기에 대한 기억이, 그 생각을 하는 자체만으로도 실제로 향기가 난다고 쉽게 착각할 수 있는 법이죠."

"아, 그러나 냉정한 나의 상상력은 그러한 장난을 치지는 않네." 발리오니가 말했다. "그리고 만약 내게서 어떤 냄새가 나는 경우가 있다면 그것은 아마도 내 손가락에 스며들었을 만한 어떤 고약한 약의 냄새일 걸세. 존경하는 우리 친구 라파치니는 그의 약에 아라비아의 향료보다 더 진한 향기를 첨가한다고 들었네. 아름답고 학식 있는 베아트리체 양도 의심의 여지없이 처녀의 숨결과 같이 달콤한 약으로 그녀의 환자를 돌보겠지만, 아, 그 약을 마시는 사람은 화를 면할 수 없을 걸세."

지오바니의 얼굴에 대립되는 여러 감정들이 나타났다. 발리오니 교수가 순수하고 아름다운 라파치니의 딸을 언급할 때 사용한 어조는 그의 영혼을 고통스럽게 했다. 자신의 생각과는 대조되는, 그녀의 인격에 대한 교수의 언급은 천만 가지의 희미한 의심들을 갑자기 선명하게 부각시켜 지오바니는 이제 수많은 괴물들이 자신을 보고 히죽거리며 웃는 듯한 느낌이 들었다. 그러나 그는 이러한 의심을 억누르고자 노력했고 진정한 연인으로서 그녀에 대한 완전한 믿음을 가지고 발리오니에게 응수하려고 했다.

"존경하는 교수님, 교수님께서는 제 아버지의 친구이시고 또 그 아들인 저에게 친절을 베풀고자 하시는 줄은 압니다. 존경과 경외 외에는 교수님께 다른 감정은 없습니다만, 교수님과 제가 언급해서는 안 되는 문제가 하나 있습니다. 교수님께서는 베아트리체 아가씨를 잘 모릅니다. 그러므로 가볍고 해로운 말 한마디로 그녀의 인격에 어떠한 상처를 주는지—심지어 모독이라고 표현할 수도 있을 것 같습니다만—제대로 깨닫지 못하실 것입니다."

"지오바니, 가엾은 지오바니!" 교수는 연민을 담은 침착한 표정을 하고 대답했다. "난 이 불쌍한 아가씨를 자네보다 더 잘 알고 있네. 이제 독살자인 라파치니와 독성을 지닌 그의 딸에 대한 진실을 듣게나. 그렇다네. 그녀가 아름다운 만큼 그녀는 독성이 강하네. 자네가 머리가 희끗희끗한 나 같은 늙은이를 폭행한다고 해도 말해야겠으니 잘 듣게나. 그 인도 여인에 관한 옛 우화가 라파치니의 깊고도 치명적인 과학에 의해 아름다운 베아트리체의 몸으로 실현이 된 것이네."

지오바니는 신음을 하며 그의 얼굴을 감쌌다.

"딸에 대한 본능적인 애정도 그가 광기와 같은 과학에 대한 열정을 위해 자신의 아이를 희생하는 것을 막지는 못했네." 발리오니는 말을 계속 이어갔다. "그를 정당하게 평가한다면 그는 자신의 심장도 증류기에 넣고 증류시킬 수 있을 만큼 진정한 과학자라고 할 수 있을 걸세. 그렇다면 자네의 운명은 앞으로 어떻게 되는 건가? 틀림없이 자넨 그의 새로운 실험 대상으로 선택이 된 것이네. 그 결과가 죽음일 수도 있고 그보다 더 끔찍한 운명을 맞이할 수도 있지. 라파치니는 그가 말하는 과학의 유익을 눈앞에 두고선 그 어떤 일도 주저하지 않을 사람이야."

"이건 꿈이야." 지오바니는 자신에게 중얼거렸다. "이건 분명 꿈이겠지."

"그러나," 교수는 계속해서 말을 이어갔다. "내 친구의 아들이

여, 기운을 내게. 아직 그녀를 구하기에 늦지 않았네. 잘하면 우리는 그 불쌍한 아이를 아버지의 광기가 소외시켜버렸던 평범한 자연의 경계 안으로 돌려보낼 수도 있을 걸세. 자, 이 작은 은병을 보게나! 이 병은 그 유명한 벤베누토 첼리니(유명한 이탈리아의 조각가로 르네상스 시대 제일가는 금 세공사로 알려져 있음-옮긴이 주)의 손으로 만들어졌고 이탈리아에서 가장 아름다운 여인에게 사랑의 선물로 줄 만큼 충분한 가치가 있네. 그러나 그 안에 든 것은 값을 헤아릴 수 없을 만큼 귀중하지. 이 해독제를 한 모금만 마시면 보르지아 가문(르네상스 시대에 정치에서 큰 영향력을 행사했던 이탈리아의 가문. 수많은 적들을 독으로 암살한 혐의를 받았음-옮긴이 주)의 가장 치명적인 독마저도 해독시킬 수 있네. 라파치니의 독에 맞서 효능이 있을까 하는 걱정은 하지 말게. 귀한 액체가 담긴 이 은병을 자네의 베아트리체에게 건네고 희망을 갖고 그 결과를 기다려보게나."

발리오니는 아주 정교하게 만들어진 작은 약병을 탁자 위에 올려놓고는 자신이 한 말이 젊은이의 생각에 영향을 미치도록 내버려둔 채 떠났다.

"우린 이제 라파치니를 막을 수 있을 거야." 그는 만족스러운 듯 웃으면서 계단을 내려갔다. "그러나 그에 대한 진실을 말하자면 그는 훌륭한 사람이야, 정말 훌륭해. 그러나 의술에 있어서는 아주 비열한 돌팔이나 마찬가지여서 의술의 전통적 규율을 존중하는 사람들은 그를 받아들일 수 없지."

앞서 말했듯이 지오바니는 베아트리체와 만나는 동안 그녀의 본성에 대한 어두운 추측에 사로잡혀 있었다. 그러나 베아트리체는 지오바니로 하여금 그녀를 단순하고 자연스러우며 매우 사랑스럽고 또 꾸밈없는 존재로 생각하게 하여 발리오니 교수가 묘사한 이미지는 자신의 본래의 생각과 일치하지 않는 것처럼 너무나 이상하고 믿기 어렵게 느껴졌다. 물론 그 아름다운 소녀를 처음 보았을 때를 회상해보면 떠오르는 끔찍한 일들은 있었다. 그는 꽃다발이 그녀의 손에서 시들었던 일과 그녀가 내쉬었던 숨결의 향기 외에는 다른 표면상의 이유 없이 신선한 공기 속에서 곤충이 죽었다는 사실을 잊을 수가 없었다. 그러나 이러한 사건들은 그녀가 지닌 인격의 순수한 빛에 다 녹아들어 더 이상 사실로 받아들여지기보다는 이를 인식한 감각에 의해 오히려 망상처럼 느껴졌다. 우리가 눈으로 보고 손으로 만지는 것보다 더 진실하고 더 사실적인 것들이 있다. 베아트리체에 대한 지오바니의 믿음은 이러한 더 확실한 증거에 기초한 것으로, 이는 자신의 깊고 너그러운 믿음에 기반을 두었다기보다는 그녀의 숭고한 기품의 필연적인 힘에 의한 것이었다. 그러나 이제 그의 정신은 초기의 열정적인 열의가 올려놓았던 그 높이를 유지하기 힘들었다. 그는 세속적 의심에 빠져 베아트리체의 순결한 이미지를 모독하기에 이르렀다. 그렇다고 그가 그녀를 포기한 것은 아니었다. 단지 의심이 들었던 것이다. 그는 어떤 영혼의 기괴함이 없이는 존재할 수 없을 것 같은 끔찍한 특성이 그녀의 육체적 본성에 있는지를 단번에 확인시켜줄 시험을 해보기로 결심했다. 멀리서 도마뱀이나 곤충, 그리고 꽃들을 내려다볼 경우에는 그의 눈이 그를 속일 수도 있겠지만, 몇 발자국이 안 되는 거리에서 베아트리체의 손안에 쥔 싱싱한 꽃이 갑자기 시드는 것을 목격하게 된다면 더 이상 의문의 여지는 없을 것이다. 이러한 생각이 들자 그는 서둘러 꽃 가게로 가서 아직 아침 이슬이 보석처럼 맺혀 있는 꽃다발을 샀다.

베아트리체와 매일 만나던 시간이 되었다. 지오바니는 정원으로 내려가기 전에 자신의 모습을 거울에 비춰보는 것을 잊지 않았다. 이러한 행동은 잘 생긴 젊은 남자에게서 쉽게 발견할 수 있는 허영심이지만 불안하고 격정적인 순간에 이런 허영심을 보인다는 것은 얄팍한 감정과 진실하지 못한 인격을 보여주는 것이다. 그러나 지오바니는 자신의 모습을 바라보면서 얼굴에는 우아함이, 눈에는 활기가, 뺨에는 풍부한 생기의 따스한 빛이 이렇듯 넘친 적이 없었다고 혼잣말을 했다.

"적어도 그녀의 독이 아직 내 몸속 조직에 스며들지는 않았군. 나는 그녀의 손안에서 시들 꽃은 아니지."

이런 생각을 하면서 그는 손에서 한 번도 놓지 않았던 꽃다발을 바라보았다. 그러나 이슬이 맺혔던 꽃들이 벌써 축 늘어지기 시작한 것을 발견한 순간 말할 수 없는 공포의 전율이 온몸을 스쳐 지나가는 것을 느꼈다. 이 꽃들은 마치 이미 하루가 지나버려서 어제의 싱싱함과 아름다움을 잃어버린 것 같은 모습을 하고 있었다. 지오바니는 대리석같이 창백해졌고 어떤 끔찍한 것을 보는 듯 거울 속에 비친 자신의 형상을 응시하며 꼼짝하지 못하고 서 있었다. 그는 방에 퍼져 있는 듯한 향기에 대해 발리오니 교수가 했던 말이 떠올랐다. 이것은 자신의 숨결에 스며 있는 독이 틀림없었다. 그는 몸서리가, 자신에게 몸서리가 쳐졌다. 그는 망연자실했던 상태에서 벗어나면서 방 안의 천장에서 거미줄을 부지런히 만들고 있는 거미를 흥미로운 눈으로 지켜보기 시작했다. 그 거미는 낡은 천장에 매달려 이제껏 보았던 그 어떤 거미보다 더 열심히, 그리고 활발하게 가로지르고 또 재차 가로질러 정교한 짜임을 만들고 있었다. 지오바니는 곤충을 향해 허리를 굽혀 깊고 긴 숨을 내뱉었다. 거미는 갑자기 하던 일을 멈추었고 거미줄은 이 작은 직공의 몸에서 나오는 전율로 인해 흔들거렸다. 지오바니는 다시 한 번 더 깊고 길게, 마음으로부터 악의가 담겨 있는 숨을 내뿜었다. 그는 자신이 사악한지 아니면 절망적인지 알 수 없었다. 거미는 다리를 발작적으로 뒤틀더니 창문에 매달린 채 죽었다.

"저주받았어! 저주를 받은 거야!" 지오바니는 자신을 향해 중얼거렸다. "얼마나 독성이 강해졌으면 이러한 곤충도 네 숨결에 죽는다는 말이냐?"

이때 정원에서 달콤하고 풍요로운 목소리가 들려왔다.

"지오바니! 지오바니! 시간이 지났어요! 왜 꾸물거리세요? 내려오세요!"

"그래." 지오바니는 다시 중얼거렸다. "그녀만이 내 숨결이 죽이지 않을 유일한 존재겠지! 아니, 내 숨결이 그녀도 죽일 수 있을지 모르지!"

그는 달려 내려가 단번에 베아트리체의 밝고 사랑으로 가득한 눈 앞에 서 있게 되었다. 조금 전만 하더라도 그의 분노와 절망은 너무나 격렬해서 그가 오직 바란 것은 자신의 눈길로 그녀를 저주하는 것이었다. 그러나 실제로 베아트리체 앞에 서자 그 존재를 단번에 털어내 버리기에는 그녀의 영향력이 너무나 생생했다. 종종 그를 어떤 종교적인 평온으로 감싸주었던 그녀의 여성적 본성의 섬세하고 인자한 힘에 대한 회상이나, 순수한 샘물이 깊은 곳에서 솟아오르듯 그녀의 마음으로부터 성스러운 열정이 분출하여 그의 정신적 눈에 투명하게 비추었던 회상, 이러한 기억들은 지오바니가 제대로 평가할 수 있는 능력을 가졌더라면 이 추한 의문이 단지 속세적 환상에 불과하며 어떠한 악의 안개가 그녀를 에워싸더라도 실제의 베아트리체는 천국의 천사였다는 것을 확신시켜주었을 것이다. 그에게 그런 숭고한 믿음의 능력은 없었지만 그녀의 존재는 그 마력을 완전히 잃지는 않았다. 지오바니의 분노는 이제 무뚝뚝한 냉담으로 가라앉았다. 베아트리체는 빠른 정신적 영감으로 즉시 그들 사이에, 지오바니나 자신이 건널 수 없는 어떤 검은 심연이 놓여 있음을 직감했다. 그들은 슬픔에 잠겨 조용히 걷다가 결국 대리석 분수대와 물웅덩이에 이르렀다. 그 가운데에는 보석과 같은 꽃이 피어 있는 그 관목이 자라고 있었다. 지오바니는 자신이 이 꽃들의 향기를 즐기면서 열정적으로 들이마시고 있음을—마치 왕성한 식욕이 나는 듯이—깨닫고는 두려웠다.

"베아트리체, 이 나무는 어디서 온 것인가요?" 그가 불쑥 물었다.

"아버지께서 창조하셨어요." 그녀는 천진난만하게 대답을 했다.

"창조하셨다고! 창조!" 지오바니는 반복해서 말했다. "베아트리체, 그게 무슨 말이오?"

"아버지는 자연의 비밀에 대해 무서우리만치 잘 아시는 분이세요." 베아트리체가 대답했다. "그리고 내가 태어나 처음으로 숨을 내쉬는 순간에 이 나무는 땅에서 솟아올랐어요. 내가 아버지에게 속세의 아이에 불과하다면 이 나무는 아버지의 과학과 지성의 산물이지요. 가까이 가지는 마세요!" 지오바니가 그 관목에 가까이 다가가는 것을 보고 그녀는 말을 계속했다. "그 나무는 당신이 상상도 하지 못할 특질들이 있어요. 그러나 지오바니, 난 이 나무와 함께 자랐고 꽃을 피웠고 또 그 숨결을 자양으로 컸어요. 이 나무는 나의 동생이고 난 인간을 사랑하듯 그것을 사랑했어요. 왜냐하면…… 아, 당신은 그런 의심을 한 적이 없나요? 거기에는 끔찍한 숙명이 있었기 때문이에요."

이 말을 듣고 지오바니가 너무도 음울하게 얼굴을 찡그려서 베아트리체는 잠시 말을 멈추고 몸을 떨었다. 그러나 지오바니의 자상함에 대한 베아트리체의 믿음은 그녀에게 다시 용기를 주어 한순간이라도 그를 의심했다는 생각에 얼굴이 붉어졌다.

"아주 끔찍한 숙명이었지요." 그녀는 계속해서 말했다. "세상 사람들로부터 저를 격리시킨, 과학에 대한 아버지의 치명적인 사랑의 결과인 거죠. 사랑하는 지오바니, 하늘에서 당신을 보내주기까지 이 가련한 베아트리체는 정말 외로웠어요!"

"아주 견디기 힘든 숙명이었나요?" 지오바니는 그녀를 응시하며 물었다.

"요즘에 와서야 그것이 얼마나 가혹한 것이었는지 깨닫게 되었어요." 그녀는 부드럽게 대답했다. "아, 그래요. 그렇지만 제 마음은 무뎌졌고 그래서 담담해졌어요."

마치 어두운 구름 속에서 번개가 번쩍이듯이 지오바니의 분노는 그의 음울한 냉담으로부터 터져 나왔다.

"아, 저주받은 자!" 그는 악의에 찬 경멸과 분노를 담아 외쳤다. "외로움에 지쳐 당신은 나를 당신처럼 삶의 따뜻함으로부터 격리시켜 형용할 수 없는 공포의 구역으로 유혹한 거요!"

"지오바니!" 베아트리체는 그 크고 밝은 눈으로 지오바니의 얼굴을 바라보며 외쳤다. 그가 한 말은 아직 그녀의 마음에 영향을 주지 못했다. 그녀는 다만 벼락을 맞은 것처럼 놀라 서 있을 뿐이었다.

"그래, 당신은 독과 같은 존재야!" 지오바니는 격정에 겨워 제정신을 잃은 듯 소리쳤다. "당신이 그렇게 한 거야! 당신이 나를 망쳐버렸어! 당신은 내 혈관을 독으로 채웠지! 당신은 나를 당신만큼이나 가증스럽고 추하며 역겹고 치명적인 존재로 만들었어. 온 세상이 놀랄 만한 소름 끼치는 괴물로! 자, 우리의 숨결이 다른 사람에게 치명적인 것처럼 서로에게도 치명적이라면, 형언할 수 없는 증오의 키스로 우리의 입술을 합쳐 같이 죽어버립시다!"

"아, 이게 어찌된 건가요?" 베아트리체는 가슴속으로부터 나오는 낮은 신음소리를 내며 중얼거렸다. "아, 성모마리아여, 저를 불쌍히 여기소서, 상처 입은 이 가엾은 아이를!"

"당신…… 당신이 어떻게 기도를 할 수 있지?" 지오바니는 여전히 지독히 경멸스러운 듯 외쳤다. "당신의 기도는 입에서 나오는 순간 대기를 죽음으로 오염시키지. 자, 그래요, 함께 기도하죠! 교회에 가서 입구의 성수에 우리의 손가락을 담급시다! 우리 뒤에 오는 사람들은 마치 역병에 걸린 듯 다 죽겠지요! 공중에 성호도 그읍시다! 그것은 마치 성스러운 상징을 가장해서 저주를 퍼뜨리는 것과 같겠지요!"

"지오바니, 왜 나에게나 어울릴 그런 끔찍한 말을 당신과 연결지어 하는 건가요?" 그녀의 슬픔은 격정적인 상태를 벗어나 있어서 베아트리체는 차분하게 말했다. "나는 당신이 말한 그 끔찍한 존재입니다. 그러나 당신은 다만 저의 끔찍한 불행에 한번 몸서리 치고는 이 정원에서 나가 당신과 같은 부류의 사람들과 어울리면서 한때 이 땅에 불쌍한 베아트리체와 같은 괴물이 기어다녔다는 사실을 잊으면 그뿐이잖아요?"

"당신 모르는 척하는 건가요?" 지오바니는 얼굴을 찌푸리며 물었다. "자, 보시오! 라파치니의 순결한 따님으로부터 받은 능력입니다."

마침 이 죽음의 정원의 꽃향기가 약속하는 식량을 찾아 공중을 날아다니는 여름 곤충 떼가 있었다. 그 곤충들은 지오바니의 머리를 맴돌았는데, 잠시 다른 관목들 주위로 이끌었던 것과 같은 힘이 분명 그 곤충들을 그에게로 이끈 듯했다. 지오바니는 그들에게 숨결을 내뿜었고 적어도 20여 마리 정도 되는 곤충들이 땅에 떨어져 죽자 베아트리체에게 씁쓸한 미소를 보냈다.

"아, 보여요. 보여요!" 베아트리체가 소리쳤다. "제 아버지의 치명적인 과학의 힘이로군요! 아니에요, 지오바니, 나는 아니에요! 절대로, 절대로! 난 다만 당신을 사랑하고 잠시 함께 시간을 보낸 후엔 가슴속에 당신의 모습을 간직하고 당신을 떠나보내 드리고 싶었을 뿐이에요. 지오바니, 믿어주세요. 내 몸은 독을 먹고 자랐지만 내 영은 하나님이 만드신 것으로 매일의 양식으로 사랑을 갈구합니다. 그러나 저희 아버지께서는 이런 끔찍한 인연으로 우리를 결합시키셨군요. 그래요, 나를 경멸하고 나를 짓밟고 나를 죽여주세요! 당신이 내게 했던 말보다 더한 죽음이 있겠어요? 그러나 내가 한 일은 아닙니다. 세상의 행복을 다 준다 해도 나는 그러지 못했을 거예요."

지오바니의 열정은 그의 입술에서 쏟아져나오면서 소진되었다. 이제는 베아트리체와 자신 사이의 이 친밀하고 특이한 관계에 대해 슬프고도 애절한 생각이 엄습했다. 말하자면 그들은 아무리 많은 사람의 무리에 둘러싸여 있다고 하더라도 덜어내지는 못할 절대 고독 안에 서 있었다. 그렇다면 그들을 둘러싸고 있는 아무도 없는 쓸쓸한 불모의 상태는 오히려 고립된 이 둘을 더 가까이 밀착시켜야 하지 않는가? 이 두 사람이 서로에게 잔인하게 대한다면 그럼 누가 이들에게 친절을 베풀 것인가? 게다가, 다시 베아트리체의, 구원받은 그녀의 손을 붙잡고 인도하여 일상 세계의 경계 안으로 돌아갈 수 있는 희망이 아직 남아 있지 않는가? 아, 베아트리체의 사랑이 지오바니의 말에 의해 짓밟힌 것처럼 그토록 깊은 사랑을 너무나 혹독하고 부당하게 취급하고도 세속적인 결합과 세속적인 행복이 가능하다고 꿈꾸다니, 얼마나 약하고 이기적이며 하찮은 영혼인가! 결코, 결코, 그런 희망은 있을 수가 없었다. 베아트리체는 찢어진 가슴을 안은 채 무거운 발걸음으로 시간의 경계를 넘어서야 했다. 그녀는 천국의 샘에서 그녀의 상처를 씻고 불멸의 빛 가운데에서 그녀의 슬픔을 잊고 거기서 치유되리라.

그러나 지오바니는 이러한 사실을 몰랐다.

"베아트리체." 그가 다가오자 그녀는 언제나 그랬던 것처럼 몸을 움츠렸지만 이번에는 다른 이유에서였다. "사랑하는 베아트리체, 우리의 운명이 그리 절망적인 것만은 아니오. 자, 이걸 보시오. 어떤 현명한 의사가 내게 장담했는데 효능이 아주 강력해서 거의 신성하다고 할 수 있는 수준의 약이 있소. 이 약은 당신의 끔찍한 아버지가 당신과 내게 불행을 가져온 그 약 성분과 정반대의 성분으로 이루어졌소. 축복받은 약초를 증류해 만들었다고 하오. 함께 이 약을 마시고 악으로부터 정화되지 않겠소?"

"주세요!" 지오바니가 가슴에서 꺼낸 은병을 받으려고 베아트리체는 손을 뻗었다. 그녀는 특히 강조해서 한마디를 덧붙였다. "제가 마시겠어요. 그렇지만 당신은 그 결과를 지켜보세요."

그녀가 발리오니 교수의 해독제를 입술로 가져가자 그 순간에 라파치니의 모습이 현관 입구에서 나타나더니 대리석 분수 쪽으로 천천히 다가왔다. 가까이 다가서면서 이 창백한 얼굴의 과학자는 마치 일생을 하나의 그림이나 조각품을 완성하는 데 바쳐서 결국 자신이 이루어낸 성공에 만족하는 승리에 찬 표정으로 아름다운 청년과 아가씨를 바라다보는 듯했다. 그는 걸음을 멈추고 구부정했던 몸을 의식적으로 바로 세웠다. 그리고 자식들에게 축복을 애원하는 아버지의 태도로써 그들 위로 손을 뻗쳤다. 그러나 이 손은 그들의 삶의 샘에 독을 뿌린 바로 그 손이었다. 지오바니는 몸을 떨었고 베아트리체는 불안하게 몸서리치며 손으로 가슴을 눌렀다.

"내 딸아." 라파치니가 말했다. "너는 이 세상에서 더 이상 외롭지 않겠구나. 네 동생 나무에서 그 귀한 보석을 하나 따서 네 신랑더러 가슴에 달라고 해라. 이제 그를 해치지 못할 것이다. 나의 과학과 너와 그 사이의 공감이 그의 몸속 조직에서 작용해서 그도 이제 보통 남자와는 다르다. 나의 자랑이자 승리인 내 딸이 보통 여자와 구별되듯이 말이야. 그러니 서로에게 가장 귀한 존재로, 그리고 다른 모든 이들에게는 두려움의 대상으로 이 세상을 살아라."

"아버지." 베아트리체는 여전히 손으로 가슴을 누르면서 힘없이 말했다. "왜 이 비참한 운명을 당신의 딸에게 지우셨나요?"

"비참하다니!" 라파치니가 외쳤다. "어리석게 그게 무슨 말이냐? 그 어떤 능력이나 힘을 갖고 있는 적도 어쩔 수 없는 굉장한 재능을 지녔다는 것이 비참하다니, 어떤 막강한 자라도 너의 숨결로 제압할 수 있고, 네가 아름다운 만큼 무서운 대상이 될 수 있는데 비참하다니? 악행을 당하면서도 정작 자신은 악을 전혀 행할 수도 없는 일개 연약한 여자로 있는 게 더 좋다는 말이냐?

"전 두려움의 대상이 되기보다는 사랑의 대상이 되고 싶었어요." 땅에 주저앉으며 베아트리체가 말했다. "하지만 이제는 상관없어요. 에덴의 꽃과 함께 있으면 더 이상 내 숨결을 물들이질 못할 이 독꽃의 향기처럼, 아버지가 저라는 존재에 섞고자 한 그 악이 꿈처럼 사라질 곳으로 갑니다. 지오바니, 잘 있어요! 당신의 증오의 말은 내 가슴에 납처럼 무겁게 남아 있지만 천국으로 올라가면 다 사라지겠죠. 아, 처음부터 나보다 당신의 본성에 독이 더 많지 않았을까요?"

베아트리체의 육체는 라파치니의 기술에 의해 철저히 바뀌었기 때문에 독이 그녀에게 생명이었듯이 강한 해독제는 그녀에게 죽음이었다. 그리하여 인간의 교묘한 재주와 뒤틀린 본성 그리고 왜곡된 지성의 모든 노력에 따르는 비운의 불쌍한 희생자는 자신의 아버지와 지오바니의 발아래에서 죽어갔다. 바로 그 순간에 창문에서 이 광경을 내려다보고 있던 피에트로 발리오니 교수는 공포가 섞인 승리의 목소리로 벼락에 맞은 듯 놀란 과학자에게 소리쳤다.

"라파치니! 라파치니! 이것이 자네 실험의 결과란 말인가?"

에밀리를 위한 장미

윌리엄 포크너

I

미스 에밀리 그리어슨이 죽었을 때, 우리 온 마을 사람들이 그녀의 장례식에 참석했다. 남자들은 기념비적인 존재의 죽음에 일종의 애도를 표하려는 마음에서, 여자들은 대부분 그녀의 집 내부를 보고 싶다는 호기심에서였는데, 그 집은 적어도 지난 10년 동안 정원사와 요리사를 겸하고 있었던 나이 든 하인을 제외하고는 그 어느 누구도 들여다본 적이 없었다.

미스 에밀리의 집은 큰 사각형의 구조로, 이전에는 하얀색으로 칠이 되어 있었다. 꼭대기 탑과 뾰족 지붕, 그리고 소용돌이 모양의 발코니들로 장식된 1870년대의 중후하고 우아한 건축 양식으로 지어진 이 집은 한때는 우리 고장에서 최상류층들이 살았던 거리에 세워졌다. 그러나 이제 그 거리에 헛간들과 조면기들이 보기 흉하게 들어차서 드높았던 그 지역의 명성의 흔적마저 지워버렸다. 오직 미스 에밀리의 집만 남아 그 고집스러우면서도 쇠퇴한 외양을 목화 마차와 석유 펌프 위로 드러내며 흉물 중의 흉물이 되었다. 이제 미스 에밀리도 그 명성 높은 가문들의 대표들과 마찬가지로 제퍼슨 전투에서 전사한 남부과 북부군 장교와 무명용사들과 나란히 삼나무가 늘어진 묘지에 묻히게 되었다.

생전에 미스 에밀리는 그야말로 하나의 전통이자 의무였고 관심의 대상이었다. 말하자면 그 고장에 지워진 일종의 세습적 의무였다. 그 의무는 흑인 여자는 앞치마를 두르지 않고 길에 다닐 수 없다는 칙령을 처음으로 포고한 사토리스 대령이 시장이었던 1894년, 그녀의 세금을 면제해준 그날부터 시작되었다. 세금 면제라는 특혜는 에밀리의 아버지가 죽은 날부터 시행되어 계속되었다. 사실 에밀리가 자선의 혜택을 받을 사람은 아니었다. 이전에 에밀리의 아버지가 제퍼슨 시에 돈을 빌려주었는데 시는 사업상 이런 식으로 그녀에게 돈을 갚는 편이 낫다고 사토리스 대령이 이야기를 만들어냈다. 사토리스 대령의 세대나 그와 같은 사고방식을 가진 사람들만이 창안해낼 직한 이야기였고, 오직 여자들이나 믿을 수 있는 이야기였다.

그러나 보다 현대적인 사고방식을 가진 다음 세대가 시장이 되고 시의회 의원이 되자, 이 처결이 다소 불만을 일으켰다. 새해의 첫날에 그들은 에밀리에게 세금 고지서를 우송했다. 2월이 되었지만 아무 응답이 없었다. 그들은 그녀에게 언제든 편한 시간에 보안관 사무실로 방문해줄 것을 요청하는 공식 문서를 보냈다. 일주일 후, 시장이 직접 편지를 써서 자신이 방문을 하거나 혹은 그녀에게 차를 보내겠다는 의사를 전했고, 그녀로부터 답장을 받았다. 답장은 예스러운 종이에 빛바랜 색의 잉크로 가늘면서 유려한 필체로 쓰여져 있었는데, 자신은 더 이상 외출을 하지 않는다는 내용의 짧은 글과 함께 아무런 언급도 없이 세금 고지서가 동봉되어 있었다.

그들은 특별 시의회를 소집했다. 대표 위원단이 그녀의 집으로 찾아가서 8년 내지 10년 전 쯤, 그녀가 도자기 채색 수업을 그만 둔 이후로는 어느 누구도 들어간 적이 없는 그 문을 두드렸다. 늙은 흑인이 그들을 어두침침한 복도로 안내했는데 거기에는 컴컴한 2층으로 향하는 계단이 있었다. 그곳에선 먼지 냄새와 오랫동안 사용하지 않았는지 퀴퀴한 냄새가 났다. 흑인이 그들을 응접실로 안내했다. 응접실은 가죽을 씌운 무거운 가구로 장식되어 있었다. 하인이 창 하나의 커튼을 걷자 희미한 먼지가 한 줄기 햇살 속에서 느리게 빙빙 돌며 그들의 허벅지 근처까지 둔하게 피어올랐다. 벽난로 앞에 세워 놓은, 이제는 광택을 잃은 금박을 입힌 이젤 위에는 크레용으로 그린 에밀리의 아버지의 초상화가 놓여 있었다.

에밀리가 들어오자 그들은 일어섰다. 검은 옷을 입은 키가 작고 뚱뚱한 그녀는 허리까지 내려와 허리띠 속으로 사라진 가느다란 금줄을 목에 걸고 있었고, 도금을 한 머리 장식이 바랜 흑단 지팡이를 짚고 있었다. 그녀의 골격은 작고 가늘었다. 그 때문에 아마도 다른 사람이라면 통통하게 보였을 모습이 그녀의 경우에는 뚱뚱하게 보이게 하는 것 같았다. 그녀는 부어서 부풀은 것처럼 보였다. 마치 깊고 잠잠한 물속에 오랫동안 푹 잠겨 있었던 시체 같았으며 그렇게 창백했다. 그녀의 부어오른 얼굴 가장자리에서 사라진 듯한 눈은, 방문자들이 찾아온 용건을 설명하는 동안 그들의 얼굴 하나하나를 쳐다보았는데 마치 밀가루 반죽 속에 박힌 두 개의 작은 석탄 덩어리 같았다. 미스 에밀리는 그들에게 앉으라고 권하지도 않았다. 그녀는 문간에 서서 그들의 대변인이 하는 말을 그가 더듬거리며 멈출 때까지 조용히 듣고만 있었다. 그래서 그들은 금줄의 끝에서 보이지 않는 시계가 째깍거리는 소리도 들을 수 있었다.

그녀의 목소리는 메마르고 차가왔다. "나는 제퍼슨 시에 내야 할 세금이 없어요. 사토리스 대령이 내게 설명해주었어요. 당신들 중 누구든 시 문서를 확인해보세요."

"예, 이미 알아보았습니다. 우리가 바로 시의 일을 맡아서 하는 사람들입니다, 미스 에밀리. 보안관이 서명한 통지서를 받지 않으셨습니까?"

"무슨 종이 한 장을 받긴 했지요, 그래요." 미스 에밀리가 말했다. "아마도 그 사람은 자기가 보안관이라고 생각하는 모양인데…… 나는 제퍼슨 시에 세금 낼 것이 없어요."

"그렇지만, 아시다시피 그것을 증명할 아무런 문서도 있지 않습니다. 우리는 그래서……"

"사토리스 대령을 만나 보세요. 나는 제퍼슨 시에 내야 할 세금이 없다고 했잖아요."

"그렇지만, 미스 에밀리……"

"사토리스 대령을 만나보시라니까요." (사토리스 대령은 죽은 지 거의 10년이나 되었다.) "나는 제퍼슨 시에 내야 할 세금이 없어요.

토브!" 흑인 하인이 나타났다. "이분들 밖으로 안내 해드려."

II

그렇게 그녀는 그들을 완벽하게 물리쳤다. 그녀가 30년 전 그들의 아버지들을 냄새로 물리쳤던 것처럼. 그 일은 에밀리의 아버지가 죽은 지 약 2년쯤 지나, 그리고 그녀의 애인이—우리는 그가 미스 에밀리와 결혼할 것이라고 믿었다—그녀를 버린 지 얼마 되지 않아서 일어났다. 아버지가 죽은 후 그녀는 거의 외출을 하지 않았다. 그리고 애인이 떠난 뒤로는 더욱더 그녀를 볼 수 없었다. 동네 부인네들 몇명이 무모하게도 그녀를 방문하고자 했으나 거절당했다. 그 집의 유일한 생명의 흔적은 장바구니를 들고 들락날락하는 흑인 하인—그 당시 젊은이였던—이었다.

"남자가—어떤 남자인들—부엌을 잘 건사할 수 있겠어." 부인네들이 말했다. 그래서 그 집에서 냄새가 나기 시작했을 때 그들은 놀라지 않았다. 그 냄새는 천박하고 북적대는 바깥세상과 고귀하고 막강한 그리어슨가를 이어주는 또 다른 연결고리였다.

이웃 여인 하나가 여든 살의 시장인 스티븐스 판사에게 불평을 했다.

"그렇지만 그 문제에 대해서 내가 어떻게 해 드릴 수 있겠습니까, 부인?"

"저, 그 여자에게 더 이상 냄새가 나지 않도록 하라는 말씀을 전해주세요." 그녀가 말했다. "이에 대한 법 같은 건 없나요?"

"그렇게까지 할 필요는 없습니다." 판사가 말했다. "아마 하인이 마당에서 쥐나 뱀을 잡았을 겁니다. 그 자에게 내가 말하지요."

다음 날 그는 다른 불평객들 두 명을 더 맞아야 했다. 한 사람은 다소 나서기 꺼리면서 탄원을 했다. "정말이지 무슨 수를 써야겠습니다, 판사님. 저는 정말 미스 에밀리를 성가시게 하고 싶지 않은 사람입니다만 무슨 방도를 취해야 되겠어요." 그날 밤 회색 수염을 기른 노인 세 명과 신세대 젊은이 한 명으로 이루어진 시 위원들이 회의를 했다.

"간단한 방법이 있습니다." 젊은 남자가 말했다. "미스 에밀리에게 집을 깨끗이 청소하라는 명령문을 보내는 겁니다. 기간을 정해주고 그때까지 하지 않으면……"

"안 될 말이요. 나쁜 냄새가 난다고 숙녀를 면전에서 비난할 참이요?" 스티븐스 판사가 말했다.

그래서 다음 날 밤 자정이 지난 후, 네 명의 남자들이 미스 에밀리의 집 정원을 가로질러 가서는 도둑처럼 살금살금 집 주위를 돌아다녔다. 그들은 벽돌 담 밑과 지하실 입구를 따라가면서 킁킁거리며 냄새를 맡았는데, 그중 한 명은 메고 있는 자루에 손을 넣었다가 꺼내면서 마치 씨를 뿌리는 듯한 동작을 규칙적으로 하고 있었다. 남자들은 창고 문을 열고 그곳에도 석회를 뿌렸고 그 외 집에 딸린 건물 모두에 석회를 뿌렸다. 그들이 잔디밭을 다시 가로질러 나올 때 어두웠던 창 하나에 불이 켜져 있고 미스 에밀리가 빛을 등지고 상반신을 꼿꼿이 한 채 마치 석고상처럼 앉아 있는 모습이 보였다. 그들은 조용히 잔디밭을 가로질러서 길가에 늘어선 아카시아 나무의 그림자가 드리워진 곳까지 나왔다. 한 두어 주일 후에 냄새는 사라졌다.

사람들이 그녀에 대해 진심으로 안됐다는 마음이 들기 시작한 것은 바로 그때였다. 그녀의 대고모인 와이어트 노부인이 마침내 완전히 미쳐서 죽은 것을 기억하는 우리 마을 사람들은 그리어슨 가문 사람들이 그들의 실상보다 너무 지나치게 도도하다고 생각하고 있었다. 젊은 남자들 중 그 누구도 미스 에밀리 같은 처녀의 상대가 되기에는 부족한 듯했다. 우리는 오랫동안 그들을 살아 있는 하나의 그림처럼 생각했다. 하얀 옷을 입은 가냘픈 미스 에밀리가 배경에 서 있고, 전경엔 딸에게 등을 돌린 채 말채찍을 들고 두 다리를 벌리고 선 그녀의 아버지의 모습이, 뒤로 젖혀져 열린 현관문을 통해 마치 액자 속의 정물화처럼 보였기 때문이다. 그래서 그녀가 서른 살이 되도록 노처녀로 있게 되자, 꼭 기뻤다기보다는 마치 복수를 한 것 같은 느낌이었다. 아무리 가문에 광기의 내력이 있다고 하더라도 결혼에 대한 기회가 사실상 구체화되었다면 그녀는 그렇게 모두 다 거절하지는 않았을 것이다.

그녀의 아버지가 죽었을 때, 오직 그 집이 에밀리에게 남겨진 전부라는 소문이 퍼졌다. 어떤 면에서 사람들은 기뻤다. 마침내 그들이 미스 에밀리를 동정할 수 있게 되었다. 혼자인데다가 가난한 그녀가 인간적으로 느껴졌다. 이제 그녀 역시 동전 한 닢에 설레고 절망하는 심정을 다소간 알게 될 것이라고.

그녀의 아버지가 죽은 다음 날, 우리 고장의 관습대로 동네 여자들이 미스 에밀리에게 애도의 뜻을 표하고 도움을 주려고 그녀의 집에 갈 채비를 했다. 미스 에밀리는 평상복을 입고 슬픈 기색이 전혀 없이 그들을 문간에서 맞았다. 그녀는 그들에게 아버지는 죽지 않았다고 말했다. 목사들이 찾아가고 의사들도 가서 아버지의 시신을 처리하게 해 달라고 설득했던 사흘 동안 그녀는 같은 말을 되풀이할 뿐이었다. 사람들이 막 법과 무력에 호소하려 했을 때 마침내 그녀가 무너졌고, 그들은 그녀의 아버지의 시신을 재빨리 매장했다.

우리는 그때 미스 에밀리가 미쳤다고는 말하지 않았다. 우리는 그녀가 그렇게 해야 한다고 생각했다. 우리는 그녀의 아버지가 내몰았던 청년들이 모두 기억났고 이제 아무것도 남아 있지 않은 그녀가 대부분의 사람들이 그렇듯이, 자신에게서 모든 것을 앗아간 그 주체에 결국 매달릴 수밖에 없다는 것을 알았기 때문이었다.

III

그녀는 오랫동안 앓았다. 우리가 그녀를 다시 보았을 때에는 머리를 짧게 잘라 소녀처럼 보였는데, 교회의 채색된 스테인드글라스에 있는 천사들과 어딘가 닮은 듯한 다소 비극적이면서 고요한 모습이었다.

제퍼슨 시는 보도를 포장하는 계약을 체결했고 그녀의 아버지가 죽었던 그해 여름에 공사를 시작했다. 건설회사가 흑인 일꾼들과 노새, 공사용 기계들을 몰고 왔다. 그 일꾼들의 십장은 덩치가 크고 피부색이 짙으며 동작이 재빠른 자로, 목소리가 우렁차고 얼굴색보다 옅은 눈동자를 가진 호머 베른이라는 양키(미국 남부 사람이 북부 사람을 얕잡아서 일컫는 말—옮긴이 주)였다. 남자아이들은 떼를 지어 몰려다니면서 그가 흑인들에게 욕하는 소리, 흑인들이 곡괭이를 들어 올렸다 내렸다 하면서 부르는 노래 소리를 들었다. 곧 그 십장은 우리 마을 사람들 거의 모두와 알게 되었고, 광장 근처 어디에서든 큰 웃음소리가 들릴 때면 반드시 호머 베른이 그 중심에 있었다. 곧 우리는 그 남자와 미스 에밀리가 일요일 오후 마구간에서 빌린 적갈색 말들이 모는 마차를 타고 돌아다니는 모습을 보게 되었다.

처음에 우리는 미스 에밀리가 남자에 관심을 가지게 되었음을 기뻐했다. 왜냐하면 동네 부인네들 모두 "물론 그리어슨 집안 사람이 북부 출신 일용직 노동자를 진지하게 생각하지는 않겠지"라고 말했기 때문이었다. 그렇지만 다르게 보는 사람들도 있었는데, 나이가 지긋한 사람들은 아무리 비탄에 빠졌어도 진정한 귀부인이라면 귀족으로서의 의무—그것을 노블레스 오블리주라고 부르지는 않았지만—를 저버려서는 안 된다고 말했다. 그들은 그저 "가엾은 에밀리. 친척들이라도 와서 봐줘야 하는데"라고 말했다. 그녀는 앨라배마에 친척들이 있었다. 그러나 수년 전, 그녀의 아버지가 와이어트 노부인, 그 실성한 여자의 땅 문제로 그들과 사이가 틀어진 이래 두 집안 사이에 더 이상 왕래가 없었다. 친척들은 심지어 그의 장례식에조차 참석하지 않았다.

마을의 어른들이 "가엾은 에밀리" 하고 말하기 시작할 무렵, 곧 수군대는 소리가 들렸다. "정말로 그럴까요?"라고 서로에게 말했다. "그렇다니까요. 아니면 다른 무엇이……" 일요일 오후, 마차가 가늘고 빠르게 따가닥따가닥 소리를 내며 지나갈 때 햇볕을 가리려고 닫아놓은 덧창 뒤에서 목을 길게 늘인 여자들의 실크와 새틴 옷이 내는 사각거리는 소리와 함께 "가엾은 에밀리"라고 수군대는 말들이 들렸다.

그녀는 머리를 꼿꼿이 들고 다녔다. 그녀가 이제는 무너졌다고 우리가 믿었을 때조차도. 마치 그리어슨 가문 최후의 일원으로서의 그녀의 권위에 대한 인정을 더욱더 요구하는 것 같았다. 그녀는 자신이 절대로 침범할 수 없는 존재임을 재확인하기 위해서는 오히려 속세와의 접촉이 필요하기라도 한 듯했다. 그녀가 쥐약인 비소를 사러 왔을 때처럼. 그때가 사람들이 "가엾은 에밀리"라고 말하기 시작한 지 1년쯤 지난 후였으며 여자 사촌 두 명이 그녀를 방문하고 있었을 때였다.

"극약이 필요해요." 그녀가 약제사에게 말했다. 당시 그녀는 서른 살이 넘었지만 여전히 가냘팠으며, 보통 때보다 더 여위긴 했으나 안와 근처에서부터 관자놀이에까지 팽팽하게 당겨진 얼굴 피부 속의 차갑고 오만한 검은 눈들은, 마치 등대지기의 얼굴이 그러하리라고 상상할 수 있을 듯한 모습이었다. "극약이 필요해요." 그녀가 말했다.

"네, 미스 에밀리. 어떤 종류를 원하시는지요? 쥐나 뭐 그런 종류를 잡으실 건가요? 제가 추천하자면……"

"여기 있는 약 중에서 가장 잘 듣는 것으로 주세요. 어떤 종류든 상관없어요."

약제사가 몇 가지 약 이름을 댔다. "그런 약들은 코끼리도 죽일 수 있습니다. 그렇지만 무엇을 하시려는지……"

"비소요." 미스 에밀리가 말했다. "그거 좋은 건가요?"

"비소…… 말인가요? 물론이지요. 그렇지만 어디에 쓰시려는지……"

"비소로 주세요."

약제사는 그녀를 바라보았다. 에밀리는 그를 꼿꼿이 올려다보았는데, 그 얼굴은 팽팽하게 당겨진 깃발 같았다. "아, 물론이지요." 약제사가 말했다. "그것을 원하신다면요. 그렇지만 법에 따라 그 독약을 어디에 사용하려고 하는지 말씀해주셔야 합니다."

미스 에밀리는 그의 눈을 똑바로 쏘아보기 위해 머리를 뒤로 젖히고 그를 노려보았다. 그가 얼굴을 돌리고 비소를 포장하려고 떠날 때까지. 약제사는 돌아오지 않았고 대신 흑인 심부름꾼 아이가 약 꾸러미를 가져다주었다. 그녀가 집에 와서 꾸러미를 풀어보니 상자에는 해골과 뼈다귀 그림이 그려져 있고 그림 밑에는 '쥐약'이라고 쓰여 있었다.

IV

그래서 다음 날 우리는 모두 "그녀가 자살을 하려나 봐"라고들 말했다. 그리고 아마도 그 편이 제일 나을 거라고 했다. 그녀가 호머 베른과 같이 있는 모습을 처음 보았을 때는 "그녀가 그 남자와 결혼하려나 본데"라고 했었다. 그 다음에는 "그녀가 아직 설득하지 못했나보군"이라고 말했는데 왜냐하면 그 남자는 사람들과 어울리기를 좋아했고 엘크스 클럽에서 젊은 사람들과 술을 마시면서 자기는 결혼할 타입의 남자가 아니라고 말했기 때문이었다. 나중에는 일요일 오후 머리를 꼿꼿이 든 에밀리와 챙을 위로 젖힌 모자를 쓰고 시가를 이에 문 채 노란색 장갑을 낀 손에는 말고삐와 채찍을 쥔 호머 베른이 번쩍이는 마차를 타고 지나갈 때, 우리는 덧창 뒤에서 "불쌍한 에밀리"라고 말하곤 했다.

그러자 몇몇 여자들이 그것은 마을의 수치이고 젊은이들에게 나쁜 영향을 준다고 말했다. 남자들은 끼어들기를 원치 않았지만, 마침내 여자들이 침례교 목사를 억지로—에밀리 집안은 성공회 교파였는데—그녀에게 보냈다. 그 면담에서 어떤 일이 있었는지 목사는 결코 말하려 하지 않았으며 다시 에밀리를 만나려고 하지 않았다. 그 다음 주 일요일, 그들이 또 마차를 타고 길거리를 돌아다니자 목사의 부인이 앨라배마에 있는 에밀리의 친척들에게 편지를 썼다.

그래서 그 집 지붕 아래 그녀의 친척들이 다시 모였고 우리는 물러나서 일이 어떻게 되어가는지 지켜보았다. 처음에는 아무 일도 일어나지 않았다. 그러자 우리는 그들이 결혼하게 되었다고 확신했다. 우리는 미스 에밀리가 보석상에 가서 H. B.라는 머리글자를 새긴, 은으로 만든 남자용 세면도구 일습을 주문했음을 알았다. 이틀 후에는 잠옷까지 포함해서 신사용 의복을 모두 갖추어 한 벌 샀다는 것을 알고 "그들이 결혼하려나봐"라고들 했다. 우리는 진심으로 기뻤다. 왜냐하면 두 명의 여자 사촌들은 미스 에밀리보다 훨씬 그리어슨 가문의 일원임을 뻐기듯이 너무 도도했기 때문이었다.

그래서 우리는 호머 베른이—길 공사는 그 얼마 전에 끝났다—가버렸을 때 놀라지 않았다. 비록 마을에 결혼이라는 신바람 나는 떠들썩한 행사가 없는 데에 약간 실망했지만, 그가 미스 에밀리를 맞기 위한 준비를 하기 위해, 혹은 에밀리에게 사촌들을 따돌려 보낼 기회를 주기 위해 갔으려니 하고 생각했다. (그때쯤에는 우리 모두 비밀 결사 조직원들처럼 미스 에밀리가 사촌들을 속이는 것을 돕기 위한 동맹자들이었다.) 과연 일주일 후 그들은 떠났다. 그리고 모두의 예상대로 사흘이 지나지 않아서 호머 베른이 다시 돌아왔다. 흑인 하인이 어느 날 저녁 해질 무렵에 부엌문으로 그를 맞아들이는 것을 이웃 사람이 보았다.

그런데 우리가 호머 베른을 본 것은 그때가 마지막이었다. 그리고 미스 에밀리를 본 것도 한참이나 지나서였다. 흑인 하인은 여전히 장바구니를 들고 들락날락했지만 현관문은 닫힌 채로 있었다. 가끔 사람들이 그녀의 집에 석회를 뿌렸던 밤에 보았듯이 창문을 통해 잠깐씩 그녀의 모습이 보였지만 거의 여섯 달 동안이나 미스 에밀리는 거리에 나타나지 않았다. 그러자 우리는 이것 역시 예상했던 일이라고 생각했다. 마치 여자로서의 그녀의 인생을 그토록 여러 번 좌절시켰던 그녀 아버지의 기질이 사라져 없어지기에는 너무나도 독기 서리고 너무나도 격렬했기 때문인 듯했다.

그 다음에 우리가 미스 에밀리를 보았을 때에는 그녀는 살이 쪘으며 머리는 회색으로 변해가고 있었다. 그 다음 몇 해 동안 그 머리는 후추와 소금을 섞은 듯한 철회색으로 고르게 될 때까지 점점 더 회색으로 변해갔다. 일흔넷의 나이로 죽는 날까지 그녀의 머리는 활력 넘치는 남자의 머리처럼 여전히 강렬한 철회색으로 남아 있었다.

그때 이후 미스 에밀리의 집 현관문은 그녀가 마흔 살가량 되었을 무렵 도자기 채색 수업을 했던 6, 7년의 기간을 제외하고는 닫혀 있었다. 그녀는 아래층 방 하나에 화실을 차렸다. 사토리스 대령 연배의 사람들은 딸과 손녀들을 마치 일요일에 모금 접시에 놓을 25센트씩을 들려서 교회에 보내는 것과 같은 마음으로 규칙적으로 그녀에게 보냈다. 그동안 에밀리의 세금은 면제되었다.

그러나 그 후 새로운 세대들이 우리 고장의 중추가 되고 시대정신이 되자, 이제는 도자기 채색 수업을 받던 소녀들도 자라 어른이 되어 수업을 듣는 학생 수도 점점 줄었다. 그들은 물감상자와 진저리나는 붓, 여성 잡지에서 오려낸 그림들을 들려서 미스 에밀리에게 자신의 아이들을 보내지 않았다. 마지막 아이가 나온 뒤로 현관문은 영원히 닫혔다. 제퍼슨 시가 자유 우편 배달제도를 시행하게 되자 미스 에밀리 혼자만이 문에 금속으로 만든 번지 패와 우편함을 달지 않았다. 그녀는 시의 말을 들으려고 하지 않았다.

매일, 매달, 그리고 매년 우리는 장바구니를 들고 시장을 들락거리는 그 흑인 하인의 머리가 점점 더 세고 허리가 구부정해가는 모습을 지켜보았다. 시에서는 매년 12월이면 그녀에게 세금 고지서를 보냈는데 그것은 보통 일주일 후에 우체국으로부터 반송되어오곤 했다. 가끔 우리는 아래층 창문을 통해 그녀를 보았는데—위층은 닫아걸었음이 틀림없었고—그 모습은 벽감 안에 놓인 조각된 석상 같았다. 그녀가 우리를 쳐다보는지 아닌지는 알 수 없었다. 그렇게 그녀는 세대를 이어 고고하고, 남의 이목을 신경 쓰지 않으며, 조용하고, 고집스러운 존재로 살아왔던 것이다.

이렇게 그녀는 결국 죽었다. 먼지와 어둠으로 가득 찬 집에서 오직 비칠거리는 흑인 하인 혼자만의 시중을 받으며, 병들어 쓰러졌다. 우리는 그녀가 아프다는 것도 몰랐다. 이미 오래 전에 그 하인으로부터 어떤 정보를 얻으려는 노력을 포기했었다. 그는 누구와도 이야기하지 않았는데 심지어 그녀와도 말을 하지 않았을지도 모른다. 그의 목소리가 마치 쓰지 않아서 그런 것처럼 거칠고 쉬어 있었기 때문이었다.

그녀는 아래층 방에서 죽었다. 커튼이 쳐진 무거운 호두나무 침대에서 오래되고 햇볕을 쐬지 않아 곰팡내 나는 누런 베개에 회색 머리를 받치고.

V

흑인 하인이 맨 먼저 도착한 부인네들을 현관에서 맞아 집 안으로 들였다. 그들은 숨을 죽이고서 호기심에 찬 시선들을 재빠르게 번득이고 있었다. 이들을 집 안으로 들이고 나서 그 하인은 집을 가로질러 뒷문으로 나가서는 다시 모습을 보이지 않았다.

에밀리의 사촌들 두 명이 즉시 왔다. 그들은 다음 날 장례식을 치렀다. 사들인 꽃 더미 아래 누워 있는 에밀리를 보기 위해 온 마을 사람들이 갔다. 관대 위에 놓인 크레용으로 그린 그녀 아버지의 초상화가 모든 것을 꿰뚫는 듯 내려다보고 있었다. 여인네들은 서로들 쉬쉬하며 소름 끼치는 태도로 돌아다녔고, 나이가 지긋한 노인들은—몇 명은 솔질한 남부군 군복을 입고 있었는데—현관과 잔디 위에 서서 미스 에밀리가 그들과 동년배이기라도 한 듯 말하고 있었다. 그들은 그녀와 춤을 추었으며 혹은 구애를 했었다고 믿으며, 나이 든 사람들이 보통 그러하듯 시간을 수학적 진행과정과 혼동하고 있었다. 그들에게 모든 과거는 최근의 몇십 년이라는 좁은 병목에 의해 현재와는 단절된 하나의 사라진 길이라기보다, 겨울이 결코 온 적이 없는 거대한 초원인 것이다.

진작부터 우리는 계단 위쪽에 지난 40년간 어느 누구도 본 적이 없는 방이 하나 있다는 것을 알고 있었다. 그 방을 보려면 문을 강제로 부수고 열어야만 했다. 사람들은 그 방문을 열어보기 전에, 미스 에밀리가 품위 있게 땅 속에 묻힐 때까지 기다렸다.

문을 부수자 자욱한 먼지가 방을 채웠다. 엷고 매캐한 먼지가 무덤의 관보처럼 신혼부부를 위해 가구를 갖추어놓은 듯한 방 안 곳곳을 덮고 있는 것 같이 보였다. 드리워진 빛바랜 장밋빛 커튼 위에도, 장밋빛 갓을 씌운 등잔이나 경대, 정교하게 정리되어 있는 수정 제품들 위에도, 그리고 뒷면에 입힌 은이 녹이 슬어 머리글자가 희미해진 남성용 세면도구들 위에도 먼지가 쌓여 있었다. 이들과 함께 목깃과 넥타이도 놓여 있었는데 마치 방금 벗어놓은 듯했다. 그것들을 들어 올렸더니 그 자리에 초승달 모양의 흔적이 남았다. 의자 위에는 조심스레 개켜진 양복이, 그리고 그 밑에는 구두 두 짝과 벗어놓은 양말이 있었다.

그 남자는 침대에 누워 있었다.

한참 동안 우리는 그 육탈되어 드러난 이를 내려다보면서 거기에서 있었다. 그 몸은 포옹하는 자세로 있었던 것이 분명했다. 그러나 지금, 사랑보다 오래 지속되고 사랑의 고통조차 극복하는 그 긴 잠은 결국 그를 배신했다. 남아 있는 그의 육신의 잔해는 잠옷 속에서 썩어 그가 누워 있는 침대에서 떼어낼 수도 없게 되었다. 그의 위에도, 그 옆에 놓여 있던 베개 위에도 켜켜이 고르게 쌓인 먼지가 덮여 있었다.

그때 우리는 두 번째 베개 위에 머리가 놓였던 듯 움푹 들어간 자국을 발견했다. 우리들 중 누군가가 그 베개 위에서 무엇인가를 집어 올렸다. 몸을 앞으로 기울이자 콧속을 마르고 아리게 만드는 그 희미하고 눈에 보이지 않는 먼지 속에서 우리가 본 것은 바로 철회색의 긴 머리카락 한 올이었다.

밤비노

메이 싱클레어

아니요. 그것은 내 그림이 아닙니다. 프랜시스 아크데일이 그린 것입니다. 잭 아크데일 씨 부인의 시누이 말입니다. 잭 아크데일 씨가 누구인지는 아시겠지요. 그림을 사는 남자 말이지요.

그가 이 그림을 사지 않은 게 이상하다고 생각하시겠지요? 이 이야기를 다 들을 때까지 기다려보십시오.

나는 그녀가 플랑드르파 그림의 마돈나처럼 그렇게 앉아 있는 걸 본 적이 있습니다. 그녀의 무릎은 비스듬하게 기울어져 있었고, 손 사이에 서 있던 아기는 무방비로 미끄러졌습니다. 그녀의 손은 아기를 반은 붙잡은 듯했고, 반은 경배하는 듯했습니다. 그는 그녀를, 그리고 그녀의 손을 보았음에 틀림없습니다. 그 크고 하얀 손은 그림의 중앙에 중요하게 위치하고 있었습니다. 마치 프랜시스는 이미 알고 있었기나 한 듯이 말입니다.

그녀처럼 불운한 여자를 미워하는 것이 가능하지 않으리라고 생각하겠지요. 그녀는 면역이 되어 있었음에 틀림없었습니다. 그러나 불쌍한 로렌스가 내게 남긴 비할 데 없이 소중한 그 오래된 중국 주발을 그녀가 깨지 않았다 하더라도, 나는 그녀를 미워했으리라고 생각합니다. 그러나 분명히 그것이 시작이었습니다. 그 소중한 물건이, 항상 움직이며 항상 물건들을 잡았다 떨어뜨리는 그 커다랗고 서투른 손 사이를, 그 벌어진 긴 손가락들을 미끄러져 나가는 모습이 그 일의 시작이었지요. 그리고 그녀는 쉰 목소리로 느리게 말했습니다. "정말 죄-송해요. 심프-슨 씨." 그 다음 날, 그녀는 푸른색과 하얀색의 주발을 리버티 백화점에서 사서 내게 보내주었는데, 그것으로 내가 자기에게 도리어 빚을 지게 되었다고 생각하는 것 같더군요.

대체로 그녀는 쉽게 용서를 받았습니다. 불행한 일들이 많았음에도 불구하고 그 불행이 의미하는 바를 완전히 직시한 적이 한 번도 없었기 때문이지요. 그녀는 너무 자기만족적이었던 것입니다.

잭 아크데일이 그녀를 시내로 데리고 왔던 때가 기억납니다. 우리는 길고 가냘픈 어깨에, 길고 갸름한 탈지우유 빛의 얼굴, 목으로 비스듬히 경사진 턱의 부드러운 곡선 위에 놓인 아랫입술 위의 윗입술, 그 위에 드리운 길고 날씬한 코를 가진, 늘씬한 플랑드르파의 그림에 나오는 마돈나 같은 그녀에 대해 모두들 격찬을 했습니다. 그리고 두 개의 맵시 있는 머리띠에서 산만하게 흘러내려 그녀의 뺨에 닿은, 가는 황금 빛줄기 같은 머리카락에 대해서도 칭찬을 했습니다. 그 모습에는 아주 무기력하게 고분고분한 면이 보였기 때문에 우리는 그녀에게 그런 고집이 있으리라고는 생각도 못했습니다. 그런 고집이 있으리라고는……

아마도 잭 아크데일의 마음을 사로잡았던 것은 그 무기력함이었지요.

집들이에서 내가 그녀를 처음 보았을 때 그녀는 운이 없었습니다. 창백하고 멍한 눈으로 아크데일을 좇으며, 그녀는 값비싼 페르시아 양탄자 위에 서 있었습니다. 비스듬히 들고 있던 유리잔에서 포도주와 과일 주스를 섞어 만든 펀치가 양탄자 위로 줄줄 흐르고 있었습니다. 그녀의 이름은 아델라였습니다.

그는 말없이 앉아(아델라에게는 말을 걸 수 없었으니까요) 아델라를 응시하며, 좀 우스꽝스럽고 비굴해 보이는 방식으로 그녀를 거의 숭배하듯 대했습니다. 아기가 태어나자 그는 아기를 열렬히 사랑했습니다. 그들은 둘 다 아기를 열렬히 사랑했으며, 그 열렬한 사랑에 대해 서로 샘을 냈습니다. 방에 들어가면 누가 아기를 안을 것인가에 대해 싸우고 있는 그들을 보게 되지요. "아기를 내게 주구려. 내가 안고 싶소"라고 그는 말하곤 합니다. 그러면 그녀는 특유의 느린 말투로 말하는 것입니다. "내가 아기를 안게 해줘야 해요. 당신의 아기라기보다는 오히려 제 아기이니까요."

그러면 그는 그녀에게 소리치곤 했습니다. "그렇지 않소." 장난으로 그러는 게 아니라 매우 거칠고 심각하게 그러는 겁니다.

그는 대부분의 시간을 밤비노(이탈리아어로 작은 아이를 사랑스럽게 일컫는 말—옮긴이 주)에 대한 이야기를 하면서 보냈습니다. 어떤 이야기도 밤비노에 관한 이야기로 끌고 가곤 했습니다. 그들이 런던으로 떠나기 전 어느 날 밤 함께 저녁을 먹던 생각이 납니다(그들은 프랜시스 때문에 언제나 나를 저녁 식사에 초대하곤 했지요). 그는 그 해에 내 그림을 하나 샀는데, 이렇게 말하는 게 재미있다고 생각했습니다. "롤리는 '우리'를 보러오는 게 아니라 자기 옛 그림을 보러오는 거요."

그녀는 거기 앉아서 하얀 목을 거위와 같이 쭉 뻗어 느린 말투를 끄집어냈습니다. "사-람들이 당신의 그림을 사면 너-무 기쁘지 않으세요?"

그는 말머리를 돌리려고 애썼습니다. "그렇지 않소. 누가 밤비노를 내게서 산다면 내가 느낄 그런 걸 느끼겠지."

그녀는 계속해서 실수를 했습니다. "그는 그림이 우리에게 있으면 안전하다는 걸 아실 텐데요. 그림이 가족 안에 있다는 걸 말이에요."

나는 그가 그런 것에 대해 전혀 아는 바가 없다고 말했습니다. 프랜시스가 그 전 주에 나를 그녀의 집에서 쫓아냈기 때문에 나는 아직도 화가 나 있었습니다. 그런데 아델라가 계속 내게 프랜시스 이야기를 해대는 바람에 나는 아델라가 두려웠습니다. (아델라는 한마디로 요령이 없는 여자라고 표현할 수 있을 겁니다.) 나는 아크데일이 그녀에게 사인을 보내는 것을 볼 수 있었지만, 그녀는 어쩔 수 없다는 게으른 태도로 다시 말을 계속했습니다.

"이번 겨울에는 뭘 하실 건가요?" 그 불쌍한 여자는 자기가 주제를 바꾸지 않았다는 것도 알지 못했습니다. 그녀는 그런 식이었습니다.

흡연실에서 잭은 '그의' 주제로 다시 돌아갔습니다. 나는 그에게 시골 저택이 마음에 드느냐고 물었는데, "그 집은 밤비노가 크기에 즐거운 장소가 될 겁니다. 그리고 내가 죽고 나면 들어와 살기에도 좋을 겁니다"라고 말하는 것이었습니다.

그는 또 말했습니다. "그래요, 모두 좋습니다. 밤비노는 자꾸만 뽀뽀하게 되는 그런 귀여운 아기예요. 지금이 가장 예쁠 때지요. 그렇지만 난 15년 정도 건너뛰었으면 좋겠습니다. 밤비노가 '지금' 다 컸으면 좋겠어요. 그 애가 무엇을 하려고 할지, 무슨 말들을 할지, 머리는 좋을지 등을 알려고 20년이나 기다릴 수가 없어요. 롤리, 그의 지능은 끝이 없는 듯합니다. 열세 달밖에 안 되었는데. 믿기 어려울 겁니다."

"여자들은 우스워요"라고 그는 말하는 것이었습니다. "아델라는 그 애가 자라는 걸 원치 않으니 말이오. 할 수만 있다면 언제나 귀여운 아기 밤비노로 머물게 하고 싶어하지요."

나는 그가 이상한 풍자적인 얼굴로 밤비노가 자라면 하게 될 일들을 생각하며, 미소를 지으면서 낡은 브라이어 파이프를 꽉 무는 것을 볼 수 있었습니다.

그 이야기의 나머지 부분을 알게 된 것은 4년이 지나서였습니다. 내가 알 수 없었던 것과 그 두 사람으로부터 알아내려는 시도조차 할 수 없었던 것을 프랜시스가 내게 말해주었습니다.

어째서인지 한동안 나는 그들을 만나지 못했습니다. 그러던 어느 날, 프랜시스의 집에서 잭 아크데일을 만났고, 그는 우리를 버킹엄셔에 있는 자기 집으로 차를 태워 데려갔습니다. 그 차를 타기가 즐거웠다고는 말할 수 없습니다. 아크데일은 기분이 언짢았고 불안하게 운전을 했습니다. 기어를 바꿀 때에는 갑자기 섰고, 거칠게 코너를 돌았습니다. 그답지 않은 행동이었습니다. 그는 침착하고 조심스러우면서도 능숙하게 운전을 했었기 때문에 나는 그가 도대체 왜 그렇게 거칠게 운전을 하는지 또 왜 그렇게 언짢은 것인지 궁금해했던 것이 기억납니다. 내가 심지어 축복 받은 밤비노에 대해 물었을 때에도 그의 기분은 좋아지지 않았습니다.

그의 집에 도착한 지 5분도 되지 않아서 그가 부쩍 짜증이 늘었음을 알게 되었습니다. 전에는 그에게서 그렇게 발전될 성질의 기미조차 찾아볼 수 없었음을 맹세할 수 있습니다. 그가 그렇게 변한 것은 멍한 얼굴을 한 마돈나와 7년간 결혼생활을 한 결과였다고 추측했습니다.

'그 여자'는 바뀌지 않았습니다. 단지 전보다 우리를 만난 것을 훨씬 기뻐하는 것처럼 보였던 점을 빼고는 말입니다. 사실, 너무 기뻐해서 그녀가 짜증을 잘 내는 아크데일과 함께 혼자만 남겨지는 것을 몹시 두려워하는 것이 아닌가 하는 생각이 들었습니다. 나는 그가 "밤비노는 어디 있소?"라고 곧 말하리라 기대하고 있었습니다. 분위기를 바꾸기 위해 마침내 내가 그 말을 했습니다.

아델라는 그 말에 감사해 하는 것 같았고 밤비노를 데리러 나갔습니다. 아크데일은 일어나서 등을 우리에게 돌린 채 창가에 서서 정원을 바라보는 척했습니다. 프랜시스는 그를 불안하게 쳐다보았고, 나는 그때 아크데일과 아델라가 아이에 대해서 싸운 게 아닌가 하는 생각이 들었습니다. 그들은 곧잘 그러곤 했으니까요. 나는 밤비노가 나타나 긴장된 분위기를 풀어주기를 바라기 시작했습니다. 나는 흥분되고 극적인 등장을 기대했던 것 같습니다. 밤비노는 이제 다섯 살이 되었으리라고 생각하면서.

그래서 나는 아델라가 팔에 아기를 안고 돌아오는 것을 보리라고는 전혀 예상하지 못했습니다. 너무 어려서 흥분을 나타내지도 못하고, 너무 어려서 말도 못하는 아기를 안고 돌아오리라는 것을 말입니다. 그 아기는 미숙하고 이상한 소리를 낼 뿐이었습니다.

"어떻게 된 일이죠? 새 아기 밤비노인가요? 내게 그런 말을 한 적이 없었잖아요!"

아델라는 멍청하게 웃고 있었고 아크데일은 그대로 창가에 서 있었습니다. 그 새로운 아기는 우리 중 누구도 보지 못한 듯했습니다. 아기의 이러한 무감각에는 이상하고 병적인 면이 있었습니다. 나는 아기의 목련나무 결 같은 부드러운 뺨을 진짜인지 느껴보려고 만졌습니다.

"새 아기인 것은 알겠군요." 나는 말했습니다. "그런데……옛날의 밤비노와 너무 똑같지 않아요?"

"이 아기가 옛날의 그 밤비노 맞아요. 다른 밤비노는 없어요."

그녀는 아기를 땅에 내려놓았습니다. 그때 나는 깨달았습니다.

그녀가 바라던 대로 된 것입니다. 밤비노는 평생 아기로 살게 될 것입니다. 그의 지능은 15개월의 상태에서 멎었던 것입니다.

아크데일은 마침내 그 여자와 맞서 대면할 용기가 생긴 듯 돌아보았습니다. 그는 밤비노를 바라보기 위해 마음을 다잡았습니다.

그 아기는 제대로 걷지도 못했습니다. 뒤뚝뒤뚝하고 곤두박질치는 듯한 갑작스런 동작을 반복하면서, 무겁고 툭 튀어나온 이마를 앞으로 흔들다가 균형을 잃을 때까지 그렇게 머리를 흔들어대며 뒤뚱거

렸습니다. 다른 것을 붙잡아 균형을 잡을 줄도 몰랐습니다.

아기가 넘어지자 아크데일은 갑자기 숨이 막힐 것 같은 소리를 내지르며 아기에게 달려갔습니다. 그는 아기를 팔에 안고, 나와 프랜시스를 단호한 표정으로 돌아보았습니다. 마치 우리에게 아기의 아름다움 외에 무엇이 있는지 찾아볼 테면 보라는 듯이.

아, 아기는 정말 아름다웠습니다. 백치들이 항상 공허한 얼굴을 하고 있다는 것은 사실이 아닙니다. 밤비노의 얼굴에는 무겁고 움직이지 않는 애처로움이 가득했습니다. 그 작은 입의 섬세하고 음울한 곡선에 새겨져 있고, 곧게 뻗은 그의 콧날 위에 새겨져 있으며, 검고 졸린 듯한 눈에 고정되어 있는 애처로움 말입니다. 하지만 그것은 육감에 대한 어떤 기억도 없는 듯한, 말로 표현할 수 없으며 인간의 것이 아닌 듯한 그런 애처로움이었습니다. 동물, 아마 고양이의 눈에 나타나는 움직이지 않는 슬픔이 그것에 가까울 것입니다. 다만 거기엔 인간적인 면이 약간 있을 뿐이었지요.

아델라가 말하기 시작했습니다. "밤비노가 약간 뒤처진 것은 사실이에요. 그러나 저는 잭에게 아이의 생각이 몸보다 커서 그렇다고 말하죠. 밤비노는 대단한 사람이 될 거예요. 얼굴만 보아도 그 애가 생각을 하고 있다는 것을 알 수 있거든요." 그녀는 정말 그렇게 생각하고 있었습니다.

나는 잭까지도 당시에는 희망이 없다는 생각을 하지 않았다고 믿습니다. 그에게는 나름대로의 이론이 있었고, 여러 가지 시도를 해보았으며, 무한한 예방 대책을 세웠습니다. 아기의 방들을 1층으로 옮겨서 아델라가 밤비노를 안고 층계를 오르내리는 일이 없도록 했고,

층계의 아래쪽에 문을 만들어서 아기가 기어오르다가 떨어지는 일이 없도록 했습니다. 아기가 낮에 있는 방에는 반짝거리는 공들과, 햇빛을 받으면 벽과 천장에 무지개무늬들을 비추는 유리 프리즘들을 달아 놓았습니다. 그는 만약 밤비노의 관심을 일단 한 번 끌 수만 있다면 그의 지능을 숨어 있는 곳으로부터 이끌어낼 수도 있으리라고 생각했습니다. 그들은 아기가 가지고 놀도록 몇 야드나 되는 분홍색, 초록색, 그리고 파란색의 종이 리본을 주었습니다. 밤비노에게는 때로는 커다란 방수 매트리스에 앉아서 자기로 만든 우상처럼 머리만 흔들면서 보내는 어두운 날들도 있었습니다. 그리고 종이 리본을 잡고 그것을 갈가리 찢으면서 보내는 밝은 날들도 있었습니다. 또한 정원에 난 길을 비틀비틀 걸으며 가장자리에 피어 있는 잭의 참제비고깔 꽃과 글라디올러스 꽃을 쥐어뜯으면서 보내는 찬란하게 빛나는 날들도 있었습니다. 밤비노가 지나간 자리에는 파랗고 붉은 창 모양의 시들어 가는 꽃잎들이 만든 길이 생겼습니다.

프랜시스는 내게 그 일이 어떻게 일어났는지 말해주었습니다. 그렇습니다. 아델라가 일을 저질렀던 것입니다. 뭐든 놓치지 않고는 들고 있을 수 없는 그녀의 손이 문제였습니다. 그녀의 고집 때문이었지요. 잭은 그녀에게 밤비노를 안고 층계를 오르내리지 말라고 일러두었습니다. 그러나 그녀는 듣지를 않았습니다. 복도의 층계는 매우 길고 가팔랐으며, 돌아서는 부분은 매우 좁았습니다. 아델라는 한 손에는 밤비노를 안고, 다른 손으로는 가운의 뒷부분을 들어 올린 채 층계를 내려오고 있었습니다. 밤비노는 복도에 있는 아크데일을 보았고, 그에게 가기 위해서 발버둥질을 쳤던 것입니다……

아델라는 그때 밤비노를 떨어뜨린 것과 그 애가 '뒤처지게 된 것'에 연관성이 있다는 것을 이해하지 못했습니다. 아크데일에게 무슨 일이 일어난 것인지도 알지 못했습니다. 왜 그들이 각 방을 쓰는지도 이해하지 못했습니다. 자기가 손에 활활 타는 커다란 등불을 들고왔던 요 전날 밤에, 그가 왜 그렇게 놀랐는지에 대해서도 알지 못했습니다. 잭은 펄쩍 뛰어올라 아델라에게서 등불을 빼앗았는데, 그녀는 거기 서서 손을 벌린 채 웃고 있었고, 그는 "당신-"하고 소리를 질렀었습니다.

잭은 그 말을 하지 않았습니다. 그것이야말로 그의 마음이 피하려고 했던 단어였으며, 그 누구도 잭이 듣지 않았으면 하고 바랐을 바로 그 단어였습니다. 믿기 어렵겠지만, 그녀가 비명처럼 소리를 질러 그 말을 했던 것입니다. "잭, 정말 남들이 내가 백치인지 알겠어요!"

그는 그녀를 바라보았고, 프랜시스와 나는 서로를 바라보았습니다. 우리는 둘 다 같은 생각을 하고 있었는데, 단지 프랜시스가 내게 말해줄 때까지 그것이 무엇인지 몰랐을 뿐입니다.

"그도 어쩔 수 없어요." 프랜시스가 말했습니다. "그는 모든 걸 두려워하고 있어요…… 아델라는 아기를 더 낳고 싶어 하지만, 잭은 허용하지 않으려 하지요. 아델라가 아기들을 안고 있는 걸 참고 볼 수가 없는 거지요."

나는 이 모든 일이 잔인하다고 말했습니다. 프랜시스가 말했습니다. "네, 그래요. 잔인하지요. 그 일이 그를 얼마나 변화시켰는지, 끔찍한 일이에요."

나는 그 일이 아델라를 변화시키지는 않은 것 같다고 말했습니다.

그러자 그녀가 말하더군요. 아델라를 변화시키는 것이 뭐가 있으리라고 생각하느냐고.

없는 것 같다고 난 대답했습니다. 어쨌든 나는 잭이 더 안됐다고 생각했고, 그래서 그렇게 말했습니다. 프랜시스가 아델라를 좋아하지 않는 것을 알고 있었으니까요.

그러나 프랜시스는 고개를 저으며 말했습니다. "모르겠어요. 잭은 최악의 상황을 알고 있지만, 아델라는 그렇지 않아요. 아델라가 그것을 깨닫는다면 끔찍할 거예요. 아델라도 계속 아무 일 없는 척할 수는 없을 거예요. 밤비노가 계속 그럴 때…… 게다가 당신이 본 걸 아델라도 볼 수밖에 없게 될 테지요."

"그러면 그건……?"

프랜시스는 내 앞에서 직설적으로 말했습니다. "잭이 자기를 미워한다는 거지 뭐겠어요."

하긴 그게 바로 내가 본 것이었습니다.

나는 프랜시스가 그 저주받은 그림을 가져가 주기를 바랐습니다. 그러나 프랜시스는 그 그림을 두려워했습니다. 그녀는 그림에 너무나 많은 것을 그려 놓았습니다. 그 매혹적이고 우윳빛 같이 하얀 백치 미인을. 그리고 그 손들, 그 끔찍하고 둔한 손들을, 그 불안정성을.

疎

[소]

난 누구보다 아름다운데
왜 행복할 수 없죠?

유산

버지니아 울프

길버트 클랜든은 아내의 응접실 작은 테이블 위에 놓인 반지와 브로치들 가운데 진주 브로치를 들고 거기에 "씨시 밀러에게, 내 사랑을 담아"라고 새겨진 글을 읽었다.

비서였던 씨시 밀러까지 잊지 않다니 안젤라다웠다. 그러나 길버트 클랜든은 다시 한 번, 아내가 자신의 모든 물건들을 이와 같이 정리해서 남겨놓다니—친구들 하나하나에게 주는 작은 선물로서—얼마나 이상한 일인가 하는 생각을 했다. 마치 자신의 죽음을 예견이라도 한 듯했다. 그러나 6주 전, 그날 아침 집을 나설 때만 해도 그녀는 매우 건강했다. 그날 그녀가 피커딜리가의 인도에서 차도로 발을 내려딛는 순간, 마침 달려오던 차에 치어 죽었다.

그는 씨시 밀러를 기다리고 있었다. 그녀에게 와달라고 부탁을 했었다. 씨시가 그렇게 오랜 세월을 그들 부부와 함께 했으므로 그에 보답하는 의미로 이 유품을 그녀에게 줄 의무가 있다고 느꼈다. 길버트는 그곳에 앉아 씨시를 기다리면서, 안젤라가 모든 것을 이렇게 정리해놓다니 참으로 이상하다는 생각이 계속 들었다. 아내는 모든 친구들에게 이렇게 마음이 담긴 유품들을 남겼다. 반지 하나, 목걸이 하나, 그리고 작은 중국 상자 하나에까지—그녀는 그 작은 상자들을 굉장히 좋아했었다—이름을 붙여놓았다. 그 각각은 그에게는 추억이 어린 물건들이었다. 에나멜 칠이 된 돌고래는 그가 아내에게 주었던 것이다. 어느 날 베니스의 뒷골목에서 눈에 루비가 박혀 있는 돌고래를 보고 그녀는 달려들어 이를 덥석 집었다. 길버트는 그때 아내가 기뻐서 지른 작은 환성을 아직도 기억할 수 있었다. 물론 아내는 그에게 어떤 특별한 물건도 남겨놓지 않았다. 일기장들을 제외하면. 초록색 가죽 장정이 된 열다섯 권의 작은 공책들이 그의 뒤에 있는 그녀의 책상 위에 꽂혀 있었다. 결혼하고 나서 그녀는 계속 일기를 써왔었다. 그들이 결혼한 이래로 싸움이라고 할 것까지는 아니어도 사소한 말다툼을 했던 것은 바로 그 일기장 때문이었다. 안젤라가 일기를 쓰고 있을 때 그가 방에 들어가면 그녀는 언제나 일기장을 덮거나 손으로 가리면서, "안 돼요, 안 돼요. 내가 죽은 다음에는 혹시 몰라도……"라고 말하곤 했다.

이렇게 그녀는 그 일기장들을 유산처럼 길버트에게 남겨주었다. 그 일기장들은 그녀가 살아 있을 때에 그들이 함께 공유하지 못했던 유일한 것이었다. 그는 항상 아내가 자신보다 더 오래 살 거라고 생각했다. 그녀가 한순간만 멈추었더라도, 지금 뭘 하고 있는지 생각만 했더라도 그녀는 지금 살아 있을 것이다. 그러나 그녀는 주저하지 않고 곧바로 길 아래로 내려섰다고, 그 사고를 낸 운전사가 사실심리에서 말했다. 그녀는 운전사에게 미처 차를 멈출 시간을 주지 않았던 것이다. 그때 현관에서 나는 소리가 그의 생각을 멈추게 했다.

"주인님, 밀러 양이 왔습니다." 하녀가 말했다.

그녀가 들어왔다. 그는 한 번도 밀러 양을 혼자서 만난 일이 없었으며 눈물을 흘리는 그녀를 본 적은 더더구나 없었다. 그녀는 굉장히 슬퍼했는데 그것은 당연한 일이었다. 안젤라는 씨시 밀러에게 고용주라기보다 그 이상의 존재였다. 그녀는 친구였다. 그는 그녀에게 의자를 밀어주며 앉으라고 권하면서, 그녀가 그런 부류의 여자들과 다르게 눈에 띄는 점이라고는 전혀 없다고 생각했다. 씨시 밀러와 같은 여자들—검은색 옷을 입고 서류 가방을 든 생기 없는 작은 여자들—은 무수히 많이 있었다. 그러나 천성적으로 동정심이 많은 안젤라는 씨시 밀러가 가지고 있는 모든 좋은 성품을 찾아냈다. 씨시는 분별력이 있고 과묵하며, 또한 믿을 만해서 그녀에게는 뭐든지 이야기할 수 있다는 점 외에도 다른 장점들이 많이 있었다.

밀러 양은 처음에는 말을 할 수가 없을 정도였다. 그녀는 손수건으로 눈물을 닦으며 앉아 있었다. 그리고는 겨우 진정을 하고 "죄송합니다. 클랜든 씨"라고 말했다.

물론 이해할 수는 있다고 그는 중얼거렸다. 그것은 당연한 일이었다. 그녀에게 자신의 아내가 어떤 존재였는지 쉽게 짐작할 수 있었다. "이곳에서 저는 무척 행복했습니다." 그녀는 주위를 둘러보며 말했다. 그녀의 시선이 그의 뒤에 있는 책상에 머물렀다. 여기에서 안젤라와 씨시 밀러는 함께 일했다. 안젤라에게는 의회 정치인의 아내로서

해야 할 일들이 많이 있었다. 그녀는 정치가로서의 그의 삶에 큰 도움이 되었다. 길버트는 아내와 씨시가 그 책상에 앉아 있는 모습을 종종 보았다. 씨시는 아내가 불러주는 대로 타자기로 편지를 작성하곤 했다. 물론 그녀도 그때를 생각하고 있을 것이다. 이제 그에게 남은 일은 아내가 남긴 브로치를 그녀에게 주는 것이었다.

그것은 다소 적절하지 않은 선물처럼 보였다. 얼마간의 현금이나 혹은 그 타자기를 주는 편이 더 좋을 것 같았다. 그러나 그 물건에 '씨시 밀러에게, 내 사랑을 담아'라고 쓰여 있었으므로 그는 준비한 몇 마디 말을 하면서 브로치를 그녀에게 주었다. 그는 그녀가 그 선물을 소중하게 간직하리라는 것을 안다고 말했다. 그의 아내는 자주 그 브로치를 달았다…… 씨시 양은 브로치를 받으면서 마치 그녀 역시 할 말을 미리 생각해둔 듯 말했다. 언제까지나 그 브로치를 소중하게 간직할 것이라고…… '그녀에게 진주 브로치와 그래도 어울릴 만한 다른 옷이 있겠지' 하고 그는 생각했다. 그녀는 자신의 직업에 어울리는, 제복처럼 보이는 작은 검정 웃옷과 치마를 입고 있었다. 그때 그는 씨시도 역시 상중이라는 것이 생각났다. 그녀도 비극을 겪었다. 그녀가 그토록 사랑하는 오빠가 안젤라가 죽기 불과 한두 주일 전에 죽었다. 원래 동정심이 많은 안젤라가 그 일을 굉장히 슬퍼했었다.

그때 씨시 밀러가 일어났다. 그녀는 장갑을 꼈다. 더 이상 방해가 되지 않으려고 생각한 듯했다. 그러나 길버트는 그녀의 장래에 대해 한마디 말도 없이 그녀를 보낼 수는 없었다. 앞으로 어떻게 할 생각인지, 그가 그녀를 도울 수 있는 방법은 없는지 물었다. 그녀는 자신이 타자를 치곤 했던, 일기장이 놓여 있는 책상을 뚫어지게 바라보았다.

그리고는 안젤라에 대한 추억에 잠겨 자신을 돕겠다는 그의 제의에 대해 바로 대답을 하지 못했다. 한순간 그녀는 무슨 말인지를 못 알아들은 듯했다. 그래서 그가 다시 물었다.

"밀러 양, 앞으로 어떻게 할 생각이오?"

"제 계획이요? 오, 괜찮습니다. 클랜든 씨." 그녀는 큰 소리로 말했다. "제 일은 염려 마세요."

그는 그녀가 재정적인 도움이 필요 없다는 말을 하는 것이라고 이해했다. 그런 종류의 제의는 편지로 하는 편이 더 나을 것이다. 지금 그가 할 수 있는 일은 그저 그녀의 손을 잡고, "밀러 양, 내가 도울 수 있는 일이 있으면 기꺼이 도와드리겠소"라고 말하는 것뿐이었다. 그리고서 그는 그녀를 위해 문을 열어주었다. 문간에서 갑자기 무슨 생각이 떠오른 듯 그녀가 잠시 멈춰 섰다.

"클랜든 씨." 그녀가 처음으로 똑바로 그를 쳐다보면서 말했다. 그리고 처음으로 그는 그녀의 눈에 담긴 연민과 무엇인가를 찾는 듯한 표정을 보고 깜짝 놀랐다. "제가 도와드릴 일이 있다면 언제든지, 사모님을 생각해서라도, 기꺼이 해 드리겠습니다"라는 말을 하고 그녀는 갔다. 그때의 그녀의 말과 모습은 전혀 예상 밖이었다. 그것은 마치 그가 자신의 도움을 필요로 할 것이라고 믿고 있거나 혹은 바라고 있는 것 같았다. 의자로 돌아오면서 이상하고 어쩌면 별나다고 할 수 있는 생각이 그에게 떠올랐다. 그가 그녀를 거의 눈여겨보지 않았던 그 긴 세월 동안 그녀는, 소설가들이 말하듯이, 그에 대한 열정을 품어왔었던 것일까? 그는 지나가면서 흘깃 거울 속에 비친 자신의 모습을 보았다. 쉰 살이 넘었지만 거울에 비친 모습을 보며 그는 여전히 자신이 특출한 외모를 가진 사람이라는 것을 스스로도 인정하지 않을 수 없었다.

"가엾은 씨시 밀러." 그는 살짝 웃음을 지으면서 이렇게 말했다. 그 농담을 아내와 함께 할 수 있다면 얼마나 좋을까! 길버트는 본능적으로 아내의 일기장으로 몸을 돌렸다. 그는 일기장의 아무 장이나 펼치고는 그 부분을 읽었다. "길버트는…… 너무 근사하다……" 마치 그의 질문에 대답이라도 하는 것 같았다. '물론이죠. 당신은 여자들에게 너무 매력적이에요'라고 아내가 말하는 듯했다. 물론 씨시 밀러도 그렇게 느꼈을 것이다. 그는 계속 읽어내려갔다. "내가 그의 아내라는 사실이 얼마나 자랑스러운지!" 길버트 또한 항상 그녀의 남편인 것이 무척 자랑스러웠다. 밖에서 식사를 할 때면 식탁 건너편에 앉아 있는 아내를 바라보며 얼마나 자주 자신에게 여기 있는 여자들 중 안젤라가 제일 아름다워, 라고 말했었던가! 그는 계속 읽었다. 그가 의회 의원으로 처음 당선되었던 해의 이야기가 쓰여 있었다. 길버트가 아내와 함께 자신의 선거구를 순회했을 때였다. "길버트가 자리에 앉자 박수갈채가 쏟아졌다. 모든 청중이 일어나서 '그는 참 좋은 사람이라네'라는 노래를 합창했다. 굉장히 감격스러웠다." 길버트 역시 그 일을 기억했다. 그녀는 단상 위 그의 옆에 앉아 있었다. 그는 자신을 바라보던 아내의 시선과 눈물을 글썽이던 모습이 아직도 눈에 선했다. 그리고는? 그는 다음 페이지들을 넘겼다. 그들은 베니스에 갔었다. 선거가 끝난 뒤에 보냈던 그 행복했던 휴가를 상기했다. "우리는 플로리안스 카페에서 아이스크림을 먹었다." 그는 미소를 지었다. 그녀는 그때까지도 어린애 같았고 아이스크림을 좋아했다. "길버트가 베니스의 역사에 관해 대단히 흥미 있는 이야기를 해주었다. 그는 도지스 총독의 가문에 대해서 말해주었는데……" 그녀는 그런 이야기들 모두 여학생 같은 필체로 적어놓았다. 안젤라와 함께 여행하는 즐거움 중의 하나는 그녀가 배우는 데에 굉장히 열심이라는 점 때문이었다. 그녀는 마치 그 점이 그녀의 매력 중 하나라는 것을 모르는 듯 자신이 몹시 무지하다고 말하곤 했다. 그 다음에는—그는 다음 권을 펼쳤다—그들은 런던에 돌아와 있었다. "나는 정말 좋은 인상을 주고 싶었다. 나는 결혼식 때 입었던 옷을 입었다." 그는 이제 그녀가 나이 많은 에드워드 경 옆에 앉아 있는 모습을 볼 수 있었다. 안젤라는 길버트의 상관인 그 무서운 노인을 완전히 매료시켰다. 그는 빠르게 읽어내려갔다. 아내가 조각조각 써놓은 단편들에 장면과 장면을 채워가면서. "하원에서 저녁 만찬을 했다…… 러브그로브에서 이브닝 파티에 갔었다. L 부인이 내가 길버트의 아내로서의 의무를 이행하고 있는지 물었다." 그리고는 몇 해가 지나갔다. 그는 책상에서 일기장을 또 한 권 뽑았다. 이제 그는 더욱더 자신의 일에 몰두하고 있었다. 그리고 당연히 그녀는 점점 더 혼자 지내는 시간이 많아졌다. 그들 사이에 자녀가 없다는 것이 분명히 그녀에게는 굉장히 큰 슬픔이었다. 어느 날의 일기에서는 "길버트에게 아들이 있으면 얼마나 좋을까!"라고 쓰여 있었다. 이상하게도 길버트 자신은 아들이 없다는 사실에 대해 별로 애석해하지 않았다. 삶은 그 자체로 너무나 충만하고 너무도 풍성했다. 그 시절에 그는 행정부에서 그다지 중요하지 않은 직위를 맡고 있었다. 별 보잘 것 없는 직위였으나 그녀는 "나는 길버트가 수상이 되리라고 확신한다!"라고 써놓았다. 만일 일이 다르게 풀렸더라면 그럴 수도 있었겠지. 그는 읽는 것을 잠시 멈추고 만약 그렇게 되었더라면 어땠을지 곰곰이 생각해보았다. "정치는 도박이야." 그는 생각했다. 그러나 그 도박은 아직 끝나지는 않았다. 나이 오십에 다 끝난 건 아니지. 그는 더 많은 페이지들을 빠르게 훑어보았다. 사소한 일들, 그녀의 삶을 이루고 있는 평범하고 즐거운, 소소한 일상사들이 가득했다.

그는 다른 일기장을 집어들고 아무 곳이나 펼쳤다. "나는 얼마나 비겁한가! 기회를 또 흘려보내고 말았다. 그러나 그가 생각해야 할 일이 산더미같이 많은데 내 문제로 그를 괴롭히는 것이 너무 이기적인 것 같다. 우리는 이제 단 둘이서 저녁 시간을 보내는 일이 거의 드물다." 이 말은 무엇을 의미하는 것일까? 아, 여기 설명이 있군. 이스트엔드에서의 봉사 활동을 언급한 것이로군. "나는 용기를 내서 드디어 길버트에게 말했다. 그는 정말 너무 친절하고 좋은 사람이다. 그는 반대하지 않았다." 길버트는 그 대화를 기억했다. 그녀는 자신이 너무 게으르고 무용지물처럼 느껴진다고 말했었다. 그녀도 자신의 일을 갖고 싶어했다. 남을 돕기 위해 무엇인가 하고 싶다고, 바로 그 의자에 앉아서 너무도 예쁘게 얼굴을 붉히면서 말했던 아내의 모습이 기억났다. 길버트는 그녀에게 약간 농담조로 말했었다. 남편인 자기의 뒷바라지와 집안일만으로도 충분하지 않느냐고. 그렇지만 그녀가 흥미를 느낀다면 반대할 마음은 없다고 말했다. 그것이 무엇이었지? 무슨 구역이었던가? 무슨 단체였던가? 단지 그녀가 병이 날 정도로만 하지 않겠다는 약속을 하라고 했다. 그래서 그녀가 매주 수요일 화이트채플에 갔었던 모양이다. 그곳에 갈 때마다 아내가 입고 있던 옷이 얼마나 보기 싫었는지 생각났다. 그렇지만 아내는 그 일을 매우 중요하게 생각하는 듯했다. 일기장에는 다음과 같이 그에 관한 일들이 가득 적혀 있었다. "존스 부인을 보았다…… 아이들이 열 명이나 있었다…… 남편은 사고로 팔을 잃었다…… 릴리에게 일자리를 구해주려고 백방으로 노력을 했다." 그는 건너뛰어 가며 읽었다. 그의 이름이 점점 드물게 나왔다. 그의 흥미도 점점 줄어들었다. 일기장의 내용 중 어떤 것은, 예를 들면 "B. M.과 사회주의에 관해 열띤 논쟁을 했다" 등과 같이 그와는 전혀 관계가 없는 내용이었다. B. M.이 누구지? 길버트는 그 머리글자가 누구를 말하는지 생각해낼 수 없었다. 아마도 단체에서 만났던 어떤 여자인가보다, 라고 생각했다. "B. M.이 상류층에 대해서 맹렬하게 공격했다. 나는 일이 끝난 후 B. M.과 함께 걸어 돌아가면서 그를 납득시키려고 애썼다. 그러나 그는 마음이 너무 편협했다." 그래, B. M.은 남자로군. 그들 자신을 '지식인'이라고 스스로 칭하는 자들 중 하나가 틀림없어. 안젤라가 말했듯이 그렇게 과격하고 편협한 자들 중 하나야. 그녀가 그를 만나자고 초대했나 보군. "B. M.이 저녁 식사에 왔다. 그는 미니와 악수를 했다!" 거기 붙은 느낌표가 그의 생각을 다른 방향으로 전개시켰다. B. M.은 하녀를 대하는 것이 익숙하지 않은 모양이지. 미니와 악수를 했다니. 아마도 그는 귀부인의 거실에서 자신의 견해를 허황되게 늘어놓는 비굴한 노동자 계층의 사람인 듯했다. 길버트는 그런 유형의 인간들을 잘 알았고 B. M.이 누구든 간에 그런 부류의 사람을 결코 좋아하지 않았다. 이 부분에도 또 그에 대한 언급이 나왔다. "B. M.과 런던탑에 갔다. 그는 혁명이 반드시 일어나게 되어 있다고 말했다…… 그는 우리가 바보들의 천국에 살고 있다고 했다.” 그것이 바로 B. M. 같은 작자들이 함직한 이야기인 것이다. 길버트는 그의 말이 들리는 듯했다. 그리고 그의 모습을 꽤 분명하게 그려볼 수 있었다. 빨간 타이를 매고, 그런 부류의 사람들이 잘 입는 트위드 양복 차림에 거친 턱수염을 기른 작고 땅딸막한 사람. 일생 정직한 노동이라고는 해본 적도 없는 인물. 안젤라가 그의 진정한 모습을 꿰뚫어보기나 했을까? 그는 계속해서 읽었다. “B. M.이…… 에 관해 굉장히 불쾌한 이야기를 했다.” 그 이름이 조심스럽게 긁혀 지워져 있었다. “나는 더 이상…… 을 비난하는 소리를 듣지 않겠다고 말했다.” 다시 그 이름은 지워져 있었다. 그것이 그의 이름이었을까? 그래서 그가 방에 들어갔을 때 일기장을 그렇게 재빨리 가렸던 것일까? 이러한 생각이 B. M.에 대해 점점 더 커지는 그의 혐오감을 더해주었다. B. M.은 바로 이 방 안에서 그에 대해 논하는 뻔뻔한 작자였다. 왜 안젤라는 그에게 그런 이야기들을 하지 않았을까? 무언가 감추다니 정말 안젤라답지 않은 일이었다. 그녀는 천성이 솔직한 사람이었다. 길버트는 페이지들을 넘기면서 B. M.이 언급된 부분들을 골라 읽었다. “B. M.이 어렸을 적 이야기를 해주었다. 그의 어머니는 청소부로 일하러 다녔다…… 그것을 생각하니 나는 이런 사치 속에서 살고 있는 것이 더 이상 견딜 수가 없다…… 모자 하나에 3기니나 주다니!” 안젤라가 가엾게도 그 작은 머리로는 이해하기 너무 어려운 문제들에 대해 골똘히 생각하는 대신에 그와 이야기해보기나 했더라면! B. M.은 그녀에게 책을 빌려주었다. 칼 마르크스의 『혁명의 도래』였다. 이름의 머리글자인 B. M., B. M., B. M.이 되풀이해서 반복되었다. 그런데 도대체 왜 이름 전체를 적어놓지 않은 것일까? 격식을 차리지 않고 친밀함을 보이는 머리글자를 사용하는 것은 정말 안젤라답지 않은 일이었다. 그녀가 그를 맞대고 B. M.이라고 불렀을까? 그는 계속 읽었다. "B. M.이 저녁 식사 후에 예고 없이 왔다. 다행히 나는 혼자 있었다." 그것은 1년 전의 일기였다. "다행히" ― 왜 다행하다고 했을까? ― "나는 혼자 있었다." 그날 밤 그는 어디에 있었던 것일까? 길버트는 일정을 적어둔 수첩에서 그 날짜를 확인해보았다. 그날은 런던 시장의 관저에서 만찬이 있었던 날이었다. 그렇다면 안젤라와 B. M.은 그날 밤 단 둘이서만 지냈던 것이다! 길버트는 그날 밤의 일을 기억해내려고 애썼다. 집에 왔을 때, 그녀가 자지 않고 기다리고 있었던가? 방은 평상시와 같았었나? 테이블 위에 유리잔들이 있었던가? 의자들이 바싹 끌어당겨져 있었었나? 그는 아무것도 기억할 수 없었다. 그날 만찬장에서 했던 연설 외에는 어떤 것도 기억이 나지 않았다. 그 상황 전부가 점점 더 이해가 되지 않는 일들이었다. 자기 아내가 혼자서 잘 모르는 남자를 집 안에 들이다니. 어쩌면 다음 일기장에 설명이 있을지도 모르겠군. 서둘러서 마지막 일기장을 찾아보았다. 그녀가 죽기 전에 미처 끝내지 못했던 일기장이었다. 그 일기장의 첫 페이지부터 그 고약한 자의 이름이 또 나왔다. "B. M.과 단 둘이서 저녁을 먹었다…… 그는 매우 괴로워했다. 그는 이제 우리가 서로를 이해할 때가 되었다고 말했다. 나는 그에게 내 말을 듣게 하려고 애썼다. 그러나 그는 막무가내였다. 내가 그의 말을 듣지 않는다면…… 하고 나에게 위협을 했다." 그 페이지의 나머지 부분에는 줄이 죽죽 그어져 있었다. 그녀는 종이 가득 "이집트, 이집트, 이집트……"라고 써놓았다. 그는 단 한 마디도 알아볼 수 없었다. 그러나 오직 하나의 해석만이 가능했다. 그 불한당이 그녀에게 자기 정부가 되어달라고 간청했던 것이다. 이 방에서 단 둘이 있으면서! 길버트 클랜든의 얼굴로 피가 치솟았다. 그는 페이지를 재빨리 넘겼다. 그녀는 어떻게 답을 했을까? 머리글자는 더 이상 보이지 않았다. 이제는 그저 '그'라고만 쓰여 있었다. "그가 다시 왔다. 나는 그에게 어떤 결정도 내리지 못했다고 말했다…… 그리고 내게서 떠나달라고 애원했다." 그가 바로 여기 내 집에서 그녀에게 강권을 하다니! 그러나 왜 안젤라는 아무 이야기도 하지 않았을까? 어떻게 한순간이라도 망설일 수가 있었을까? "나는 그에게 편지를 썼다." 그 뒤의 몇 장은 빈 종이로 남아 있었다. 그리고 "내 편지에 답이 없었다"라는 문장 뒤에 또 아무것도 적혀 있지 않은 장들이 나왔다. 그 다음에는 이렇게 적혀 있었다. "그는 내게 협박한 대로 실행했다." 그 다음에는…… 그 다음에는 어떤 일이 있었던 거지? 그는 일기장을 계속 넘겨보았다. 모두가 빈 종이들이었다. 그러나 그녀가 죽기 바로 전 날에 쓴 일기는 다음과 같았다. "나도 그것을 감행할 용기가 있을까?" 일기는 그렇게 끝났다.

길버트 클랜든은 일기장을 바닥에 떨어뜨렸다. 그는 자기 눈앞에서 그녀의 모습을 볼 수 있었다. 그녀는 피커딜리가의 보도 끝에 서 있었다. 눈은 똑바로 앞을 응시하며 주먹을 꽉 쥔 채로. 그때 차 한 대가 달려왔다.

그는 참을 수가 없었다. 진실을 알아야만 했다. 길버트는 전화기 앞으로 성큼성큼 걸어갔다.

"밀러 양!" 아무 대답이 없었다. 그리고서 방에서 누군가가 움직이는 소리가 들렸다.

"씨시 밀러입니다." 마침내 그녀가 대답했다.

그는 절박하게 외쳤다. "B. M.이 누구……인가요?"

그는 그녀의 벽난로 위의 싸구려 시계가 째깍거리는 소리를 들을 수 있었다. 그리고 길게 내쉬는 한숨소리가 들렸다. 마침내 그녀가 말했다.

"제 오빠입니다."

그는 씨시 밀러의 오빠였다. 바로 자살한 그녀의 오빠.

"제가 설명드릴 일이라도……" 씨시 밀러가 물었다.

"아무것도……" 길버트가 소리쳤다. "아무것도 없소."

그는 그의 몫의 유산을 받았다. 아내가 그에게 진실을 말해주었던 것이다. 그녀는 사랑하는 이를 따라 차도로 내려섰다. 그녀는 그에게서 벗어나기 위해 차도로 내려섰던 것이다.

19호실로

도리스 레싱

나는 이것이 지성의 실패에 관한 이야기라고 생각한다. 롤링스 부부의 결혼은 지성에 입각했었기 때문이다.

그들은 대부분의 다른 결혼한 친구들에 비해 좀 더 나이가 들어서 결혼했는데, 그때가 결혼하기에 적당한 20대 후반이었다. 둘 다 쓰라리다기보다는 달콤한 몇 번의 연애 경험이 있었고, 서로 사랑에 빠졌을 때는—그들은 정말 사랑에 빠졌었다—이미 얼마 동안 서로를 알고 지내왔던 터였다. 그들은 '진정한 것을 위해' 서로를 아껴두었다고 농담을 했다. 그 진정한 것을 위해 그만큼 오래 기다렸다는 사실이(그러나 지나치게 오래는 아니었다) 그들이 지각 있는 판단력을 가지고 있다는 증거였다. 일찍 결혼한 많은 친구들은 지금에 와서는 아마도 놓친 기회들을 후회하고 있을 것이다(라고 그들은 느꼈다). 반면에 아직 결혼하지 않은 친구들은 무미건조한 삶과 자기 자신에 대한 회의를 느끼고 있는 것처럼 보였으며, 필사적 결혼이나 낭만적 결혼을 하기 십상이었다.

그들 자신뿐만 아니라 다른 사람들도 그들이 잘 어울린다고 생각했다. 친구들이 기뻐하는 것이 그들의 행복에 대한 또 하나의 증거였다. 이들 남녀는 그 그룹, 만일 광범위하고 느슨하게 연결되어 있으며 꾸준히 변화하는 사람들의 무리를 집단이라고 부를 수 있다면, 그 집단 안에서 같은 역할을 해왔었다. 둘 다 온화한 성격에 유머가 있고 고통스런 경험을 지혜롭게 피해왔기 때문에 다른 사람들이 조언을 구하러 오곤 했다. 그들은 다른 사람들이 의지할 수 있고 또 의지했던 그런 대상이었다. 그들의 결합은 남녀가 스스로 결합한, 아마 그들이 닮은 점이 많았기 때문에 아무도 연결시켜줄 생각을 하지 않았던 그런 경우 중의 하나였다. 그러나 그들이 서로 사귀게 되자 모두들 소리쳤다. 그래! 정말 어울려! 어떻게 전에는 그걸 생각하지 못했을까!

그리하여 모두들 기뻐하는 가운데 그들은 결혼을 했고, 가능한 것에 대한 그들의 선견지명과 지각력 덕분에, 그들을 놀라게 하는 것은 아무것도 없었다.

둘 다 보수가 좋은 직장에 다니고 있었다. 매튜는 큰 런던 신문사의 편집차장이었고 수잔은 광고회사에서 일했다. 매튜는 편집장이나 유명한 신문인이 될 그런 사람은 아니었다. 그러나 각광을 받고 있는 사람들을 사실상 흔들리지 않게 해주고 고무하고 그들의 성공을 가능하게 도와주는 꼭 필요한 배경인물 중의 하나로서, '편집차장' 이상의 존재였다. 그는 그런 자신의 위치에 만족했다. 수잔은 상업용 그림에 재능이 있었다. 그녀는 자신이 맡고 있는 광고들에 대해 농담을 많이 했지만, 그 광고들에 대해 어떻든 간에 그다지 확고한 견해를 갖고 있지는 않았다.

결혼 전에 두 사람은 각각 살기 좋은 아파트가 있었지만 그중 한 아파트에서 결혼생활을 시작하는 것은 현명하지 못하다고 느꼈다. 왜냐하면 그 아파트의 주인이 아닌 사람 쪽에서는 마치 상대편에 굴복하는 듯한 느낌이 들 것 같아서였다. 그래서 그들은 사우스 켄싱턴에 있는 새 아파트로 이사를 갔는데, 결혼생활이 안정되면(그들은 그 과정이 오래 걸리지 않으리라는 것을 알고 있었는데, 사실 그런데도 이사를 가는 것은 그들의 생각이라기보다 일반적 상식에 대한 장난스러운 양보였다) 단독주택을 사서 아이들이 있는 가정을 이루게 되리라는 것을 분명히 알고 있었다.

그리고 일어난 일이 이것이다. 그들은 2년 동안 아름다운 아파트에서 살면서 파티를 열거나 파티에 참석하며 인기 있는 신혼부부로 지냈다. 그러다가 수잔이 임신을 하게 되자 직장을 포기하고 그들은 리치몬드에 있는 단독주택을 샀다. 이 부부는 전형적이게도 아들을 먼저 낳은 후 딸을 낳았고, 그 다음에는 아들과 딸 쌍둥이를 낳았다. 모든 상황이 좋았으며 또 적절했고, 선택할 수 있다면 누구나 소망할 그런 상태였다. 그런데 사람들은 그들이 그렇게 선택했다고 생각했다. 그러나 이 안정되고 지각 있는 가정은, 옳은 선택에 대한 그들의 확실한 지각력 덕분에 그들에게 응당 주어져야 했던 것뿐이었다.

그리하여 그들은 리치몬드에 있는 정원이 딸린 주택에서 네 아이들과 함께 살았으며 행복했다. 원하고 계획했던 모든 것을 가졌다.

그러나……

물론 좀 따분할 때도 있으리라는 것은 예상했었다. 그래, 그래, 물론 때때로 이처럼 느껴지는 것은 자연스런 일이었다. 이처럼이라니 무엇처럼 말이지?

그들의 생활은 마치 뱀이 자기 꼬리를 물고 있는 것 같았다. 매튜의 직장은 수잔과 아이들, 집과 정원을 위해서였다. 이 큰 집을 유지하기 위해선 보수가 좋은 직장이 필요하니까. 그리고 수잔의 지성은 실질적으로 매튜와 아이들과 집과 정원을 위해서였다. 그 각각은 그녀가 없다면 일주일 만에 엉망이 되고 말 테니까.

그러나 매튜와 수잔 중 어느 누구도 " '이것'을 위해 다른 모든 것이 존재한다"라고 말할 수 있는 그런 것이 없었다. 아이들? 그러나 아이들이 삶의 중심이 될 수도, 존재 이유가 될 수도 없었다. 아이들은 유쾌하고 재미있고 만족스러운 다른 수천 가지가 될 수는 있지만 삶의 원천이 될 수는 없었다. 아니 아이들이 삶의 원천이 되어서는 안 된다. 수잔과 매튜는 그 점을 충분히 잘 알고 있었다.

매튜의 직업? 말도 안 돼. 재미있는 일이긴 하지만 그것이 존재 이유는 아니었다. 매튜는 자신의 일을 잘하고 있다는 사실에 자부심을 가지고 있긴 했으나 그 신문에 대해 자부심을 갖기를 기대할 수는 없었다. 그가 읽는 신문, 즉 그의 신문은 그가 만들고 있는 신문이 아니었다.

서로에 대한 사랑? 글쎄, 그것이 가장 가깝다. 만일 그것이 삶의 중심이 아니라면 무엇이 삶의 중심이겠는가? 그래, 그 엄청난 구조 전체가 이를 중심으로, 즉 그들의 사랑을 중심으로 돌고 있었다. 그것은 정말 엄청난 것이었기 때문이다. 수잔과 매튜는 함께 그렇게 생각하는 순간들, 즉 그들이 창조한 것을 내심 믿을 수 없다는 듯 바라보는 순간들이 있었다. 결혼, 네 명의 아이들, 큰 집, 정원, 가정부, 친구들, 자동차들…… 그리고 이 '것', 이 실재, 그 모두가 수잔이 매튜를 사랑했고 매튜가 수잔을 사랑했기 때문에 존재하게 되었고, 갑자기 생긴 것이었다. 엄청난 것이었다. 그러니 이것이 삶의 중심이자 원천이었다.

그런데 만일 서로에 대한 사랑이 정말 모든 것을 지탱할 만큼 강하지 않다고, 중요하지 않다고 느꼈다면, 그것은 누구의 잘못일까? 확실히 수잔의 잘못도 매튜의 잘못도 아니다. 그것은 본질에 관한 문제였다. 그래서 그들은 현명하게도 자신을 나무라지도 상대방을 나무라지도 않았다.

반대로 그들은 자신들이 창조한 것을 고통스럽고 폭발하기 쉬운 세상으로부터 지키기 위해 지성적으로 대처했다. 주위를 돌아보고 교훈을 얻은 것이다. 주위에서는 온통 결혼이 무너지거나 깨지거나, 혹은 간신히 유지되고 있었다(그들은 이것이 더 나쁜 상황이라고 느꼈다). 그들은 그 같은 실수를 해서는 안 되었다.

그들은 많은 친구들이 빠져든 함정—즉 '아이들을 위해' 시골에 집을 사는 것, 그래서 남편은 주말 남편, 주말 아버지가 되고, 아내는 이른바 (농담으로) 독신자 아파트라고 부르는 시내 아파트에서 무슨 일이 있었는지에 대해 묻지 않으려고 항상 조심하게 되는 것—을 피했다. 그들은 그렇게 하지 않았다. 매튜는 전임 남편, 전임 아버지였으며, 밤이면 (강이 멋지게 내다보이는) 부부 침실에서 부부용 큰 침대에 나란히 누워 이야기를 나누었다. 그는 그의 하루에 대해, 그가 한 일과 만난 사람들에 대해 이야기했고, 그녀는 그녀의 하루에 대해 이야기했다(비록 그녀가 보낸 하루는 그가 보낸 하루만큼 흥미 있지는 않았지만, 그건 그녀의 잘못이 아니었다). 그들 모두 한때는 자신의 삶을 살았었으나—무엇보다도 자신의 생활비를 스스로 벌었었으나—지금은 바깥세상의 소식과 돈을 남편에게 의존하는 여자의 숨겨진 분노와 박탈감에 대해 알고 있었기 때문이다.

수잔은 자신의 독립을 위해 직업을 가지는 그런 실수를 저지르지 않았다. 그녀가 전에 다니던 직장에서 유머 있고 침착하고 분별 있는 그녀에게 다시 나오라고 종종 권했기 때문에 그녀로서는 직업을 다시 갖는 것이 쉬운 일이었기는 하지만. 그렇지만 아이들에게는 일정한 나이가 될 때까지 어머니가 필요하다는 것을 그들 부부는 알고 있었고 그 점에 있어서는 의견이 같았다. 현명하게 양육된 건강한 네 아이들이 적당한 나이가 되면 수잔은 다시 일을 시작할 것이다. 왜냐하면 그녀는, 그리고 그 역시, 정력과 능력이 절정에 이른 쉰 살의 여자들이 자녀들이 성장하여 더 이상 어머니의 전적인 헌신을 필요로 하지 않게 되었을 때 겪는 일에 대해 알고 있었기 때문이다.

그리하여 여기 이 부부는 자신들의 결혼을 시험해보며 그것을 폭풍우가 휘몰아치는 바다 위에 떠 있는, 무력한 사람들로 가득 찬 작은 배처럼 다루고 돌보았다. 글쎄, 물론 그랬다…… 세상의 폭풍우는 심했다. 그렇지만 너무 가까이 있지는 않았다. 그것은 그들이 이기적이었다는 말이 아니다. 수잔과 매튜는 모두 견문이 넓고 책임감 있는 사람들이었다. 그리고 내적 폭풍우와 유사流砂가 존재한다는 것을 알았으며 이에 대한 대비도 했다. 그래서 모든 상황이 좋았다. 모든 일이 순조로웠다. 그렇다. 모두 잘 제어되고 있었다.

그러나 그들이 자신들의 삶을 건조하고 단조롭게 느꼈다고 한들 무슨 문제가 되겠는가? (심리학, 인류학, 사회학에 관한) 수백 권의 책을 읽는 그들과 같은 사람들은 지적 결혼의 두드러진 특징인 건조하고 제어된 불만에 대해 준비가 되어 있다. 교육받고 분별력과 판단력이 있으며 자신들의 의지로 함께 행복하고자, 또 남들에게 도움이 되고자 자발적으로 결합한 두 사람…… 이런 사람들을 우리는 어디에서나 볼 수 있고, 알고 있으며, 때론 우리 자신이 그런 사람이기도 하다. 그렇게 많은 것이 결국은 그렇게 적은 것에 지나지 않으니 슬픈 일이다. 이것이 인생이니, 아무리 세심하게 고른 상대라고 해도 두 사람이 서로에게 모든 것일 수는 없다. 매튜와 수잔은 다 예상한 듯 더 많은 예의와 부드러운 사랑으로 서로를 대했다. 사실상 서로가 서로에게 모든 것일 수 없다는 사실을 말하거나 생각하는 것조차 진부하여 그들은 그렇게 하지 못했다.

어느 날 밤 매튜는 늦게 귀가해서는 파티에 갔다가 한 아가씨를 집에 데려다 주고 함께 잤다고 고백했는데, 그것 역시 진부했다. 수잔은 물론 그를 용서했다. 그렇지만 용서라는 말은 적합한 단어가 아니다. 이해, 그렇다. 그러나 어떤 것을 이해한다면, 그것은 용서하는 것이 아니라 그 자체가 되는 것이다. 용서는 이해하지 '못하는' 것에 대해서 쓰는 말이다. 그도 '고백'한 것은 아니었다. '고백'이라니…… 그것은 도대체 어떤 단어란 말인가?

그 일 전체가 중요하지 않았다. 사실 그들은 몇 년 전에 이런 농담을 했었다. 물론 나는 당신에게 충실하지 않을 거야, 그 누구도 평생

한 사람에게 충실할 수는 없어. (그런데 이 '충실하다'는 단어는…… 어리석은 말이다, 이 모든 단어들이, 어리석었다. 야만적 구시대에나 속하는 말이다.) 그러나 그 사건은 두 사람 모두 민감하게 만들어놓았다. 이상하게도 그들은 심술궂어지고 화가 나 있었다. 그것에는 동화될 수 없는 어떤 점이 있었다.

그날 밤 매튜가 귀가한 후 그들은 멋지게 사랑을 나누면서, 파티에서 만난 예쁜 아가씨 마이러 젠킨스가 관련이 있다는 생각 자체가 터무니없다고 느꼈다. 그들은 10년 넘게 서로를 사랑해왔으며 그보다 더 오래 서로를 사랑할 것이다. 그렇다면 마이러 젠킨스가 무슨 상관인가?

그렇지만, 왠지 화가 난 수잔은 생각했다. 그 아가씨는 첫 번째 상대였어(아니면 아직도 만나고 있는 건가?). 10년 만에. 그렇다면 10년간 서로에게 충실했다는 것이 중요하지 않았거나, 혹은 그 아가씨가 중요하지 않은 거겠지. (아니, 아니야, 이런 식으로 생각하는 건 뭔가 잘못된 거야, 틀림없이.) 그러나 만일 그 아가씨가 중요하지 않다면, 매튜와 내가 처음으로 함께 잤던 그날 오후도 중요하지 않을지 몰라. 그때 느꼈던 기쁨이 지금까지도 (해질녘의 아주 긴 그림자처럼) 우리 위에 길게 드리워져 있는데. (왜 나는 해질녘이라고 말했을까?) 그런데 만일 그날 오후 우리가 느낀 것이 중요하지 않다면, 그 어느 것도 중요하지 않아. 왜냐하면 만일 우리가 느꼈던 것이 없었더라면, 우리는 네 아이가 있는, 그리고 다른 많은 것들을 소유한 롤링스 부부가 될 수 없었을 테니까. 이 모든 것이 '우스워'. 그가 집에 돌아와 내게 이야기한 건 우스운 일이었어. 그가 내게 이야기하지 않는다 해도 우스워. 내가 신경 쓰는 것이나, 그 문제에 관해 신경 쓰지 않는 것이나 모두 우스운 일이야…… 그리고 마이러 젠킨스는 누구지? 그야, 결국 아무도 아니지 뭐.

그들이 할 일은 오직 하나뿐이었으며, 이 지각 있는 부부는 물론 그렇게 했다. 즉 그들은 그 일을 뒤로 하고, 자기들이 하는 일을 지각하면서 의식적으로 결혼생활의 또 다른 국면으로 나아갔다. 그동안 받은 행운에 감사하면서.

금발의 잘생기고 매력적이며 남자다운 매튜 롤링스가, 네 아이 때문에 그녀는 참석할 수 없는 파티에서 매력적인 아가씨들에게 때때로 유혹(아, 이 무슨 단어람!)을 받는 것은 피할 수 없는 일이었다. 또한 때때로 그가 유혹에 굴복(이건 더욱더 불쾌한 단어야, 더 불쾌할 수 있다면 말이지)하는 것도, 그리고 리치몬드에 있는 잘 가꾸어진 넓은 정원에서 아름다운 그녀가 때때로 느닷없이 하늘에서 날아온 화살에 맞은 듯 쓰라린 마음이 드는 것도 피할 수 없는 일이었다. 다만 쓰라림은 여기서 적절하지 않은, 일고의 가치도 없는 감정이었다. 그를 스쳐갔던 아가씨들이 그들의 결혼에 영향을 줄 수 있었을까? 그렇지 않았다. 멋있는 매튜 롤링스는 육체도 영혼도 수잔 롤링스와 결혼했기 때문에 패배한 쪽은 오히려 아가씨들이었다.

그렇다면 왜 수잔은 (다행히 아주 잠깐씩이었지만) 마치 인생이 사막이 된 것처럼, 아무것도 중요치 않은 것처럼, 그리고 아이들이 자기의 것이 아닌 것처럼 느꼈을까?

동시에 그녀의 지성은 모든 것이 괜찮다고 계속 주장했다. 설사 그녀의 매튜가 때때로 달콤한 오후를 보내거나 이따금 외도를 하더라도 그게 어쨌단 말인가? 그녀는 무미건조함을 느끼는 순간 외에는 그들이 아주 행복하며 그런 일들은 중요치 않음을 잘 알고 있는데 말이다.

아마 그것이 문제였을까? 본질적으로 그녀의 손이 많이 필요한 네 아이와 큰 집 때문에 그녀는 더 이상 모험을 하고 기쁨을 누릴 수 없었다. 그렇지만 그녀는 남편이 삶의 자유로움과 아름다움을 만끽하기를 내심 바라고 있었으며, 자신이 이를 바란다는 것을 스스로 알고 있기조차 했다. 그러나 그는 그녀와 결혼한 사람이다. 그녀는 그와 결혼한 사람이다. 그들은 꼼짝없이 결혼한 상태이다. 그러므로 신들조차 사실상 그를 마법에 빠지게 할 수는 없었다. 글쎄, 그가 모험을 하고 돌아온 후 성취감보다 시달림을 받은 듯 보인 것은 수잔의 잘못이었을까? (사실 바로 그 점을 통해 그녀는 남편이 '부정'을 저질렀다는 사실을 알게 되었다. 즉 그의 언짢은 듯한 기색과 그녀가 그를 바라보는 것과 유사하게 그녀를 바라보는 그의 눈빛 때문에 알 수 있었던 것이다. 내게 오는 모든 즐거움을 막고 있는 이 사람과 내가 공유하고 있는 것은 무엇일까 하는 그런 눈빛.) 그렇지만 그것은 누구의 잘못도 아니다. (그러나 그들은 누군가의 잘못이 틀림없다고 느끼고 있지 않은가?) 누구의 잘못도 아니고, 아무것도 잘못된 것은 없고, 누구도 탓할 사람이 없으며, 비난을 한 사람도 비난을 받은 사람도 없고…… 그리고 잘못된 것은 하나도 없었다. 단지 매튜가 원하는 대로 진정한 희열을 맛볼 수 없었다는 점을 제외하고는. 그리고 공허감이 점점 더 자주 수잔을 위협했다는 것을 제외하고는. (공허감이 그녀를 엄습하는 것은 보통 정원에서였다. 그래서 그녀는 아이들이나 남편이 함께

하지 않는 한 정원에 있는 것을 피하기 시작했다.) 부정과 용서 따위의 극적인 단어들을 사용할 필요는 없었다. 지성이 그런 것들을 용납하지 않았다. 지성은 또 언쟁하고 부루퉁하고 화내는 것, 움츠러들어 말하지 않는 것, 그리고 비난하고 우는 것도 금했다. 지성은 무엇보다 눈물을 용납하지 않았다.

커다란 하얀 정원이 딸린 집에서 네 명의 건강한 아이들과 함께하는 행복한 결혼생활을 위해서는 비싼 값을 치러야만 했다.

롤링스 부부는 그 값을 기꺼이 지불했으며, 자기들이 하는 일을 알고 있었다. 거칠고 탁한 강이 내려다보이는 커다란 침실에서 나란히 혹은 가슴을 맞대고 누워 있을 때, 그들은 종종 특별한 이유도 없이 웃곤 했다. 그러나 사실 웃는 이유는 지적 사랑 위에 그런 구성물을 지탱하고 있는 작은 두 사람, 즉 수잔과 매튜 때문임을 그들은 알고 있었다. 그 웃음은 위안을 주었다. 그 두 사람을 구원해주었다. 비록 무엇으로부터의 구원인지는 알 수 없었지만.

이제 그들은 둘 다 40대였다. 큰아이들은 아들이 열 살, 딸이 여덟 살로 모두 학교에 다니고 있었다. 여섯 살인 쌍둥이는 아직 학교에 다니지 않았다. 수잔은 도와줄 보모나 처녀아이를 두지 않았다. 어린 시절은 금세 지나가버리기 때문에 그녀는 힘든 일도 마다하지 않았다. 어린아이들은 따분할 수 있으므로 그녀는 자주 따분했다. 종종 피곤하기도 했다. 그러나 아무것도 후회하지 않았다. 앞으로 10년이 지나면 자신의 삶을 가진 여자로 되돌아가리라 생각했다.

곧 쌍둥이가 학교에 다니게 되면 9시부터 4시까지는 집에 없을 것이다. 수잔은 그 시간이 가정의 중추 역할로부터 해방되어 자신의 삶을 가진 여자로 서서히 변해가는 준비 기간이 되리라고 기대했다. 아이들 모두 '그녀의 손을 벗어날' 그 자유의 시간을 위해 이미 계획을 세웠다. '그녀의 손을 벗어날'이라는 말은 매튜와 수잔, 그리고 친구들이 막내아이가 학교에 다니기 시작할 그 순간에 대해 사용하는 표현이었다. "수잔, 아이들은 당신 손을 벗어날 거요. 그러면 당신만의 시간을 갖게 되겠지." 그녀의 영혼이 그녀의 것이 아니라, 수잔의 표현에 따르면, 아이들의 것이었던 시절에 정신적 지주로서 그녀의 옆을 지키며 그녀를 자주 격려하고 위로하곤 했던 지성적인 남편 매튜가 한 말이었다.

그때를 위한 이런 기다림은 수잔이 자기 자신을 스물여덟 살 처녀 시절의 상태로 보게 했고, 그 다음에는 쉰 살 정도로 건너뛰어 20년 전의 뿌리에서 꽃이 피어나는 상태로 보게 했다. 마치 본질적인 수잔은 잠시 멈춰 있는 듯이, 마치 그녀는 냉동되어 있는 듯이. 어느 날 밤 매튜는 이와 비슷한 말을 했고, 그녀도 그의 말이 맞는다고 동의했다. 그녀는 이와 같은 것을 느꼈었다. 그렇다면 이 본질적인 수잔은 무엇을 말하는 것인가? 그녀는 알지 못했다. 그처럼 말하니 우스꽝스럽게 들렸고, 그것이 정말로 느껴지지 않았다. 어쨌든 그들은 서로의 품 안에서 잠에 떨어지기 전에 그 모든 것에 대해 오래 토론했다.

마침내 쌍둥이가 학교에 다니게 되었다. 형과 누나(혹은 오빠와 언니)가 먼저 매우 성공적으로 걸어갔던 길이었기 때문에 이 영리하고 사랑스런 두 아이는 학교 다니는 데에 아무 문제가 없었다. 이제 수잔은 청소하러 오는 가정부 아주머니를 제외하고는 학기 중에 매일 그 큰 집에서 혼자 있게 되었다.

결혼생활을 하는 동안 처음으로 그들 중 아무도 예측하지 못했던 일이 일어난 것은 바로 이때였다.

일어난 일은 이러했다. 수잔은 쌍둥이를 차로 학교에 데려다준 후, 더없이 행복한 일곱 시간의 자유를 기대하며 집으로 돌아왔다. 첫째 날 아침 수잔은 그 날이 쌍둥이가 학교에 간 첫날이었기 때문에 '당연하게도' 아이들이 걱정되어 안절부절못했다. 그들이 돌아올 때까지 침착하게 있기가 힘들었다. 아이들은 학교생활에 흥분되어 신이 나서 돌아왔으며 다음 날을 기다렸다. 다음 날 수잔이 그들을 학교에 데려다주고 돌아왔을 때 그녀는 마치 대면하기 싫은 어떤 것이 집에서 자신을 기다리고 있는 것 같아서 그 크고 아름다운 집에 들어가기가 꺼려졌다. 그러나 현명하게도 그녀는 차를 차고에 주차시키고 집에 들어가 가정부인 파크스 부인에게 할 일을 이르고는 침실로 올라갔다. 그러나 다시 그녀를 몰아내는 열병에 씌어 아래층 부엌으로 갔다. 거기에서는 파크스 부인이 케이크를 만들고 있었는데 그녀의 도움을 필요로 하지 않았기 때문에 정원으로 나갔다. 정원에서 그녀는 벤치에 앉아 나무를 바라보거나, 갈색을 띠고 있는 강을 바라보면서 마음을 가라앉히려고 노력했다. 그러나 수잔은 공포와 같은 긴장에 휩싸였다. 마치 어떤 적이 정원에 그녀와 함께 있기라도 한 듯했다. 그녀는 엄하게 자신에게 이렇게 일렀다. 이 모두가 아주 자연스런 일이야. 먼저, 나는 성인이 된 후 12년 동안 일하면서 '나의 삶을 스스로 살았어'. 그 다음에 결혼했고, 임신한 순간부터 처음으로 나 자신을 다른 사람들에게, 말하자면 양도했던 거야. 아이들에게 말이야. 12년 동안 한순간도 나는 혼자인 적이 없었고 나 자신만을 위한 시간이 없었어. 그러니 이제 나는 다시 나 자신이 되는 법을 배워야 해. 그뿐이야.

그녀는 파크스 부인이 요리하고 청소하는 것을 도와주려고 집에 들어갔으며 바느질해야 할 아이들 옷들이 있음을 발견했다. 매일 그녀는 할 일로 자신을 채웠다. 첫 학기가 끝날 무렵 그녀는 두 가지 반대되는 감정을 느끼고 있다는 것을 알았다. 첫째는, 아이들 없이 집이 비어 있던 몇 주 동안이 오히려 아이들이 주위에서 끊임없이 주의를 요구하던 때보다 더 바빴다(자신이 더 바쁠 수 있도록 신경을 썼었다)는 사실에 대한 은밀한 놀라움과 당혹함이었다. 둘째는, 이제 5주 동안 아이들로 집이 북적대리라는 것을 알기 때문에 그녀는 혼자일 수 없다는 사실에 대한 분노였다. 벌써 그녀는 (혼자) 바느질하고 요리하던 그 시간들을 잃어버린 자유를 그리워하듯 회고했다. 앞으로 기나긴 5주 동안 그녀는 이 자유를 자신의 것으로 할 수 없을 것이다. 그리고 이 5주에 이어지는 두 달간의 학기가 그녀 앞에 매력적으로 펼쳐져 있었다. 자유가. 그러나 무슨 자유인가? 사실 그녀는 지난 몇 주 동안 사소한 일들로부터 자유롭지 '않기' 위해 얼마나 세심한 주의를 기울였던가. 그녀는 자신을, 침실 창가의 큰 의자에 앉아 돈을 주고 사는 편이 훨씬 나았을 셔츠와 드레스를 바느질하고 있는 수잔 롤링스를 보았다. 한 번 시작하면 몇 시간씩 큰 부엌에서 전에는 보통 샀던 케이크를 만들고 있는 자신을 보았다. 그녀가 본 것은 혼자 있는 여자였다. 정말 그랬다. 그러나 그녀는 혼자라는 느낌이 들지 않았다. 예를 들면, 파크스 부인은 언제나 집 안 어디엔가 있었던 것이다. 그리고 수잔은 정원에 있는 것을 전혀 좋아하지 않았다. 적—초조, 불안, 공허감, 그 무엇이든지 간에, 어떤 이유에서인지 그녀가 계속 무슨 일이든 하고 있어야 덜 위험하게 되는 그 적—이 거기 정원에 있기 때문이었다.

수잔은 매튜에게 이런 생각들을 말하지 않았다. 그 생각들은 지각없는 것이었다. 수잔은 그런 생각을 하는 자신을 인정하지 않았다. 사랑하는 친구이자 남편인 매튜에게 무엇이라고 말해야 할까? "정원에 나갈 때면, 만일 아이들이 거기 없으면, 마치 어떤 적이 거기에서 나를 습격하려고 기다리고 있는 것처럼 느껴져요." "사랑하는 수잔, 어떤 때 말이오?" "글쎄, 모르겠어요, 정말……" "의사를 만나보는 게 좋지 않겠소?"

아니, 분명 이런 대화가 오고 가서는 안 되는 일이야. 방학이 시작되었고 수잔은 방학을 기꺼이 맞았다. 네 아이는 활동적이고, 활기차며, 총명하고, 요구가 많았다. 그녀는 하루 종일 단 한순간도 혼자 있을 수가 없었다. 그녀가 어떤 방에 있으면 그들은 바로 그 옆방에 있거나 그녀가 자기들을 위해 무엇인가 해주기를 기다리고 있었다. 아니면 곧 점심시간이거나 차를 마시는 시간이거나 아니면 아이들 중 한 명을 치과에 데려갈 시간이었다. 뭔가 할 일이 계속 있었다. 5주 내내. 고맙게도.

이 기꺼이 맞은 방학의 네 번째 날에, 그녀는 쌍둥이에게 불같이 화를 내고 있는 자신을 발견했다. 겁이 나서 움츠린 예쁜 두 아이에게 말이다. 당황한 아이들은 믿을 수 없다는 듯 손을 잡고 그녀를 쳐다보고 서 있었다. (이 모습이 그녀를 자제하게 했다). 아이들에게 소리치고 있는 이 사람은 바로 그들의 온화한 엄마였다. 무엇 때문이었지?

아이들은 어떤 놀이를 같이 하자는 사소한 일로 그녀에게 왔던 것이다. 그들은 서로를 바라보다가 의지하려고 가까이 다가서더니 손을 잡고 가버렸다. 수잔으로 하여금 거실의 창틀을 붙잡고 숨을 몰아쉬며 고통을 느끼게 한 채로. 그녀는 자리에 누워 있으려고 침실로 가면서, 큰아이들을 불러 머리가 아프다고 말했다. 그녀는 큰아들 해리가 어린 동생들에게 하는 말을 들었다. "괜찮아. 엄마가 머리가 아프시대." 그녀는 '괜찮아'라는 말을 들었을 때 고통스러웠다.

그날 밤 수잔은 남편에게 말했다.

"오늘 쌍둥이들에게 부당하게 소리를 질렀어요." 그녀의 목소리는 비참하게 들렸으며 그의 대답은 온화했다. "그런데, 그게 뭐 어떻단 말이오?"

"아이들이 학교에 다니는 것, 그것은 생각보다 더 많은 적응을 필요로 하네요."

"그러나 수잔, 사랑하는 수잔……"

그녀가 침대에서 웅크리고 울었기 때문에 그는 그녀를 위로했다.

"수잔, 무슨 일이오? 아이들에게 소리를 질렀다고? 그게 어쨌단 말이지? 당신이 그 아이들에게 하루에 오십 번 소리를 지른다고 해도 그건 그 작은 악마들이 마땅히 받아야 할 것에 불과하오." 그러나 그녀는 웃으려 하지 않았다. 그녀는 울었다. 이윽고 그는 몸으로 그녀를 위로했다. 그녀는 침착해졌다. 침착해진 그녀는 자기에게 무슨 문제가 있는 걸까, 왜 아이들에게 단지 한 번 부당하게 행동한 것에 대해 그렇게 신경이 쓰였을까 의아하게 생각되었다. 그게 무슨 문제인가? 아이들은 벌써 다 잊어버렸다. 엄마가 두통이 있어서 그랬고 모든 것이 괜찮아졌다고.

그날 밤 그녀가 울 때 매튜가 그녀의 슬픔을 그의 크고 건장한 육체로 몰아내 주었던 것이 그들의 결혼생활에 있어서—그들이 함께 쓰는 말을 빌리자면—서로 함께 했던 마지막 순간이었음을 수잔이 깨닫게 된 것은 훨씬 후였다. 그렇지만 그것조차도 거짓말이었다. 왜냐하면 그녀는 그에게 자신의 진짜 두려움에 대해서는 전혀 이야기하지 않았기 때문이었다.

5주가 지나는 동안 수잔은 자신을 잘 통제하여 착하고 친절했으며, 두려움과 기대를 가지고 방학이 끝나기를 고대하고 있었다. 그녀는 자기가 기대하는 것이 무엇인지 알 수 없었다. 쌍둥이들을 학교에 데려다주고 나서(큰아이들은 학교에 혼자 다녔다) 수잔은 적을 대면할 결심을 하고 집으로 돌아왔다. 그 적이 어디에 있든지 간에…… 집 안에 있든지 정원에 있든지, 아니면…… 어디에 있는 걸까? 그녀는 다시 불안해졌으며 쉬지 않고 무언가를 해야만 했다. 그녀가 매일매일 전과 같이 요리하고 바느질하면서 일하자 파크스 부인이 항의했다. "롤링스 부인, 그렇게 하실 필요가 뭐 있어요? 그런 일들은 제가 할 수 있는데요. 그래서 제게 돈을 주시는 것이잖아요."

그것은 정말 분별없는 일이어서 그녀는 자제를 했다. 자동차를 차고에 넣은 후 침실로 올라가 손을 무릎에 놓고 앉아 조용히 있으려고 애썼다. 파크스 부인이 집 안에서 움직이는 소리를 들었다. 정원을 내다보며 나뭇가지들이 나무를 흔드는 것을 보았다. 적을, 불안감을, 공허감을 무찌르며 앉아 있었다. 자신의 삶에 대해, 자기 자신에 대해 생각해야만 했다. 그러나 그렇게 하지 않았다. 아니 아마도 그렇게 할 수 없었던 것이리라. 그녀가 마음속으로 수잔에 대해(다른 무엇을 위해 혼자 있기를 원했던가?) 생각하려고 하면 그 순간 마음은 버터라든지 학교 갈 때 입는 옷에 대한 생각으로 건너뛰었다. 아니면 파크스 부인에 대한 생각을 하고 있었다. 그녀는 자신이 앉아서 일하는 아주머니가 움직이는 소리를 듣고 있음을, 그 아주머니가 돌아서는 것, 구부리는 것, 생각하는 것을 따라가고 있음을 깨달았다. 그녀는 마음속으로 파크스 부인을 부엌에서 욕실로, 식탁에서 오븐으로 따라다녔는데, 마치 먼지떨이나 걸레, 냄비를 자신의 손에 들고 있는 것 같았다. "아니에요, 그렇게 하지 마세요. 그것을 거기에 놓지 마세요"라고 말하는 자신의 목소리가 들리는 듯했다. 그러나 그녀는 사실 파크스 부인이 하는 일에 대해, 혹은 정말 그런 일을 하고 있는지에 대해 조금도 개의치 않았다. 그럼에도 불구하고 그녀는 파크스 부인에 대한 의식을 단 1분도 떨쳐버릴 수가 없었다. 그래, 이것이 문제였다. 그녀는 혼자 있을 때 주위에 아무도 없이 완전히 혼자 있을 필요가 있었다. 그녀는 10분 후, 혹은 30분 후, 파크스 부인이 위층에 대고 "롤링스 부인, 은그릇 광택제가 없어요. 부인, 밀가루도 떨어졌어요"라고 말하리라는 것을 알고 있다는 사실이 참을 수 없었다.

그래서 그녀는 집을 나와, 나무에 가려 집에서 보이지 않는 정원에 가서 앉았다. 그녀는 그 악마가 나타나 자신을 사로잡아가지는 않나 기다렸으나 그는 나타나지 않았다.

그녀는 그 악마가 가까이 접근하지 못하게 하고 있었는데, 왜냐하면, 요컨대 그녀는 자신을 정리하는 일을 끝내지 못했기 때문이었다.

그녀는 파크스 부인이 차 한 잔을 들고, 혹은 전화해도 괜찮겠느

나는 질문으로(수잔은 그녀가 누구에게 전화하든, 얼마나 자주 전화하든 상관하지 않았기 때문에 그 질문은 항상 성가셨다), 혹은 그저 무엇인가에 대한 좋은 이야깃거리를 가지고 그녀를 따라오지 않을 장소에 갈 방법을 계획하고 있었다. 그렇다, 그녀는 계속 자신에게 10분 후에 매튜에게……에 대해 전화해야 해. 그리고 세차해야 하니까 3시 반에 아이들을 데리러 일찍 떠나야지. 내일 아침 10시에는……을 기억해야만 해 등과 같은 일들을 상기할 필요가 없는 장소나 상황이 필요했다. 그녀는 (학기 동안 평일에) 매일 갖는 일곱 시간의 자유가 사실은 자유롭지 않다는 것, 전혀, 단 1초도 시간의 압박으로부터, 이것 저것을 기억해야만 한다는 것으로부터 자유롭지 못하다는 사실에 대한 분개로 들끓었다. 그녀는 전혀 자신을 잊을 수가 없었다. 전혀 자신을 망각의 상태에 빠져들게 할 수가 없었다.

분개. 그것이 그녀를 괴롭히고 있었다. (그녀는 이 감정이 우스꽝스러운 것이라고 생각했다. 그럼에도 이러한 감정을 느꼈다.) 그녀는 감옥에 갇힌 죄수였다. (그녀는 이 역시 우스꽝스러운 생각이라고 스스로에게 말했지만 아무 소용이 없었다.) 매튜에게 말해야만 한다. 그렇지만 무엇을? 그녀는 극도로 우스꽝스러운 감정들, 그녀가 경멸하는 감정들로 가득 차 있었지만, 그럼에도 불구하고 그 느낌들은 너무 강해서 떨쳐버릴 수가 없었다.

학교는 다시 방학을 했는데 이번에는 거의 두 달 가까이 되었다. 수잔은 자신을 거의 미치게 만드는 의식적인 자제와 품위를 가지고 행동했다. 그녀는 욕실 문을 잠그고 욕조 가장자리에 앉아 심호흡을 하면서 일종의 침착성을 찾으려고 노력하곤 했다. 때로는 대개 비어 있는, 아무도 그녀가 거기에 있으리라고 생각하지 않는 예비 방에 올라갔다. 아이들이 "엄마, 엄마" 하고 부르는 소리가 들려도 대답하지 않으면서 죄의식을 느꼈다. 또는 혼자 정원의 끝으로 가서 천천히 갈색을 띠며 흐르는 강을 바라보았다. 강을 바라본 후에는 눈을 감고 쉬었다. 그 강을 그녀의 존재 속으로, 그녀의 혈관 속으로 빨아들이면서.

그리고서, 미소를 지으며 책임감 있는 아내로, 어머니로 가족들에게 돌아왔는데, 마치 이들—활동적인 네 아이와 남편—로부터의 압박이 그녀의 피부 표면에 가해지는 고통스러운 압박이기나 한 듯이, 그녀의 두뇌를 짓누르는 손이기나 한 듯이 느껴졌다. 이번 방학 동안에는 자제력을 잃고 화를 낸 적이 한 번도 없었지만 마치 감옥에서 형기를 채우는 것 같았다. 아이들이 학교로 돌아갔을 때, 그녀는 흐르는 강 가까이에 있는 하얀 돌 의자에 앉아 생각했다. 쌍둥이가 입학한 지, '그 아이들이 내 손을 벗어난' 지(도대체 이 어리석은 문구의 의미가 무엇이라고 생각했었을까?) 채 일 년도 되지 않았는데 난 다른 사람이 되고 말았어. 난 이제 내가 아니야. 이해할 수가 없어.

그러나 그녀는 그것을 이해해야만 했다. 왜냐하면 이 조직이—아직도 1년에 400파운드씩 융자금을 갚아야 하는 크고 하얀 집과, 너무나 자상하고 친절하고 통찰력 있는 남편과 잘 자라고 있는 네 아이들, 그녀가 앉아 있는 정원, 그리고 가정부, 이 모든 것이—그녀에게 달려 있었으나, 그녀는 자기가 거기에 왜 기여하고 있는지, 혹은 자기가 기여하고 있는 것이 무엇인지조차도 이해할 수 없었기 때문이다.

그녀는 침실에서 매튜에게 말했다. "내가 뭔가 좀 잘못된 것 같아요." 그가 말했다. "아닌 거 같은데, 수잔? 당신은 아주 좋아 보여.

언제나처럼 사랑스럽소."

그녀는 잘생긴 금발의 남편을, 맑고 지적이며 푸른 눈을 한 그의 얼굴을 바라보면서 생각했다. 왜 난 그에게 말할 수 없는 것일까? 도대체 왜? 그녀가 말했다. "지금보다 좀 더 혼자 있을 필요가 있어요."

이 말에 그는 푸른 눈을 서서히 돌려 그녀를 응시했는데, 그의 눈에서 그녀는 두려워해 왔던 것을 보았다. 그것은 바로 의심과, 불신, 그리고 두려움이었다. 그녀에게는 자신의 호흡만큼이나 가까웠던, 남편이었던 낯선 사람으로부터의 믿을 수 없다는 푸른 눈빛.

그가 말했다. "그렇지만 이제 아이들은 학교에 다니고 있고 당신 손에서 벗어나지 않았소?"

그녀는 자신에게 일렀다. 어떻게든 이렇게 꼭 말해야 한다고. 그래요, 그렇지만 내가 한순간도 자유롭다고 느낀 적이 없다는 걸 아세요? 나 자신에게 이렇게 말할 수 있는 순간이 한 번도 없었어요. 반 시간 후, 혹은 한 시간 후, 혹은 두 시간 후 내가 꼭 해야 할 일을 나 자신에게 상기시키지 않아도 돼……라고 말할 수 있는 순간 말이에요.

그러나 그녀가 실제로 한 말은 "몸이 좋지 않아서요"였다.

그가 말했다. "아마도 휴가가 필요한가보군."

그녀는 소스라치게 놀라서 말했다. "물론 당신 없이는 아니겠죠?" 왜냐하면 그녀는 남편 없이 혼자 휴가를 간다는 것은 상상할 수 없었기 때문이었다. 그러나 그것이 사실 그가 의도한 바였다. 그녀의 얼굴을 보더니 그는 웃으면서 팔을 벌렸고, 그녀는 그 팔에 안기면서 생각했다. 그래, 그래. 그런데 왜 난 그것을 말할 수 없을까? 그리고 내가 말해야 하는 그것은 무엇일까?

그녀는 전혀 자유롭지 못하다는 사실에 대해 남편에게 말하려고 노력했다. 그녀의 말을 듣고 나서 그는 말했다. "그렇지만 수잔, 죽어서가 아니라면 당신이 원하는 그런 자유가 있을 수 있겠소? 나는 자유로운 줄 아오? 사무실에 나가야지, 그것도 10시까지는 도착해야만 하지. 뭐 때로는 10시 30분까지 가도 되긴 하지만. 그리고 이 일 저 일을 해야 하지, 그렇지 않소? 그런 뒤에는 일정한 시간까지 집에 돌아와야만 하고…… 그런 뜻이 아니오, 당신도 알지 않소. 그러나 만일 6시까지 집에 갈 수 없는 날에는 난 당신에게 전화를 하지. 내가 언제나 자신에게 다음 여섯 시간 동안 책임지고 해야 할 일이 아무것도 없다, 라고 말할 수 있을 때가 있겠소?"

수잔은 이 말을 들으며 가책을 느꼈다. 그의 말이 사실이었기 때문이었다. 훌륭한 결혼생활, 집, 그리고 아이들은 그녀뿐 아니라 그의 자발적인 속박에도 달려 있었던 것이다. 그런데 왜 그는 속박당한다고 느끼지 않았을까? 왜 그는 안달하지도 않고 침착성을 잃지도 않았을까? 아니, 정말 그녀에게 무슨 문제가 있는 것이 틀림없었다. 이것이 그 사실을 증명하고 있었다.

그리고 그 '속박'이라는 단어…… 왜 그녀는 그 단어를 사용했었을까? 수잔은 결혼이나 아이들을 속박이라고 느낀 적이 없었다. 매튜 역시 그랬다. 그렇지 않았다면 그들은 결코 12년간의 결혼생활 후에도 만족하며 서로의 품 안에서 함께 누워 있지는 않았을 것이다.

아니, 그녀의 상태는 (그것이 무엇이었든 간에) 가족과의 행복한 실제의 삶과는 아무 상관이 없는 것이었다. 그녀는 자기가 결국 분별이 없는 사람이라는 사실을 받아들여야만 했고 그 사실을 감수하며 살아야만 했다. 어떤 사람은 불구가 된 딸을 데리고 살아야만 하고, 어떤 사람은 말더듬이로, 혹은 귀머거리로 살아야만 한다. 그녀는 자신이 지배할 수 없는 마음의 상태에 빠지기 쉽다는 것을 알고 그 사실을 감수하며 살아야만 할 것이다.

그럼에도 불구하고, 남편과 이러한 대화를 나눈 결과, 다음 방학에는 새로운 제도가 생겼다.

집의 맨 꼭대기 층에 있는 예비 방의 문에 이제 '개인 전용! 출입금지!'라고 적힌 팻말이 붙었던 것이다. (이렇게 팻말은 만들어 다는 것이 심리적으로 좋다고 해서 부모가 토론을 통해 결정한 후, 아이들이 색분필로 그린 것이었다.) 식구들과 파크스 부인은 이 방이 '어머니의 방'임을 알고 있었으며, 그녀가 개인적 자유를 가질 권리가 있음을 알았다. 매튜와 아이들 사이에는 어머니라는 존재를 당연하게 생각해서는 안 된다는 내용의 심각한 대화가 많이 오갔다. 남편과 큰아들 해리가 나누는 첫 번째 대화를 어쩌다 듣게 되었을 때, 수잔은 자신이 이에 대해 분개한다는 사실에 놀랐다. 분명 그녀는 그 큰 집 어딘가에 방 하나를 차지하고 그런 공연한 소란 없이도 그 방에 들어가 있을 수 있지 않을까? 그렇게 진지하게 의논하지 않고도? 왜 그저 "맨 위층에 있는 작은 방을 꾸며서 쓰려고 하니 내가 그 방에 있을 때에는 불이 나는 그런 경우 외에는 방해하지 말라"고 말할 수 없었을까? 단지 그렇게 말하고 끝내는 것. 길고 진지한 토론 대신에 말이다. 해리와 매튜가 쌍둥이들에게 설명하고 있을 때 파크스 부인이 끼어들어 "그래, 글쎄, 때로는 가족이 한 여자에게 너무 큰 짐이 된단다"라고 말하는 것을 들었을 때 그녀는 분노의 화신들이 그녀의 핏속에서 춤추기를 마칠 때까지 정원의 끝까지 곧장 걸어가야만 했다.

그런데 이제 방이 하나 생겨서 원할 때마다 그곳에 갈 수 있게 되었으나, 그녀는 그 방을 좀처럼 사용하지 않았다. 침실에서보다 그 방에 있으면 더 감금된 듯한 느낌이 들었다. 어느 날 파크스 부인이 오지 않아 그녀는 열 명의 아이들을 위해 요리를 해서 점심을 차려준 후, 그 방으로 올라가 잠시 동안 혼자 정원을 내려다보고 있었다. 아이들이 부엌에서 쏟아져나와 그녀가 커튼 뒤에 앉아 있는 창문을 올려다보며 서 있는 것이 보였다. 그들은－그녀의 아이들과 그 친구들－모두 어머니의 방에 대해 이야기하고 있었다. 몇 분 후, 어떤 놀이에서 쫓기게 된 아이들이 쿵쿵거리며 층계를 올라오다가, 갑자기 협곡에라도 빠진 듯 멈추고는 조용해졌다. 아이들은 그녀가 거기에 있다는 것이 생각나 "쉿! 쉬－! 조용히 해. 엄마한테 방해가 되겠어……" 하고 모두들 갑작스럽게 말을 했던 것이다. 그러고는 범죄를 공모한 사람들처럼 발끝으로 살금살금 걸어서 아래층으로 내려갔다. 그녀가 아이들에게 차를 끓여주려고 내려가자 그들은 모두 사과를 했다. 쌍둥이들은 앞뒤에서 사랑스럽게 그녀에게 팔을 둘러 마치 새장처럼 만들고는, 다시는 그런 일이 없을 것이라고 약속했다. "엄마, 깜빡했어요. 거기에 대해 까맣게 잊어버리고 있었어요."

이 일은 어머니의 방과 그녀에게도 개인적 생활이 필요하다는 것, 결국 다른 사람의 권리를 존중하는 것이 얼마나 중요한지에 대한 값진 교훈을 주기에 이르렀다. 얼마 되지 않아서 수잔은 단지 그것이 버리기에 아까운 교훈이었기 때문에 그 방에 올라가게 되었다. 그 다음엔 바느질거리를 가지고 올라갔고, 곧 아이들과 파크스 부인이 들락거렸다. 결국 그 방은 또 다른 거실이 되고 말았다.

그녀는 한숨짓고, 웃었으며, 그리고 단념하고 말았다. 그 방에 대해 자신을 놀리는 농담을 매튜와 하기도 했다. 즉 그녀는 자기가 좋아하고, 자기가 존중하는 자아로부터 그렇게 했던 것이다. 그러나 동시에 그녀 안의 무언가가 참을 수 없는 분노로 울부짖었다. 그래서 두려워졌다. 어느 날 그녀는 침대 옆에 무릎을 꿇고 기도했다. “하나님, 그것을 제게서 멀리, 그를 제게서 멀리 해주시옵소서.” 그녀가 의미한 것은 악마였다. 왜냐하면 이제 그녀는 자신이 이성적이건 아니건 상관 않고 그것이 일종의 악마라고 생각했기 때문이다. 그녀는 그를, 혹은 그것을, 다소 젊은 남자나 아니면 아마 젊은 척하는 중년 남자라고 상상했다. 아니면 미숙해서 젊어 보이는 남자일까? 어쨌든 그녀는 젊어 보이는 그 얼굴을 보았는데 가까이 다가가면 입과 눈가에 잔주름이 보였다. 그는 조금 야윈 듯했고 체격이 빈약했다. 안색은 불그레했으며 머리카락색은 붉었다. 그는 붉은 혈색의 정력적인 남자였으며, 만지기 꺼려지는 불그스름한 털투성이 재킷을 입고 있었다.

그런데 어느 날 수잔은 그를 보았다. 그녀는 정원의 맨 끝에 서서 강의 썰물이 빠져나가는 것을 보고 있었는데, 그 순간 눈을 들자 바로 그 자, 혹은 그 존재가 하얀 돌 의자에 앉아 있는 것을 보게 되었다. 그는 수잔을 바라보며 히죽거렸다. 그는 손에 길고 구부러진 막대기를 들고 있었는데, 그 막대기는 정원에서 주웠거나 자기 위에 있는 나무에서 꺾은 것이었다. 그는 악의에 차서 혹은 변덕스러운 충동에 의해, 건성으로 발 없는 도마뱀인지 뱀인지가(아니면 일종의 뱀 비슷한 동물이었는데 허옇고 보기 흉하고 불쾌했다) 똬리를 틀고 있는 주위를 휘젓는 데 그 막대기를 사용하고 있었다. 뱀은 몸을 뒤틀며 그 지분거리면서 찔러대는 막대기에 저항하는 춤을 추기라도 하듯 이쪽저쪽으로 똬리를 휘둘렀다.

수잔은 그를 보며 생각했다. 저 낯선 자는 누구일까? 우리 정원에서 무엇을 하고 있는 걸까? 그 순간 그녀는 자기의 공포를 현실화시킨 그 자를 알아보게 되었다. 수잔이 그 자를 알아보자 그는 사라졌다. 그녀는 벤치로 걸어갔다. 한 나뭇가지의 그림자가 엷은 에메랄드빛 잔디 위에 드리워져 있었는데, 울퉁불퉁한 잔디 위에서 그 그림자가 경련하듯 움직이고 있어서, 그녀는 왜 자신이 그것을 몸을 흔들고 비트는 뱀으로 착각했는지 이유를 알 수 있었다. 그녀는 집으로 돌아가면서 생각했다. 맞았어. 그럼, 그를 내 눈으로 직접 보았으니까, 난 결국 미친 게 아니야. 내가 그 자를 보았기 때문에 위험해. 그는 정원에 숨어서 기다리거나, 때로는 집 안에도 숨어 있지. 그리고 '내 안으로 들어와 나를 차지하기를' 원하고 있어.

그녀는 어디든지 간에 혼자 가서 앉아 있을 수 있는 곳, 아무도 그녀가 어디에 있는지 모르는 그런 방이나 장소가 있었으면 하고 꿈꾸었다.

한번은 빅토리아 거리 근처에서 세놓을 방을 광고하는 신문 판매점 앞쪽에 서 있는 자신을 발견했다. 그녀는 아무에게도 말하지 않고 방을 하나 빌리기로 했다. 때때로 리치몬드에서 기차를 타고 가서 그 방에 한두 시간 혼자 앉아 있을 수 있으리라. 그렇지만 어떻게 방을 빌릴 수 있을까? 방 하나를 빌리려면 일주일에 3, 4파운드는 내야 할 텐데, 그녀는 돈을 벌지 않으니 어떻게 매튜에게 그런 돈이 필요하다는 것을 설명할 수 있을까? 무엇 때문에 필요하다고 할까? 수잔은 자신이 남편에게 그 방에 관해 말하지 않으려는 것을 당연하게 여기고 있다는 사실을 미처 깨닫지 못했다.

그러니 방을 갖는다는 것은 전혀 불가능했다. 그렇지만 반드시 가져야만 한다는 것을 그녀는 알고 있었다.

학기가 안정되고, 홍역에 걸리거나 어디 아픈 아이들 없이 모든 상황이 다 순조로운 듯해 보이는 어느 날, 그녀는 일찍 장을 보고 나서 파크스 부인에게 옛 학교 친구들을 만난다고 설명하고는 빅토리아로 가는 기차를 탔다. 그리고 작고 조용한 호텔을 찾아 그날 낮 동안 사용할 방을 하나 청했다. 여지배인은 수잔이 불미스러운 이유로 방을 필요로 하는 그런 부류의 여자가 아닌 것이 너무도 분명했기 때문에, 의심스러운 듯 낮 동안만 방을 빌려주지는 않는다고 말했다. 수잔은 건강이 좋지 않으며, 자주 누워서 쉬지 않고는 쇼핑하기가 힘들다고 길게 설명했다. 마침내 그녀는 하루치 요금을 다 지불한다는 조건으로 방을 빌릴 수 있었다. 수잔은 여지배인과 한 여급의 시중을 받게 되었으며 그들은 모두 그녀의 건강에 대해 걱정하고 있었다…… 리치몬드에 살면서(그녀는 숙박부에 이름과 주소를 적었었다) 빅토리아에 쉴 곳을 필요로 한다면 그녀의 건강은 아주 나쁜 상태임이 틀림없기 때문이었다.

그 방은 평범하고 특징이 없어서 수잔이 필요로 하는 바로 그런 방이었다. 그녀는 가스난로에 1실링을 넣은 후, 지저분한 창문 쪽을 등지고 때 묻은 안락의자에 앉아 눈을 감았다. 혼자였다. 혼자였다. 혼자였다. 압박감이 자신으로부터 빠져나가는 것을 느낄 수 있었다.

처음에는 차 다니는 소리가 몹시 시끄러웠다. 그 다음에는 그 소리들이 사라지는 것 같았다. 잠깐 잠이 든 것 같기도 했다. 문을 노크하는 소리가 났다. 여지배인 미스 타운센드가 직접 차 한 잔을 들고 온 것이었다. 수잔이 오랫동안 조용하자 어쩌면 아플지도 모른다는 생각이 들어 걱정이 되었던 것이다.

미스 타운센드는 쉰 살 먹은 외로운 여자로, 그녀가 할 수 있는 한 매우 정직하게 이 호텔을 경영하고 있었는데, 수잔과 서로를 이해해 주는 친구가 될 수 있을 것 같은 가능성을 느꼈다. 그녀는 그 방에 머물며 이야기를 계속했다. 수잔은 자기 자신이 어느덧 병에 관한 환상적인 이야기의 주인공이 되었음을 깨닫게 되었는데, 그 이야기는 그녀가 리치몬드에 있는 큰 집과 부유한 남편, 그리고 네 아이들에 들어맞도록 만들려고 노력하면 할수록 점점 더 있을 법하지 않는 것이 되었다. 그녀가 대신 이렇게 말했다고 해보자. 미스 타운센드, 내가 여기 이 호텔에 있는 것은 몇 시간 동안 혼자 있고 싶어서예요. 무엇보다도 '혼자서 그리고 아무도 내가 어디에 있는지 모르게' 있고 싶어서예요, 라고. 그녀가 머릿속에서 그렇게 말하자, 나이 든 독신녀인 미스 타운센드의 얼굴에 어쩔 수 없이 나타날 표정이 그려졌다. "미스 타운센드, 네 명의 아이들과 남편이 나를 미치게 만들고 있어요. 이해할 수 있겠어요? 그래요, 당신의 눈에 나타나는, 통제되기는 했지만 단지 억누르고 있을 뿐인 고독에서 오는 히스테리를 통해, 나는 내가 당신이 바라는 모든 것을 이 세상에서 다 가지고 있음을 알 수 있어요. 그렇지만 미스 타운센드, 나는 그런 것은 하나도 원하지 않아요. 당신이 모두 가져도 좋아요. 미스 타운센드, 나는 당신처럼 이 세상에서 완전히 혼자 있고 싶어요. 미스 타운센드, 나는 일곱 마귀에게 포위되어 공격받고 있어요. 미스 타운센드, 미스 타운센드, 마귀들이 나를 잡을 수 없는 여기 당신의 호텔에 머무르게 해줘요……" 이러한 말들을 하는 대신 수잔은 자기의 빈혈증에 대하여 설명했고 미스 타운센드의 처방, 즉 통밀 빵 사이에 잘게 썬 날간을 넣어 먹어보겠다고 동의했으며, 자신은 집에 있고 친구에게 쇼핑을 부탁하는 편이 아마도 나았을 거라고 말했다. 그리고 그녀는 방값을 지불하고 낭패감을 느끼며 호텔을 나왔다.

집에 돌아오니 파크스 부인은 롤링스 부인이 아침 9시부터 5시까지 집을 비워 정말 싫었다고, 정말로 아주 싫었다고 말했다. 학교에서 선생님이 전화를 걸어 조안의 이가 아프다고 말했는데 무슨 말을 해야 할지 몰랐었다고. 그리고 아이들에게 무슨 차를 타주어야 할지 롤링스 부인이 자기에게 말하지 않았었다고 불평했다.

물론 이런 말은 모두 부질없는 소리였다. 파크스 부인의 진짜 불만은 수잔의 정신이 딴 데 가 있어서, 이 큰 집의 짐을 자기에게 지워놓았다는 점이었다.

수잔은 외로운 미스 타운센드의 친구가 되고 말았던, 그리고 파크스 부인의 항의로 끝나고 말았던 '자유'의 하루를 되돌아보았다. 그러나 그녀는 혼자 있었던, 정말 혼자 있었던 더없이 행복했던 그 짧은 시간을 기억했다. 그래서 어떤 대가를 치르고라도 그 고독을 더 자주 느낄 수 있도록 그녀의 생활을 조정하기로 결심했다. 아무도 그녀를 알지 못하는 곳, 혹은 아무도 그녀를 상관하지 않는 곳에서의 절대적인 고독을 위해.

그렇지만 어떻게? 옛 고용주에게 이렇게 말할까 생각해보았다. 내가 당신을 위해 시간제로 일하고 있다고 매튜에게 얘기하려고 하는데 당신의 도움이 필요해요. 사실은…… 그렇지만 그에게도 거짓말을 해야만 할 텐데, 무엇이라고 거짓말을 해야 할까? 빌린 방에서 일주일에 서너 번씩 혼자 앉아 있고 싶어요, 라고 말할 수는 없었다. 게다가 그는 매튜를 알고 있었으므로, 그녀에게 애인이 생겼다고 확신하리라는 점을 떠나서라도, 그에게 자기를 위해 거짓말을 해달라고 부탁할 수는 없는 일이었다.

정말로 그녀가 시간제 직장을 갖는다고 가정해보자. 빨리, 효율적으로 일을 해치우고 자신을 위한 시간을 갖는다고. 무슨 일을 할까? 편지 봉투에 주소를 쓰는 일? 아니면 선거 운동?

그리고 남편을 잃고 가정부 일을 하고 있는 파크스 부인이 있었다. 파크스 부인은 그 집에서 자기에게 맡겨진 일의 범위를 정확히 알고 있었으며, 그녀의 여주인이 정신적으로 책임을 회피하는 순간을 본능적으로 알고 있었다. 파크스 부인은 이 세상의 봉사자들 중의 하나였지만 봉사할 대상이 필요했다. 그녀의 주인인 롤링스 부인이 반드시 집 맨 위층에든 정원에든 있어서 자기가 찾아가 동조를 얻을 수 있어야만 했다. "그래요, 요즘 빵은 내가 어렸을 때 먹던 빵하고는 달라요…… 맞아요, 해리는 식욕이 정말 대단해요. 어디서 그런 식욕이 나는지 모르겠어요…… 네, 쌍둥이들이 치수가 다 같아서 다행이에요. 서로 신발을 바꾸어 신을 수 있으니 요새같이 어려운 때에 돈을 아낄 수 있잖아요…… 그래요, 스위스산 체리 잼은 폴란드산 잼보다 형편없는데 값이 세 배나 더 비싸다니까요……" 등 이런 유의 이야기를 파크스 부인은 매일 해야만 했고, 그런 이야기를 할 수 없으면 자신도 왜 나가는지 이유도 모르는 채 일하던 집을 떠나게 될 것이다.

이런 생각을 하면서 수잔 롤링스는 자기가 잡목이 우거진 큰 정원을 살쾡이처럼 배회하고 있음을 깨달았다. 위층으로 올라갔다가 아래층으로 내려와서, 이 방 저 방을 통해 정원으로 나갔다가, 갈색을 띠며 흐르고 있는 강을 따라 걷다가 되돌아 집으로 올라갔다가 다시 내려갔다가…… 파크스 부인이 그런 자신을 보고 이상하다고 생각하지 않는 것이 신기했다. 그러나 오히려 롤링스 부인은 그녀가 '거기에' 있기만 하면, 하고 싶은 것은 무엇이든 할 수 있었고, 원한다면 물구나무서기를 하고 있어도 상관없었다. 수잔 롤링스는 파크스 부인을 미워하고, 불쌍한 미스 타운센드를 미워하며, 초라한 품위가 있는 미스 타운센드의 호텔 침실에서 누렸던 그녀만의 고독의 시간을 그리워하면서 집안을 투덜거리며 배회했다. 그녀는 자신이 미쳤다는 것을 잘 알고 있었다. 그랬다. 그녀는 미쳐 있었다.

수잔은 남편에게 휴가를 떠나야겠다고 말했다. 그도 동의했다. 전에는 이런 식이 아니었는데…… 침대에서 서로의 팔에 안겨 이야기를 나누지 않았던가. 그는 이제 그녀를 '비이성적'이라고 진단 내렸음을 그녀는 깨달았다. 수잔은 그가 관리해야만 하는 그의 외부에 있는 어떤 사람이 되었던 것이다. 그들은 이제 적당히 가까운 두 이방인들처럼 이 집에서 서로의 곁에서 살고 있었다.

파크스 부인에게 말한 후에, 아니 오히려 파크스 부인에게 허락을 구한 후에, 수잔은 웨일즈로 도보여행을 떠났다. 그녀가 알고 있는 장소 중에서 가장 먼 곳을 택했다. 아이들은 매일 아침 학교 가기 전에 전화를 걸어 그녀를 격려하고 응원을 해주었는데, 바로 어머니의 방에 대해 했던 것과 같은 식이었다. 매일 저녁에는 그녀가 전화를 걸어 차례로 아이들과 이야기한 후 남편과 통화했다. 지시 사항이나 충고가 필요한 일이 있으면 전화해도 된다는 허락을 받은 파크스 부인은 매일 점심시간에 전화를 했다. 세 번 그런 일이 반복된 후 롤링스 부인이 산 중턱에 올라가고 없자, 파크스 부인은 롤링스 부인의 축복이 없이는 하고 있는 일에 대해 만족할 수 없으니 언제 다시 전화를 걸어도 되는지 물었다.

수잔은 마치 개 줄처럼 그녀를 의무에 묶어놓은 전화 줄에 매인 채 야생의 산야를 배회했다. 전화할 차례 혹은 전화를 기다려야 할 차례가 그녀를 자신의 십자가에 못 박고 있었다. 산조차도 그녀의 부자유에 의해 족쇄에 채워진 듯 보였다. 아침부터 해질녘까지 양이나 목자를 제외하고는 아무도 볼 수 없는 산 속의 도처에서 그녀는 자신이 미쳤다는 증상에 직면했다. 그것은 넓디넓은 계곡에서 그녀를 공격하여 그 계곡들을 너무나 작아 보이게 했다. 혹은 다른 수많은 산과 계곡이 내려다보이는 산꼭대기에서 그녀를 공격하여 너무 가까이서 짓누르는 하늘 아래 그 산과 계곡들을 너무 낮고 작게 보이게 했다. 그녀는 양치류와 고사리류로 빛나고, 흐르는 물에 의해 보석으로 장식된 듯한 언덕의 중턱을 응시하며 서 있곤 했는데, 단지 그녀의 눈에는 바위 위에 게으르게 기대어 그녀를 향해 냉혹한 눈을 들어 보이며, 잎 많은 나뭇가지로 자기의 흉한 노란 부츠를 치고 있는 악마만이 보일 뿐이었다.

그녀는 마음 한편에 웨일즈의 공허함을 자유에 대한 약속처럼 간직한 채 가정과 가족에게로 돌아왔다. 그녀는 남편에게 오페어 걸(무료로 숙식을 제공받는 대신에 가사 일을 돕는 외국 여성. 보통 그 나라 말을 배우는 것을 목적으로 함—옮긴이 주)을 두고 싶다고 말했다.

그들은 침실에 있었으며, 밤이 늦어서 아이들은 자고 있었다. 남편은 잠옷과 슬리퍼 차림으로 창가의 의자에 앉아 밖을 내다보고 있었다. 그녀는 머리를 빗으며 거울 속에 비친 남편을 지켜보았다. 예로부터 부부 침실에서 소중하게 생각되는 그런 장면이었다. 그는 아무 말도 하지 않았다. 그러나 그동안 그녀는 그의 마음속에서 여러 가지 논쟁들이 일어났지만, 모두가 '이성적'이기 때문에 거부당하고 말았다는 것을 알 수 있었다.

"어쨌든 아이들이 하루의 대부분을 학교에서 보내는데 이제 와서 그런 사람을 구한다는 건 좀 이상하군. 분명 당신이 도와줄 사람이 필요했던 때는 아이들에게 밤낮으로 시달렸던 때였는데 말이오. 파크스 부인에게 당신 대신 요리를 하라고 하면 안 되겠소? 그렇게 하겠다고 스스로 제안한 적도 있으니 말이오. 여섯 명을 위해 요리하는 데 싫증이 났다면 이해할 수 있소. 그렇지만 오페어 걸은 문제가 아주 많다는 걸 알아야지. 보통 낮 동안 일하는 사람을 두는 것과는 아주 다르잖소."

마침내 조심스럽게 그가 말했다. "다시 직장으로 돌아갈 생각을 하고 있소?"

"아니에요." 그녀가 말했다. "아니, 그런 건 아니에요." 그녀는 어쩌면 멍하게 들리는 그런 말을 했다. 그녀는 계속 불안한 듯 자신을 힐끗힐끗 쳐다보는 매튜의 시선을 잊기 위하여 검은 머리를 계속 빗으며 거울 속에 비친 자신을 응시했다. "우리에게 그럴 능력이 없다고 생각해요?" 그녀는 막연하게 물었는데, 그들의 능력에 대해 정확하게 알았던 옛날의 유능한 수잔이 전혀 아니었다.

"그런 게 아니오." 그는 이렇게 말하며 그녀를 쳐다보지 않으려고 어두운 창밖의 나무들을 바라보았다. 한편 그녀는 분명하고 검은 눈썹과 맑은 잿빛 눈을 가진, 둥글고 솔직하며 유쾌해 보이는 얼굴을 자세히 살펴보았다. 분별 있어 보이는 얼굴이었다. 그녀는 숱이 많고 건강한 검은 머리를 빗으며 생각했다. 그런데 저건 미친 여자의 모습이야. 얼마나 이상해! 거울 속에서 나를 보고 있는 것이 무미건조한 웃음을 띤 성마른 초록 눈의 악마라면 훨씬 더 합당할 텐데…… 왜 매튜는 동의하지 않는 걸까? 어쨌든 그이가 할 수 있는 일이 그것 외에 뭐가 있지? 그녀는 그들 관계에 있어서 그녀가 지켜야 할 것을 깨고 있었으며, 그녀로 하여금 그것을 지키게 강요할 방법이라곤 없었다. 즉 그녀의 정신, 그녀의 영혼은 이 집 안에서 살아야만 하며, 그리하여 그 안에 있는 사람들이 물속에 있는 식물처럼 자랄 수 있도록 하고, 파크스 부인도 그들을 위해 일하는 데 만족할 수 있도록 해야 하는 것이 계약상 그녀의 역할이었다. 이에 대한 보답으로 그는 충실하고 좋은 남편이 되고 아이들을 책임져야 했다. 그런데 이 계약은 이미 오래 전부터 그들 부부 중 어느 쪽도 지키지 않고 있었다. 그는 의무를 수행했으나 피상적일 뿐이었으며 그녀는 자기 의무를 수행하는 흉내조차도 내지 않았다. 그리고 그는 자기의 진짜 인생을 일과 일을 통해 만나는 사람들 속에 두고, 아마 아내 외에 다른 여자도 있는 그런 남편들처럼 되었다. 이 모든 것이 그녀의 잘못이었다.

마침내 매튜는 두꺼운 커튼을 쳐서 나무들을 가리고는 돌아서서 그녀가 주목하도록 했다. "여보, 정말 오페어 걸이 필요하다고 확신하오?" 그러나 그녀는 그의 호소에 전혀 귀를 기울이려고 하지 않았다. 그녀는 브러시로 머리를 빗고 또 빗어, 정전기로 인해 머리카락이 작게 쉬익 소리를 내면서 멋진 검은 구름 마냥 위로 솟게 했다. 그녀는 거울을 들여다보면서 쉬익 소리를 내며 브러시를 따라 달라붙는 머리카락이 재미있다는 듯 미소를 지었다.

"네, 여러모로 볼 때 그게 좋을 것 같아요." 그녀는 마치 미친 여자가 요점을 피해 교활하게 말하듯 그렇게 답했다.

거울 속에서 그녀는 그녀의 매튜가 슬프고 굳은 얼굴로 손을 머리 뒤에 깍지 낀 채 위를 응시하며 누워 있는 모습을 볼 수 있었다. 그녀는 마음이(수잔 롤링스의 옛 마음이) 녹아 그를 부르는 것을 느꼈다. 그러나 그녀는 그 마음을 냉담하게 만들었다.

그가 물었다. "여보, 아이들은 어쩌라는 거요?" 그의 말은 그녀의 마음을 거의 흔들 뻔한 호소였다. 그는 옆에 놓았던 팔을 들어 올려 손바닥을 위로 하고 팔을 벌렸다. 그녀는 단지 달려가 그 속에, 그의 단단하고 따뜻한 가슴에 자기를 던지고, 자신 속으로, 수잔 속으로 녹아버리기만 하면 되었다. 그러나 그녀는 그럴 수 없었다. 들어 올린 그의 팔을 보지 않으리라. 그녀는 모호하게 대답했다. "글쎄, 물론 아이들에게도 더 낫지 않을까요? 프랑스 여자나 독일 여자를 구하면 아이들이 그 언어를 배우게 될 테니까요."

어둠 속에서 그녀는 남편의 옆에 누워 있었는데 냉랭한 기운에 자신이 이방인처럼 느껴졌다. 마치 수잔이 납치되어간 듯이 느껴졌다. 그녀는 여기 누워 있는 이 여자, 고통받고 있는 남자 곁에 누워 있는 차고 냉담한 이 여자가 무척 싫었지만 그 여자를 변화시킬 수는 없었다.

다음 날 아침 그녀는 일할 사람을 구하러 나섰으며, 곧 함부르크 출신의 스무 살 된 아가씨로 잘 웃고 건강하며 푸른 눈을 가진, 그리고 영어를 배우려고 하는 소피 트럽을 찾았다. 사실 소피는 이미 상당히 영어를 잘했다. 방— '어머니의 방' —과 음식을 제공하는 대가로 소피는 롤링스 부인이 요청할 때 아이들과 함께 있는 일과 간단한 요리를 맡았다. 그녀는 지적인 처녀였고 해야 할 일을 완벽하게 이해하고 있었다. 수잔이 말했다. "나는 종종 오전 시간이나 혹은 하루 종일 외출해요. 그런데 가끔 아이들이 학교에서 집으로 달려오거나 전화를 걸 때가 있어요. 혹은 선생님이 전화를 걸기도 하시고요. 내가 여기 있어야 되는 거지요, 사실은. 그리고 가정부 아주머니가 있는데……" 그러자 소피는 예쁜 하얀 이와 보조개를 드러내면서, 깊고 낭랑한 독일 처녀의 웃음소리를 내며 말했다. "때때로 이 집의 안주인 역할을 해줄 사람을 필요로 하시는군요, 그렇죠?"

"네, 바로 그거예요"라고 수잔은 말했는데, 그것이 얼마나 쉬운지, 자기가 생각했던 것보다 목표에 훨씬 가까이 다가선 것에 대해 내심 두렵게 생각하면서, 본의 아니게 다소 냉랭하게 말했다. 건강한 독일 처녀 트럽이 그들 모두의 위치를 즉각 이해하는 것이 그녀의 두려움이 사실임을 증명했다.

소피는 분별력 있는 아가씨였기 때문에, 혹은(수잔이 내심 떨면서 자신에게 말했던 대로) 수잔이 아주 잘 선택했기 때문에 모두와 잘 지냈다. 아이들은 그녀를 좋아했고, 파크스 부인은 그녀가 독일인이라는 것을 거의 곧 잊어버렸으며, 매튜도 그녀가 '집에 함께 있기 좋다'는 것을 알게 되었다. 왜냐하면 이제 그는 남편으로서도 가장으로서도 물러나 인생을 피상적으로, 모든 것을 되는 대로 맞이하고 있었기 때문이었다.

어느 날 수잔은 소피와 파크스 부인이 부엌에서 웃으며 이야기하는 것을 보고, 차 마시는 시간까지 나갔다 오겠노라고 말했다. 그녀는 어디로 가야 할지 무엇을 찾아야 할지를 정확히 알고 있었다. 그녀는 사우스 켄싱턴까지 전철을 타고 가서 순환선으로 갈아탄 뒤, 패딩턴에서 내렸다. 그녀는 작은 호텔들을 보며 걸어 다니다가, 청소가 안 된 지저분한 창유리에 '프레드의 호텔'이라고 페인트칠이 되어 있는 호텔을 발견했는데 마음에 들었다. 호텔 정면은 건강하지 못한 피부처럼 낡아 번들거리는 누르스름한 색이었다.

복도 끝에 있는 문에는 노크하라는 말이 쓰여 있었다. 그녀가 노크를 하자 프레드가 나타났다. 그는 어떤 면으로든 전혀 매력적이지 못했으며, 다소 뚱뚱하고 병색을 띤 얼굴에 멋없는 줄무늬 셔츠를 입고 있었다. 창백한 지친 얼굴에 작고 날카로운 눈을 가지고 있었고, 존슨 부인(그녀는 그를 똑바로 쳐다보며 유유히 재미있는 가명을 골라 말했다)에게 기꺼이 일주일에 세 번, 10시에서 6시까지 방 하나를 빌려주었다. 물론 올 때마다 선불을 낸다는 조건에서였다. 수잔은 15실링을(그는 값을 정하지 않았다) 내놓고, 그때까지는 자기에게도 있는 줄 몰랐던 대담하고 도전적인 눈빛으로 그를 계속 쳐다보았다. 그도 계속 그녀를 바라보면서, 그녀의 손바닥에서 10실링짜리 지폐를 엄지와 검지손가락으로 집더니 만지작거렸다. 그런 다음 반 크라운짜리 두 개를 들어 올려 손바닥을 펴서 그 위에 올려놓고는 곰곰이 생각에 잠겨 내려다보았다. 그들의 위에는 붉은 색조의 조명이 있었고, 아래에는 맨 판자가 깔려 있었다. 그들은 주위에서 마루광택제 냄새가 심하게 올라오는 통로에 서 있었다. 그는 아직도 손바닥을 편 채 그녀를 올려다보면서, 마치 나를 뭐로 생각하는 겁니까, 라고 말하는 듯이 웃었다. 수잔은 "나는 이 방을 돈을 버는 목적으로는 사용하지 않을 거예요"라고 말했다. 그래도 그는 계속 기다렸다. 그녀가 5실링을 더 주자 그제야 그는 고개를 끄덕이더니 말했다. "돈을 지불하셨으니, 전 아무것도 묻지 않겠습니다." "좋아요." 수잔도 말했다.

이제 그는 그녀를 지나 층계로 가서 잠시 기다렸다. 길로 나 있는 문으로부터 들어온 빛에 눈이 부셔서, 그녀는 순간적으로 그를 놓쳤다. 그 다음 순간 그녀는 수수한 셔츠 차림에 얼굴은 창백하고 머리가 벗겨진 작은 남자가 웨이터처럼 층계를 올라가고 있는 것을 보았으며 그를 따라갔다. 그들은 아무 말도 하지 않고 아무것도 묻지 않으며 묵묵히 이 집의 층계를 올라가고 있었다. 프레드의 호텔은 불쌍한 미스 타운센드의 호텔이 제공할 수 없었던 자유를 투숙객들에게 제공할 수 있었던 것이다. 그 방은 끔찍했다. 얇은 녹색 부직 커튼이 달린 창과, 싸구려 녹색 공단 침대보가 덮인 작은 침대, 가스불과 그 옆에 동전 넣는 기계가 있는 벽난로와 서랍장, 그리고 녹색 고리버들 안락의자가 각각 하나씩 있었다.

수잔은 "고마워요"라고 말했는데, (만일 이 사람이 프레드이고 조지나 허버트나 찰리가 아니라면) 프레드가 자신을 쳐다보고 있는 것이, 직업적인 이유 때문에 가지려 하지 않는 호기심에서가 아니라 오히려 무엇이 올바른가에 대한 철학적 의식을 가지고 그녀를 바라보고 있는 것임을 알고 있었다. 그는 돈을 받고 그녀를 방으로 안내했고 모든 일에 동의했지만, 그녀가 여기 오는 것에 대해서는 분명 찬성하지 않았다. 그녀는 여기에 어울리지 않는다고 그의 얼굴에 쓰여 있었다. (그러나 그녀는 이미 자기가 거기에 얼마나 어울리는지를 알고 있었다. 그 방은 그녀가 와서 합류해주기를 기다려왔던 것이다.) "5시에 불러주겠어요?" 그는 고개를 끄덕이더니 아래층으로 내려갔다.

낮 12시였다. 그녀는 자유로웠다. 안락의자에 앉아, 그저 앉아서 눈을 감고 자신을 혼자이게 만들었다. 그녀는 혼자였으며 아무도 그녀가 있는 곳을 몰랐다. 문에서 노크 소리가 났을 때 그녀는 화가 났고, 화가 났음을 보여주려고 했다. 그러나 그건 프레드였으며 5시가 되어 부탁받은 대로 그녀를 부르러 왔던 것이다. 그는 날카로운 작은 눈으로 재빨리 방을 둘러보았다. 제일 먼저 침대를 보았다. 침대는 흐트러지지 않았다. 그녀는 그 방에 전혀 있지 않았었다고도 할 수 있었다. 그에게 고맙다고 말하고 나서 그녀는 다음 다음 날 다시 오겠노라고 말한 뒤 떠났다. 시간에 맞춰 집에 돌아와 저녁식사 준비를 하고 아이들은 재우고 남편과 자신을 위해 나중에 또 한 번 식사 준비를 했다. 그리고 친구와 함께 영화를 보고 돌아오는 소피를 맞이했다. 이 모든 일을 그녀는 유쾌한 마음으로 기꺼이 했다. 그러나 내내 그 호텔 방을 생각하고 있었으며 진심으로 그곳을 그리워하고 있었다.

일주일에 세 번. 그녀는 정각 10시에 도착하여, 프레드를 똑바로 쳐다본 뒤, 그에게 20실링을 주고, 그를 따라 층계를 오른 후 그 방에 들어가 점잖으나 확고하게 프레드 앞에서 문을 닫았다. 프레드는 그녀가 거기에 오는 걸 정말 탐탁지않아 했기 때문에, 그녀가 허락만 한다면, 그런 마음을 우정 아니면 적어도 친분 있는 사이로 진전시킬 준비가 되어 있었다. 그러나 그녀가 가라고 고개를 끄덕이면 그는 손에 20실링을 들고 떠나는 것으로 만족했다.

그녀는 안락의자에 앉아 눈을 감았다.

그 방에서 그녀는 무엇을 했을까? 그야, 전혀 아무것도 하지 않았다. 휴식을 취한 후에 수잔은 의자에서 일어나 창가로 가서 팔을 뻗고 자신의 익명을 소중해하면서 웃으며 밖을 내다보았다. 그녀는 더 이상 네 아이의 엄마이자 매튜의 아내이고 파크스 부인과 소피 트럽의 고용인이며 친구들, 학교 선생님들, 상인들과 이런저런 관계로 엮인 수잔 롤링스가 아니었다. 더 이상 이런저런 활동이나 행사에 적합한 옷들을 가지고 있는, 크고 하얀 집과 정원의 안주인이 아니었다. 그녀는 존스 부인이었고, 혼자였으며, 과거도 미래도 없었다. 그녀는 생각했다. 결혼해서 아이들을 낳고 책임지는 역할을 몇 년 동안이나 한 후에, 이제 내가 여기 있어. 그리고 나는 예전의 나와 달라진 것은 없어. 그런데 나는 매튜 롤링스 부인으로서 해야 하는 역할들을 제외하고는 내가 존재하지 않는다고 생각했던 적이 있었어. 그래, 이제 난 여기 있어. 만일 내가 식구들을 다시는 보지 않는다면, 나는 여기 계속 있겠지…… 얼마나 이상해! 그리고 그녀는 창턱에 기대어 길을 내다보았으며, 지나가는 사람들이 모르는 사람들이었기 때문에 그들을 모두 사랑했다. 그녀는 길 건너에 있는 폐허가 된 빌딩들을 바라보았고, 축축하고 음침한, 때로는 푸른 하늘을 바라보았는데, 마치 전에는 빌딩이나 하늘을 본 적이 없는 것처럼 느껴졌다. 그런 다음에는 빈 의자로 돌아가 마음을 비웠다. 때로는 얇은 양탄자에 있는 꽃의 패턴이나 초록색 공단 침대보 위에 있는 얼룩에 대한 평을 한 뒤 뜻 없는 감탄사를 터트리는 등 아무 의미 없는 말을 큰 소리로 말하곤 했다. 대부분 그녀는 얼빠진 듯했다. 다른 무슨 단어가 있겠는가? 공허가 그녀의 혈관을 피가 이동하듯 흘러가고 있음을 기분 좋게 느끼면서, 곰곰이 생각하기도 하고 돌아다니기도 하고 그저 우울해하기도 했다.

이제 이 방은 그녀가 살고 있는 집보다 더욱 그녀 자신의 것이 되었다. 어느 날 아침 그녀는 프레드가 평소와 다르게 한 층 더 높은 곳으로 자신을 데려간다는 것을 알았다. 그녀는 멈춰 서서 더 올라가기를 거부하고 항상 가는 방, 19호실로 안내해줄 것을 요구했다. "저, 그러면 30분 정도 기다리셔야 하는데요." 그가 말했다. 그녀는 기꺼이 소독약 냄새가 나는 어두운 홀로 내려가서, 두 남녀가 층계를 내려와 그녀에게 재빠르고 무관심한 눈길을 던진 후 서둘러 거리로 나가 문 앞에서 헤어질 때까지 앉아서 기다렸다. 그녀는 그들이 막 비운 방, '그녀의' 방으로 올라갔다. 그녀가 들어갔을 때 비록 창문이 활짝 열려 있고 청소하는 여자가 침대를 정리하고 있긴 했지만 역시 바로 그녀의 방이었다.

이렇게 혼자만의 시간을 보내기 시작한 후로, 수잔은 엄마로서 그리고 아내로서의 역할을 하는 것이 쉽기도 하고, 또 한편으로는 너무 쉬워져서 어렵기도 했다. 그녀는 자신이 사기꾼처럼 느껴졌다. 마치 여기에서는 그녀의 껍데기가 가족들과 함께 살면서, 엄마, 어머니, 수잔, 롤링스 부인이라는 호칭에 답하며 움직이고 있는 것처럼 느껴졌다. 아무도 그녀를 꿰뚫어보지 못하는 것이, 가짜라고 집 밖으로 쫓아내지 않는 것이 놀라웠다. 오히려 아이들은 그녀를 더 사랑하는 것 같았다. 매튜와도 유쾌하게 '마음이 맞았으며', 파크스 부인도 (솔직히 말해 대체로) 소피 트럽 밑에서 행복하게 일했다. 밤에는 남편 옆에 누워, 그들이 진짜 결혼생활을 할 때 하곤 했던 것과 외관상으로 똑같이 다시 애정 행위를 했다. 그러나 그녀는, 수잔은, 아니 수잔이라는 이름에 그렇게 기꺼이 믿기지 않게 대답했던 존재는, 거기 없었다. 그녀는 패딩턴에 있는 프레드의 호텔에 있었다. 편안한 고독의 시간이 시작되기를 기다리면서.

곧 그녀는 프레드와 소피와 새로 시간을 조정했다. 일주일에 닷새로 바꾼 것이다. 돈 문제, 즉 5파운드에 관해서는 매튜에게 그냥 달라고만 했다. 그가 무엇에 쓰려고 하느냐고 물을지도 모른다는 두려움은 전혀 일어나지도 않았음을 깨달았다. 매튜가 그 돈을 주리라는 것을 그녀는 알고 있었는데, 한편으로는 그가 그럴 수 있다는 것이 두려웠다. 왜냐하면 이 친밀한 커플, 이 부부는 한때 그들이 쓰는 모든 돈, 단 1실링의 행방에 대해서까지도 알고 있었던 것이다. 그는 그녀에게 일주일에 5파운드씩 주는 데 동의했다. 그녀는 꼭 그 액수만큼만 요구했고 1페니도 더 요구하지 않았다. 매튜는 그에 대해 무관심해 보였다. 그것은 마치 그녀에게 값을 지불하는 것 같았다고 그녀는 생각했다. '요금을 치르고 보내버리는 것'. 그래, 바로 그것이었다. 그 점을 깨달았을 때 그녀는 잠시 공포에 휩싸였다. 그러나 그녀는 공포를 잠재웠다. 그런 공포에 휩싸이기엔 일이 너무 많이 진행되었다. 이제 매주 일요일 밤이면 그는 그녀에게 5파운드를 주었는데, 그 거래 도중 서로의 눈이 마주치기 전에 돌아서곤 했다. 소피 트럽으로 말하자면, 저녁 6시까지는 집 안이나 집 근처에 있어야 했으나 그 이후에는 자유였다. 요리하거나 청소할 필요는 없었으며 그저 거기에 있기만 하면 되었다. 그래서 그녀는 정원을 가꾸거나 바느질하거나, 친구가 많을 수밖에 없는 사람이므로 친구들을 부르거나 했다. 아이들이 아프면 그들을 간호했다. 선생님들이 전화를 하면 현명하게 대답했다. 아이들이 학교에 나가는 일주일 중 5일 낮 동안은 그녀가 완전히 그 집의 안주인이었다.

어느 날 밤 침실에서 매튜가 물었다. "수잔, 방해하고 싶지는 않소만…… 그렇게는 제발 생각 말구려. 당신 정말 괜찮은 거요?"

그녀는 거울을 보며 머리를 빗고 있었다. 대답하기 전에 머리 양쪽을 두 번씩 더 빗었다. "그럼요, 여보. 정말 괜찮아요."

그는 다시 누웠는데, 그의 커다란 금발머리를 손으로 받치고 팔꿈치는 올리고 있어서 얼굴이 약간 가려졌다. "그렇다면 수잔, 이 질문을 해야겠소. 당신도 이해해줬으면 하는데, 당신에게 무슨 압박감을 주려는 것은 아니오." (수잔은 압박감이라는 단어를 낙담하며 들었는데, 물론 이대로 계속될 수는 없었고, 그것이 불가피했기 때문이었다.) "모든 것이 이대로 계속되는 거요?"

"글쎄요"라고 말하며 그녀는 답변을 회피하기 위해 멍해졌다가 똑똑해지더니 다시 백치가 된 듯했다. "글쎄요, 왜 그러면 안 되는지 모르겠군요."

화가 나서인지 고통스러워서인지 팔꿈치를 아래위로 휙 움직이는 매튜를 바라보며 수잔은 그가 말랐다는 것을, 몹시 여위기까지 했다는 것을 깨달았다. 침착하지 못하게 화가 나서 움직이는 것은 그녀가 아는 그의 모습이 아니었다. 그가 말했다. "이혼하고 싶소? 그게 바라는 거요?"

이 말에 수잔은 웃음이 나오려는 것을 간신히 참았다. 만일 자신에게 허락했다면 밝고 깔깔거리는 웃음소리를 들을 수 있었을 것이다. 그가 의미하는 것은 하나밖에 없었다. 그녀에게 애인이 있으며, 그 때문에 그녀가 낮 시간을 런던에서 보내 마치 다른 대륙으로 사라져버리기라도 한 듯이 그에게서 사라진다는 것이다.

그때 그녀에게 작은 공포가 다시 일었다. 그녀에게 애인이 있기를 그가 바라고 있음을, 그렇지 않다면 너무 두려운 일이기에 그녀가 애인이 있다고 말해줬으면 하고 바란다는 것을 알았기 때문이었다.

머리를 빗으며 그녀는 정전기로 인해 검고 아름다운 머리카락이 쉬익쉬익 소리와 함께 작은 구름처럼 위로 뜨는 모습을 보면서 남편의 마음을 알아챘다. 방 건너편, 그녀의 머리 뒤쪽으로 푸른 벽이 있었다. 그녀는 자신이 그 푸른 벽을 배경으로 모양을 만드는 검은 머리카락을 쳐다보는 데 열중하고 있음을 깨달았다. 그녀는 물었다. "'당신'은 이혼하고 싶어요, 매튜?"

그가 말했다. "그 말이 아니지 않소?"

"얘기를 꺼낸 건 당신이지, 내가 아니에요." 그녀는 의미 없이 터져 나오는 웃음을 억누르며 밝게 말했다.

다음 날 그녀는 프레드에게 물었다. "나에 대해서 조사해간 사람이 있었나요?"

그가 머뭇거리자 그녀가 말했다. "이제 여기 오기 시작한 지 1년이 되었어요. 나는 문제를 일으킨 적이 없었고 당신은 매일 돈을 받았어요. 나는 대답을 들을 권리가 있습니다."

"사실은 말이죠, 존스 부인, 어떤 남자가 왔었습니다."

"사립탐정 사무실에서 나온 사람이었나요?"

"글쎄요, 아무래도 그렇지 않을까요?"

"제가 묻고 있잖아요…… 그런데, 그 사람에게 뭐라고 했지요?"

"존스 부인라는 분이 주중에 와서 매일 10시부터 5시나 혹은 6시까지 혼자 19호실에 머문다고 말했습니다."

"나에 대해 묘사하던가요?"

"저, 존스 부인, 어쩔 수 없었습니다. 제 입장이 되어보십시오."

"그 사람이 정보에 대한 대가로 당신에게 준 돈만큼 당연히 빼고 드려야겠군요."

그는 놀란 눈을 들었다. 그녀는 이런 농담을 할 사람이 아니었다! 그래서 그는 웃기로 했다. 붉은빛을 띤 새로 생긴 상처가 그의 하얗고 주름진 얼굴 위에 나타났다. 그의 눈은 그녀가 웃기를 간절히 바라고 있었다. 그렇지 않으면 돈을 얼마간 잃을 수밖에 없었으므로. 그녀는 계속 심각하게 그를 바라보았다.

그는 웃음을 멈추고 말했다. "지금 올라가시겠습니까?" 그도 잘 알고 있듯이 그녀가 전적으로 의지하고 있는, 아무것도 묻지 않는 교외지역의 친숙함, 동지감으로 돌아가면서 물었다.

그녀는 올라가 고리버들 의자에 앉았다. 그러나 전과 같지 않았다. 남편이 그녀를 찾아냈다. (세상이 그녀를 찾아냈다.) 그 압박감이 그녀를 짓눌렀다. 그녀는 여기에 남편의 묵인 아래 있는 것이다. 그는 언제이건, 여기 19호실로 걸어들어올 수 있었다. 사립탐정 사무실에서 했을 보고를 상상해보았다. "당신의 부인과 모습이 (이러저러하게) 똑같은 여자가 자신을 존스 부인이라고 하면서 19호실에서 하루 종일 혼자 머문다고 합니다. 그 여자는 꼭 그 방만을 고집하며, 다른 사람이 있으면 기다립니다. 주인이 아는 한 그 여자는 남자건 여자건 방문객을 받은 적은 없다고 합니다." 이와 비슷한 보고를 매튜가 받았을 것이 틀림없었다.

물론 그가 옳았다. 이런 식으로 계속될 수는 없는 일이었다. 그는 간단히 탐정을 보내 뒷조사를 함으로써 그 일에 종지부를 찍은 것이다.

그녀는 달팽이집에서 쪼아내어진 달팽이가 다시 들어가려고 꿈틀거리는 것처럼, 그 방의 안식처로 기어들어가려 움츠렸다. 그러나 그 방의 평화는 사라지고 없었다. 그녀는 이를 되살리기 위해서 의식적으로 애를 썼으며, 그곳에서 발견했던 어둡고 창조적인 몽환의 경지(혹은 그것이 무엇이었든지 간에 그 상태)에 들어가려고 애를 썼다. 그래 봐야 아무 소용이 없었지만, 그녀는 그 평화를 갈망했으며, 갑자기 마약을 빼앗긴 중독자처럼 아팠다.

그곳에서 자신을 찾고자 그녀는 몇 번 그 방에 돌아갔으나, 대신 그녀가 발견한 것은 명명할 수 없는 불안의 기운과, 어떤 행동을 해야만 할 것 같은 욕구, 마치 머릿속에서 색 전등들이 켜졌다 꺼졌다 하는 것처럼 느끼게 만드는 신경과민적인 자의식뿐이었다. 그 방의 공기였던 부드러운 어둠 대신에 그녀를 기다리고 있는 것은 그녀로 하여금 증오의 말을 중얼거리며 여기저기로 맹목적으로 돌진하게 만드는 악마들이었다. 그녀는, 창문에 자신을 부딪치고 바닥으로 미끄러졌다가, 찢어진 날개를 퍼덕이며 날아올라 보이지 않는 장벽에 다시 부딪치는 나방처럼 이리저리로 자신을 몰아댔다. 계속해서 자신을 그렇게 몰아댔다. 이윽고 그녀는 지쳐버렸으며, 프레드에게 얼마 동안 그 방이 필요하지 않다고, 여행을 떠난다고 말했다. 그녀는 집으로, 강가에 있는 큰 하얀 집으로 갔다. 평일의 한낮에, 예정되지 않은 시간에 자기 집에 돌아가는 것에 대해 죄책감을 느꼈다. 그녀는 눈에 띄지 않게 서서 부엌 창문을 들여다보았다. 수잔이 버린 꽃무늬 덧옷을 입은 파크스 부인이 오븐에다 뭘 넣느라고 상체를 구부리고 있었다. 소피는 팔짱을 낀 채 찬장에 등을 기대고, 처음 보는 아가씨—소피의 방문객인 피부색이 검은 외국 소녀—가 한 농담에 웃고 있었다. 안락의자에는 쌍둥이 중의 하나인 몰리가 오그리고 누워 손가락을 빨면서 어른들을 바라보고 있었다. 학교에 가지 못한 것을 보니 어디가 아픈 게 틀림없었다. 그 아이의 생기 없는 얼굴, 거무스름하게 드리워진 눈 밑의 그늘이 수잔의 마음을 아프게 했다. 몰리는 일하거나 이야기하고 있는 어른 셋을, 수잔이 부엌 창문을 통해 이들 네 명을 바라보고 있는 것과 똑같이 바라보고 있었다. 그녀는 멀리 떨어져 그들로부터 차단되어 있었던 것이다.

그러나 그때, 막 수잔이 들어가서 아이를 안아 올려 함께 안락의자에 앉아 아마도 열이 있을 머리를 만져주는 자신을 상상하는 순간, 소피가 바로 그 일을 했다. 소피는 다리 하나는 구부려 벽에 발을 대고 다른 다리로 서 있었다. 그런데 그때 리본이 묶인 빨간 구두를 신은 발을 벽에서 미끄러뜨려 내리더니 두 발로 단단히 서서, 자기 앞과 뒤에서 손뼉을 치며 독일어로 노래를 몇 소절 불러 그 아이가 무거운 눈을 들어 자기를 바라보며 웃게 하는 것이었다. 그런 다음 아이에게로 걸어가, 아니 차라리 아이에게로 껑충껑충 뛰어가 아이를 번쩍 들어 올리고는 의자에 앉는 그 순간에 자기 무릎에 내려놓는 것이었다. 그녀는 "호플라! 호플라! 몰리……"라고 말하며 그녀의 어깨에 편안하게 기댄 몰리의 흐트러진 검은 머리를 어루만져주기 시작했다.

그래…… 수잔은 눈을 깜빡거려 작별의 눈물을 떨어뜨리면서 위층의 침실로 조용히 올라갔다. 거기에서 나무 사이로 강을 바라보며 앉아 있었다. 그녀는 평화를 느꼈는데, 어떤 면에서 그것은 그녀에게 새로운 느낌이었다. 움직이고 싶지도 이야기하고 싶지도 않았고 무엇을 하고 싶은 마음도 전혀 없었다. 정원에 나타나던 악마들은 거기에 없었다. 그러나 그것은 자기 영혼이 프레드의 호텔 19호실에 있기 때문이지 실제로는 여기에 있는 것이 아니기 때문임을 알고 있었다. 예전 같으면, 자신의 침실 창가에 앉아, 소피가 젊고 풍부한 목소리로 자기 아이에게 독일 동요를 불러주는 것을 들으면서, 또 파크스 부인이 밑에서 소란스럽게 움직이는 소리를 들으면서, 이 모든 것이 자기와 아무 관계가 없다는 사실을 아는 것은 놀라운 느낌이었을 것이다. 그러나 그녀는 이미 이 모든 것을 초월해 있었다.

얼마 후 수잔은 아래층으로 내려가 자기가 집에 왔음을 알렸다. 왔다는 말도 없이 여기 있는 것은 부당했다. 그녀는 파크스 부인과 소피, 이탈리아에서 온 소피의 친구 마링, 그리고 딸 몰리와 함께 점심을 먹었는데, 마치 자신이 방문객인 것처럼 느껴졌다.

며칠 후 잠자리에 들 시간에 매튜는 "5파운드 여기 있소"라고 말하면서 돈을 그녀에게 밀어놓았다. 그러나 그는 그녀가 요즈음 집에서 나가지 않는다는 것을 알고 있었음이 분명했다.

그녀는 고개를 저으며 그 돈을 돌려주면서, 비난이 아닌 설명을 했다. "내가 어디에서 지내는지 당신이 아는 순간, 거기에 갈 필요가 없어졌어요."

그는 그녀를 외면한 채 고개를 끄덕였다. 그녀에게서 고개를 돌린 채, 자기를 두렵게 하는 아내를 어떻게 해야 가장 잘 다룰 것인지 그가 생각하고 있다는 것을 수잔은 알았다.

그가 말했다. "그러려고 했던 것은 아니었소…… 그저 걱정이 되었을 뿐이오."

"네, 알아요."

"궁금해지기 시작했다는 것을 고백할 수밖에 없군……"

"내게 애인이 있나 생각했군요?"

"그래요. 그랬던 것 같소."

자신에게 애인이 있기를 매튜가 바란다는 것을 그녀는 알았다. 수잔은 어떻게 말해야 할까 생각하며 앉아 있었다. "지난 1년간 난 매우 지저분한 한 호텔방에서 낮 시간을 모두 보냈어요. 그곳에 있으면 행복해요. 난 사실 그곳이 없으면 존재할 수 없어요." 그녀는 이렇게 말하는 자신을 상상하며, 이런 말을 할 때 그가 얼마나 두려워할지를 알았다. 그래서 대신 이렇게 말했다. "글쎄요, 당신이 많이 틀린 건 아닐지도 모르죠."

아마도 매튜는 호텔 주인이 거짓말을 했다고 생각하는 것 같았다. 그는 그렇게 생각하고 싶었으리라.

"그렇군"이라고 그가 말했을 때, 그녀는 말하자면 안도로 인해 그의 목소리가 높아지는 것을 느낄 수 있었다. "그런 경우라면 내게도 약간의 연애 사건이 있었다는 걸 고백해야겠군."

그녀는 초연한 채 흥미를 느끼며 물어보았다. "정말이에요? 상대가 누군데요?" 그리고 이러한 반응에 놀라는 매튜의 표정을 보았다.

"필이오. 필 헌트."

그녀는 옛날 처녀 시절의 필 헌트를 잘 알았다. 그녀는 생각했다. 아니야, 필은 적당하지가 않아. 신경과민인데다 너무 까다로워. 아직까지 행복해 본 적이 없어. 소피가 훨씬 낫지. 매튜는 지각 있는 사람이니까 스스로 그걸 알게 될 거야.

이런 생각을 하는 동안, 그녀가 소리 내어 말한 것은 "내 애인에 대해 말할 필요는 없겠네요. 말해도 누군지 당신은 모를 테니까요."라는 것이었다.

빨리, 빨리 꾸며대 하고 그녀는 생각했다. 미스 타운센드에게 말도 안 되는 이야기들을 얼마나 잘 꾸며댔었는지 기억해.

그녀는 이야기가 모순되지 않도록 조심하면서 천천히 말하기 시작했다. "그 사람 이름은 마이클이에요" —('마이클 뭐'라고 할까?)— "마이클 플랜트요." (얼마나 바보 같은 이름이람!) "그 사람은 당신과 좀 비슷해요. 외모가 말이에요." 사실 그녀는 매튜 외에 다른 남자가 자신을 만지는 것은 상상할 수 없었다. "그 사람은 출판업자예요." (정말? 왜?) "이미 부인이 있고 아이도 둘 있어요."

그녀는 이러한 상상을 꾸며낸 자신이 자랑스러웠다. 매튜가 말했다.

"둘이 결혼할 생각이오?"

그녀는 자신을 억제할 겨를도 없이 말하고 말았다. "맙소사, '천만에요'!"

매튜가 필 헌트와 결혼하기를 원한다면, 이 대답은 너무 단호한 것이었음을 그녀는 깨달았다. 그러나 그가 다음과 같이 말을 할 때 목소리에 안도감이 배어 있는 것 같아 수잔의 대답은 괜찮은 것이었음이 분명했다. "다른 사람과 결혼한 우리 모습을 상상하는 것은 좀 불가능하지. 그렇지 않소?" 이렇게 말하며 그는 그녀를 끌어당겨 그녀의 머리를 자기 어깨에 기대게 했다. 그녀는 거무스름한 그의 육체를 향해 얼굴을 돌렸으며, 피가 그녀의 귀를 통해 흐르면서 말하는 소리를 들었다. 나는 혼자다. 나는 혼자다. 나는 혼자다.

아침에 수잔은 남편이 옷을 입는 동안 침대에 누워 있었다. 그는 밤에 무슨 생각을 했었는지 이렇게 말했다.

"수잔, 우리 4인조처럼 넷이서 함께 만나면 어떨까?"

물론 좋다고 그녀는 자신에게 말했다. 물론 그는 그렇게 말할 수밖에 없겠지. 지각 있는 사람이라면, 이성적인 사람이라면, 비열한 생각이나 질투심 따위를 자신에게 허락하지 않는 사람이라면, 자연스럽게 '4인조를 이루자'라고 말할 거야.

"왜 안 되겠어요?" 그녀가 대답했다.

"우리 만나서 같이 점심이라도 합시다. 내 말은, 당신은 지저분한 호텔로 몰래 나가고 나는 사무실에 늦게까지 남아 있으면서 모두들 거짓말을 해야 하는 상황이 우스꽝스럽다는 거요."

도대체 그 남자의 이름을 내가 뭐라고 했었지? 그녀는 당황했다. 그런 다음 말했다. "좋은 생각인 것 같네요. 그런데 지금 마이클은 어디 갔어요. 그렇지만 그가 돌아오면 그렇게 할게요. 그리고 당신들 둘은 서로 좋아하게 될 거라고 확신해요."

"그가 어디 갔군, 그렇소? 그래서 당신이……" 그녀의 남편은, 그녀가 이전에 그와 연결시켜본 적이 없는, 마치 아양을 떠는 듯한 제스처를 하면서 넥타이의 매듭에 손을 대는 것이었다. 그러고는 "오, 장난꾸러기 작은 고양이 같으니!"라는 말과 어울리는 표정을 짓고 상체를 구부려 그녀의 뺨에 키스했다. 그녀는 그에 답하는 장난꾸러기 같고, 짐짓 부끄러운 체하는 표정이 자기 얼굴에 나타남을 느꼈다.

그러나 속으로는 자신들 둘 다에 대해, 자신들이 솔직한 감정에서 얼마나 멀어져버렸나에 대해 공포에 휩싸였다.

그리하여 이제 그녀에겐 애인이 부여되었고, 그에게는 정부가 있었다! 얼마나 평범하고, 얼마나 안심되며, 얼마나 유쾌한 일인가! 이제 그들은 4인조를 이루어 극장과 음식점을 돌아다닐 것이다. 어쨌든 롤링스 부부는 그런 유의 것을 할 돈이 충분히 있었으며, 아마도 출판업자 마이클 플랜트도 자신과 정부에게 쓸 돈이 상당히 있을 것이다. 가을의 정열이 지니고 있는 매력적인 잔광에 둘러싸인 그들 네 명이 가장 복잡하고 문명적인 관용의 관계를 발전시키는 것을 막을 것은 아무것도 없었다. 어쩌면 그들은 모두 함께 여행을 떠날 수도 있지 않을까? 그녀는 그렇게 하는 사람들을 본 적이 있었다. 아니 어쩌면 매튜는 그 점에 있어서는 선을 긋지 않을까? 그렇지만 만일 일단 그가 '4인조'라는 것을 이야기할 수 있었다면, 그런 일에 선을 그을 이유가 있을까?

그녀는 빈 침대에 누워, 출근하는 매튜가 차를 몰고 나가는 소리를 듣고 있었다. 그 다음에는 쾌활하게 울리는 소피의 목소리에 맞추어서 아이들이 재잘대며 학교로 가는 소리를 들었다. 자신의 부적절성에 대항하는 안식처를 찾아 침대의 움푹 들어간 곳으로 그녀는 미끄러져 들어갔다. 그리고 남편이 누워 있었던 우묵하게 들어간 부분으로 손을 뻗쳤으나, 거기에서는 아무 위안도 찾을 수가 없었다. 그는 자기 남편이 아니었다. 그녀는 옷 속에서 작고 탄탄한 공 모양으로 몸을 둥글게 오므렸다. 그녀는 하루 종일, 일주일 내내, 사실 평생 동안이라도 거기에 머무를 수 있었다.

그러나 며칠 후에는 마이클 플랜트를 만들어내야만 했다. 그렇지만 어떻게 구하지? 아마도 마이클 플랜트라는 출판업자 역할을 할 준비가 되어 있는 동조적인 남자를 하나 찾아내야만 할 것이다. 그에 대한 보상으로 그녀는 무엇을 해주어야 할까? 무엇보다 먼저 애정 행위를 해주어야겠지. 그런 생각을 하자 그녀는 매우 피곤해져서 소리를 지르고 싶었다. 오, 아니야. 그런 건 모두 끝냈어. 그에 대한 증거는 '애정 행위'라는 말이, 아니 애정이나 사랑은 고사하고 관능의 쾌락만이라도 되살아나게 하려고 열심히 노력하며 그 행위를 상상하는 것조차도 그녀로 하여금 그 노력 자체로부터 도망가 숨고 싶게 만들었다…… 아, 도대체 왜 애정 행위를 할까? 누구하고든 왜 하는 걸까? 아니 만일 하려고만 한다면, 누구와 하는 게 무슨 문제가 될까? 왜 단지 길거리로 걸어나가 한 남자를 골라서 그와 진탕 성관계를 가지면 안 된단 말인가? 왜 안 돼? 혹은 프레드와는? 무슨 차이가 있는 거지?

그런데 수잔은 그것에 자신을 끌어들인 셈이었다. 정중하고 교양을 갖춘 4인조의 일부로서 마이클이라고 불리는 애인과의 끝없는 시간의 연속에. 그러나, 그녀는 그렇게 할 수도 없으며 그렇게 하지도 않을 것이다.

수잔은 일어나 옷을 입고 내려가서 파크스 부인을 찾았다. 매튜가 돈을 남겨두고 가는 것을 잊었다고 말하고 1파운드를 꿔달라고 했다. 남편들은 언제나 똑같다느니, 생각이 없다느니 하는 이야기들을 파크스 부인과 나눈 뒤, 위층에서 전화를 받고 있는 소리가 들리는 소피에게는 아무 말도 않은 채 지하철을 타고 사우스 켄싱턴으로 가서, 다시 순환선으로 갈아타고 패딩턴에서 내려 프레드의 호텔로 걸어갔다. 호텔에 가서 그녀는 프레드에게 결국 여행을 가지 않았다고 말하고 방이 필요하다고 했다. 한 시간을 기다려야 한다고 프레드는 말했다. 그녀는 길모퉁이 근처에 있는, 사람들로 붐비는 다방 겸 식당으로 가서, 계속 열렸다 닫혔다 하는 문을 통해 쏟아져 들어오고 나가는 사람들을 보며 앉아 있었다. 그들이 섞이고 합쳐지고 갈라지는 것을 보면서, 자신이 그들 속으로, 그들의 움직임 속으로 흘러들어 가는 것처럼 느껴졌다. 시간이 되자, 그녀는 차 한 잔 값으로 반 크라운을 남겨놓고 뒤도 돌아보지 않고 그곳을 나왔다. 그녀의 집, 크고 아름답고 하얀 그 집을 한 번 더 보지도 않고 소피에게 조용히 바치고 떠난 것과 같이. 그녀는 프레드에게 가서, 이제는 비어 있는 19호실의 열쇠를 받아 때 묻은 층계를 천천히 올라갔다. 눈을 높이 치켜뜬 채 한층 한층이 그녀의 아래로 사라지게 하며 올라가고 있어서, 각 층은 그녀의 시야 속으로 갑작스레 내려왔다 사라지곤 했다.

19호실은 여전했다. 그녀는 예리하고 엄밀한 눈빛으로 점검하듯 모든 것을 응시했다. 두 육체가 그 아래에서 경련을 끝낸 후 아무렇게

나 다시 덮어놓은 싸구려 공단 침대보의 광택과, 서랍장 위의 거울 표면에 묻어 있는 분의 흔적과, 커튼 주름 속의 강한 녹색 음영을. 그녀는 창가에 서서 아래를 내려다보았으며, 머리가 멍해질 때까지 사람들이 지나가고 또 지나가는 것을 바라보았다. 그런 다음 고리버들 세공의자에 앉아 자신을 이완시켰다. 그러나 오늘은 5시에 프레드가 두드리는 노크 소리에 놀라고 싶지 않기 때문에 조심을 해야만 했다.

그 악마들은 여기에 없었다. 그녀가 그들로부터 자유를 샀기 때문에 그들은 영원히 사라져버렸다. 몸속에 흐르는 피와 같이 내부에서 그녀를 애무하는 듯한 어두운 결실의 꿈속으로 그녀는 이미 미끄러져 들어가고 있었다. 그러나 먼저 매튜에 대해 생각해야만 했다. 검시관을 위해 편지를 한 통 써야 할까? 그렇지만 무엇을 써야 할까? 그녀는 아침에 본 표정을 그대로 그의 얼굴에 남긴 채 그를 떠나고 싶었다. 분명 진부한 표정이긴 했지만 적어도 자신감 있는 건강한 표정이었다. 물론 그건 불가능하다. 아내가 자살한 남자의 얼굴이 그럴 수는 없다. 그런데 어떻게 그녀가 남자 때문에—매혹적인 출판업자 마이클 플랜트 때문에—죽었다고 그가 믿게 내버려둘 수 있을까? 오, 얼마나 우스꽝스럽담! 얼마나 부조리해! 얼마나 굴욕적이람! 그러나 그것에 신경 쓰지 않기로, 그저 산 사람들에 대해서는 생각하지 않기로 결심했다. 그녀에게 애인이 있었다고 믿기를 원하면 그렇게 믿을 것이다. 그리고 그는 그렇게 믿기를 '원했다'. 런던에 마이클 플랜트라는 출판업자가 없다는 사실을 알게 될 때에도 그는 이렇게 생각할 거야. 아 불쌍한 수잔, 그 사람의 진짜 이름을 내게 말하기 두려웠나 보군.

그리고 그가 필 헌트와 결혼하든 소피와 결혼하든 무슨 상관이란 말인가? 그래도 이미 아이들의 엄마나 다름없는 소피가 상대가 되어야 하긴 하지만 말이야. 그리고 더 이상 머물 기력이 없어서 그들을 떠나려고 하는 마당에 여기 앉아 아이들에 대해 걱정하는 것은 얼마나 위선적인가.

그녀에게는 약 네 시간 정도가 남아 있었다. 그 시간을, 강의 가장자리에 자신을 서서히 서서히 밀어 넣으며, 즐겁고 어둡고 달콤하게 보냈다. 그리고 의식 속에 어떤 끊김도 없이 일어나, 얇은 양탄자로 문틈을 막고, 창문이 꼭 닫혔는지 확인한 후, 미터기에 2실링을 넣고 가스를 틀었다. 그 방에 드나들기 시작한 이래 처음으로 그녀는 퀴퀴한 냄새가 나는, 땀과 섹스의 냄새가 나는 딱딱한 침대 위에 누웠다.

그녀는 녹색 공단 침대보 위에 누웠는데 다리가 으슬으슬했다. 일어나 서랍장 맨 밑에 개켜져 있는 담요를 찾아 조심스럽게 다리에 덮었다. 그녀는 거기에 만족스럽게 누워 방으로, 그녀의 허파 속으로, 머릿속으로 쏟아져 들어오는 가스의 희미하고 부드러운 쉬익 소리를 듣고 있었다. 어두운 강으로 떠내려가면서.

겨울의 꿈

F. 스콧 피츠제럴드

I

골프장의 캐디들 중 몇몇은 너무나 가난해서 앞마당에 신경 쇠약증에 걸린 듯한 소를 키우며 방이 하나뿐인 집에서 살았으나 덱스터 그린은 블랙 베어에서 두 번째로 큰 식료품상을 하는 집—제일 좋은 식료품 가게는 '허브'로 셰리 아일랜드에서 온 부자들이 단골로 드나드는 곳이었다—아들이었다. 그는 다만 용돈을 벌려고 캐디로 일했다.

메마르고 잿빛으로 가득한 가을과, 미네소타의 긴 겨울이 마치 상자의 흰 뚜껑처럼 내려 덮이면, 덱스터는 스키를 타고 골프장의 잔디 언덕을 덮은 눈 위를 달렸다. 이 고장에 겨울이 오면 그는 무척 우울해졌다. 기나긴 계절 동안 그냥 묵혀두어야 하는 골프장에 가끔씩 꺼칠해진 참새 떼만 나타나는 상황에 화가 났기 때문이었다. 황량했다.

여름에는 화려한 깃발들이 나부꼈던 티tee에는 이제 딱딱한 얼음 속에 무릎 깊이로 박혀버린 모래 상자들만이 있었다. 그가 언덕을 가로지를 때면 바람은 매몰차게 불었다. 해가 나와 있으면 너무나 눈부신 그 빛으로 인해 덱스터는 눈을 가늘게 뜨고 터벅터벅 걸어갔다.

4월이 되면 겨울은 급작스레 끝났다. 언덕 위에 쌓인 눈이 바람에 휩쓸려 블랙 베어 호수로 내려오기가 무섭게, 성급한 골퍼들은 빨갛고 까만 공들을 가지고 용감하게 계절에 맞섰다. 추위는 미처 그 기세를 펴기도 전에, 습기로 가득한 장관의 중간 단계도 없이 사그라졌다.

덱스터는 이 북쪽 지방의 가을에 매력적인 그 무엇이 있듯이, 봄에는 뭔지 모를 황량함이 있다는 것을 알았다. 가을이 오면 그는 주먹을 움켜쥐고 부들부들 떨면서 바보 같은 말을 되뇌며, 마치 상상 속에서 청중이나 군대를 호령하는 듯 급작스럽게 부산한 몸짓을 하곤 했다. 10월은 그를 희망에 차게 했으며 11월은 이 희망을 일종의 환희에 찬 승리감으로 승화시켰다. 이러한 기분 속에서 살같이 스쳐간 셰리 아일랜드에서의 화려했던 여름이 준 인상에 대한 기억은 언제나 쉽게 추억으로 회상할 수 있는 보고가 되었다. 덱스터는 상상 속의 골프 코스에서 수백 번씩 T. H. 헤드릭 씨를 경이롭게 물리치고 골프 챔피언이 되었다. 그때마다 덱스터는 매번 시합의 내용을 지치지도 않고 다양하게 바꿔서 머릿속에 그려보곤 했다. 때로는 거의 우스우리만치 쉽게 이겼으며, 때로는 아주 멋지게 역전승을 하기도 했다. 또는 피어스-애로 자동차에서 마치 모티머 존스 씨처럼 내려서 셰리 아일랜드 골프 클럽의 라운지로 거만하게 걸어 들어가거나, 혹은 그를 흠모하는 군중에 둘러싸여 클럽의 도약판에서 환상적인 다이빙을 하는 모습을 보여주기도 했다. 감탄해서 입을 벌리며 바라보는 군중들 속에는 모티머 존스 씨가 있었다.

그러던 어느 날, 상상 속의 환영이 아닌 바로 실제의 존스 씨가 눈에 눈물까지 글썽이며 덱스터에게 다가왔다. 그는 덱스터가 이 클럽 최고의 캐디라고 하면서 만일 자신이 합당한 대우를 해준다면 그만두려는 마음을 돌릴 수 있겠느냐고 물었다. 왜냐하면 다른 캐디들은 거의 누구나 홀마다 공 하나씩은 잃어버리곤 했기 때문이다.

"그만 두겠습니다." 덱스터는 단호하게 말했다. "저는 더 이상 캐디 일을 하고 싶지 않습니다." 그리고 잠시 후에 "너무 나이를 먹었거든요"라고 말했다.

"너는 이제 겨우 열네 살밖에 되지 않았잖아. 도대체 왜 하필 오늘 아침에 캐디를 그만두겠다는 거지? 다음 주에 나와 함께 주州 토너먼트 시합에 나가겠다고 약속하지 않았나?"

"저는 이제 너무 나이를 먹었기 때문에 그만두기로 결심했습니다."

덱스터는 가지고 있던 'A급' 배지를 넘겨주고 캐디 장長으로부터 그의 몫의 돈을 받은 다음 블랙 베어 마을에 있는 집으로 걸어갔다.

"내가 만나본 캐디 중에서 최고였지." 그날 오후 존스 씨는 술을 마시면서 큰 소리로 말했다. "공 하나도 잃어버리지 않았어. 언제나 자발적이고, 영리하고, 조용하고, 정직하고, 감사할 줄 알았지!"

그러나 덱스터가 갑자기 캐디를 그만두게 된 이유는 바로 열한 살 난 소녀 때문이었다. 수년 뒤에는 너무나 아름답게 자라서 수많은 남자들의 마음을 고통스럽게 만들 운명을 타고난 그런 여자아이에게서 보이는 심술궂은 아름다움을 지닌 소녀…… 그 소녀에게는 이미 그러한 기미가 보였다. 그녀가 미소를 지을 때 입술이 아래로 비뚤게 내려간 모습에서는 사악함마저 보였고—그리고 맙소사—그녀의 눈에는 불같은 열정까지도 보였다. 생동감은 그런 여자들에게는 타고난 것이었다. 그것이 지금 그녀의 가냘픈 몸매를 통해 일종의 광채처럼 명확하게 빛나고 있었다.

그녀는 아침 9시에 흰 리넨 옷을 입은 유모에게 다섯 개의 작은 새 골프채를 넣은 흰 캔버스 가방을 들리고 열의에 차서 골프장에 나타났다. 덱스터가 그녀를 처음 보았을 때, 그녀는 캐디 하우스 옆에서 있었는데 유모와 부자연스럽게 대화를 나누며 다소 불편한 심사를 가식적으로 감추려 애쓰고 있었다.

"힐다, 날씨가 정말 좋구나." 덱스터는 그 소녀가 말하는 소리를 들었다. 그녀는 입꼬리를 내리면서 웃었는데, 주위를 슬쩍 둘러보던 그녀의 눈이 순간 덱스터에게 머물렀다. 그리고는 유모에게 말했다.

"오늘 아침에는 사람이 별로 많지 않은 것 같아, 안 그래?" 그녀는 화려하고, 노골적으로 가식적인, 그리고 자신 있는 미소를 지었다.

"이제 뭘 어쩌면 좋을지 모르겠어요." 유모는 그저 아무 데나 둘러보며 말했다.

"괜찮아. 내가 알아볼게."

덱스터는 입을 약간 벌린 채 꼼짝하지 않고 서 있었다. 그가 한 발이라도 앞으로 나서면 그녀를 훔쳐보는 자신의 모습이 그녀의 시야에 들어갈 것이고, 한 발 뒤로 물러서면 더 이상 그녀의 얼굴 전체를 볼 수가 없을 것이다. 잠시 동안 덱스터는 그녀가 얼마나 어린지조차 깨닫지 못했다. 지난해에 골프 바지 차림의 그녀를 몇 번인가 보았던 기억이 났다. 그는 자기도 모르게 갑자기 웃다가 깜짝 놀라서 몸을 돌려 재빨리 그곳을 벗어나기 시작했다.

"이봐요!"

덱스터는 멈추었다.

"이봐요-"

분명히 자기를 부르고 있었다. 뿐만 아니라 그녀는 바로 자신에게 그 건방진 미소를 짓고 있는 것이었다. 적어도 수십 명쯤 되는 남자들이 중년이 될 때까지도 잊지 못할 그 건방진 미소를.

"저기, 골프 선생님이 어디 있는지 알아요?"

"선생님은 레슨 중이세요."

"그럼 캐디 장은 어디에 있죠?"

"오늘 아침에 아직 출근하지 않으셨어요."

"아." 그 소녀는 잠시 당황한 듯했다. 그녀는 오른발과 왼발에 교대로 몸무게를 옮기면서 서 있었다.

"우리는 캐디가 있었으면 좋겠는데요." 유모가 대신 말했다. "모티머 존스 씨 부인께서 골프를 치라고 우리를 보내셨는데 캐디가 없다면 어떻게 해야 할지 모르겠네요."

존스 양이 험악한 눈길을 보내자 유모가 입을 다물었고 그녀는 곧 예의 그 미소를 지었다.

"지금 여기에 캐디는 나밖에 없어요. 그리고 캐디 장이 나올 때까지 내가 여기를 지키고 있어야 해요." 덱스터가 유모에게 말했다.

"아."

존스 양과 유모는 물러나서 덱스터와 적당한 거리를 두고 열띤 대화를 나누었다. 그 대화는 존스 양이 골프채를 들고 땅을 거칠게 치는 것으로 끝이 났다. 그녀가 더 단호한 태도로 골프채를 쳐들어 막 유모의 가슴을 향해 거칠게 내려치려는 찰나, 유모가 그녀의 손에서 골프채를 잡아 비틀었다.

“이 망할 늙은이 같으니!” 존스 양이 거칠게 소리쳤다.

또 다른 말다툼이 계속되었다. 자신의 앞에서 벌어지는 우스꽝스러운 광경에 덱스터는 여러 번 웃음이 나왔지만 그들에게 들릴까 봐 참았다. 덱스터는 그 어린 소녀가 유모를 때리는 것이 정당하다는 괴이한 확신을 떨쳐버릴 수 없었다. 그 상황은 때마침 나타난 캐디 장에게 유모가 하소연함으로써 해결이 되었다.

“존스 양이 캐디를 구하는데 이 사람이 나갈 수가 없다고 하네요.”

“메케나 씨가 저더러 당신이 올 때까지 여기서 기다리라고 하셨어요.” 덱스터가 재빨리 말했다.

“자, 이제 그가 왔잖아요.” 존스 양이 캐디 장을 보며 쾌활하게 웃었다. 그리고는 가방을 내려놓고 첫 번째 티를 향해 거만하게 걸어가기 시작했다.

그러자 캐디 장이 덱스터에게 소리쳤다. “왜 바보같이 우두커니 서 있는 거야? 가서 저 아가씨의 골프채를 들어드려.”

“전 오늘 필드에 나가지 않을 겁니다.”

“나가지 않겠다고?”

“그만둘 거예요.”

너무나 큰 결정을 쉽게 내려 덱스터 자신도 놀랐다. 그는 인기 있는 캐디였고 그가 여름 동안 버는 월 30달러라는 돈은 호수 근방의 어디에서도 벌 수 없는 큰 금액이었다. 그러나 덱스터는 감정적으로 강한 충격을 받았고 그로 인한 마음의 동요는 어떤 극단적이며 즉각적인 배출구를 필요로 했다.

그러나 그것은 그렇게 간단한 것만은 아니었다. 그의 미래에도 자주 그러하듯이 덱스터는 무의식적으로 그의 겨울의 꿈들에 의해서 지배를 받게 되었다.

II

물론 이들 겨울의 꿈의 성질이나 그 계절성이라는 것은 바뀌었어도 본질은 그대로 남아 있었다.

그 꿈들은 덱스터에게 수년 뒤 동부에 있는 보다 역사가 오래 되고 유명한 대학에 다니려는 불확실한 이점을 위해 주립대학의 경영학 과정을 포기하게끔 했다. 지금은 사업이 번창하는 그의 아버지가 아들의 앞날을 위해 돈을 댈 수도 있으나 당시에는 돈이 넉넉하지 않아 덱스터는 곤란을 겪었다. 그러나 그의 겨울의 꿈들이 처음에 우연하게도 부자들에 대한 생각과 관계가 있다고 해서 그 소년에게 속물적인 면이 있었다는 인상을 갖지 말아야 한다. 그는 번쩍거리는 물건들과 화려한 사람들과 관계를 맺기를 원했던 것이 아니라 빛나는 사물 그 자체를 원했었다. 종종 덱스터는 왜 원하는지도 모르면서 최상의 것을 향해 손을 뻗었고, 때로는 인생이 탐닉하는 신비한 부정이나 금기들에 부딪히기도 했다. 여기 이 이야기가 다루는 부분도 그러한 금기들 중 하나에 관한 것이며 그의 출세에 관한 이야기는 아니다.

그는 돈을 벌었다. 그것은 놀랄 정도였다. 대학을 졸업한 후 덱스터는 블랙 베어 호수에 자주 놀러오는 부유한 사람들이 사는 그 도시로 갔다. 그가 겨우 스물세 살 때, 그곳에 간 지 채 2년이 되지 않았을 때인데도 이미 "굉장한 젊은이가 있어"라고 말하기를 좋아하는 사람들이 생겼다. 주위에서 부잣집 아들들이 위험하게 채권에 기웃거리거나, 물려받은 재산을 불확실한 곳에 투자하거나 혹은 '조지 워싱턴 상업 수업'이라는 두 질이나 되는 책들을 힘겹게 공부할 때 덱스터는 학위와 자신 있는 언변을 바탕으로 천 달러를 빌려서 어느 세탁소의 공동 경영권을 샀다.

그가 처음 뛰어들었을 때는 작은 세탁소에 불과했다. 그러나 덱스터는 영국 사람들이 어떻게 모직 골프 양말을 줄어들지 않게 세탁하는지 그 비결을 알게 되었고 이를 전문으로 하여 1년이 채 가기 전에 니커보커 바지(무릎 부분에서 매는 헐거운 반바지로 당시 골프복으로 유행함—옮긴이 주)를 입은 자들의 구미를 맞추게 되었다. 사람들이 골프공을 잘 찾을 수 있는 캐디를 선호하듯이 그들은 셰틀랜드산 양모 반바지나 스웨터를 그의 세탁소에 맡기기를 고집했다. 얼마 후에는 그들의 아내들 역시 고급 속옷을 덱스터에게 맡겼으며 그는 그 도시의 다른 장소에 다섯 개의 지점을 운영하게 되었다. 스물일곱 살이 채 되기도 전에 덱스터는 그가 사는 그 지방에서 가장 큰 세탁소 체인을 소유하게 되었다. 그가 세탁소들을 팔고 뉴욕으로 간 것은 바로 이 무렵이었다. 그러나 우리의 관심을 끄는 부분의 이야기는 그가 첫 번째 큰 성공을 거두고 있던 그 시절로 돌아간다.

그가 스물세 살 때 "굉장한 젊은이가 있어"라고 말하기를 좋아했던 머리가 희끗희끗한 사람들 중 한 명인 하트 씨가 그에게 셰리 아일랜드 골프 클럽에서 주말을 보낼 수 있는 초대권을 주었다. 그래서 어느 날 덱스터는 그의 이름을 등록하고 그날 오후 하트 씨, 샌드우드 씨, 그리고 헤드릭 씨와 함께 넷이서 한 조가 되어 골프를 쳤다. 그는 자신이 한때 하트 씨의 골프 가방을 바로 이 골프 코스에서 들고 다닌 적이 있어서 눈을 감고도 모든 모래 함정과 도랑이 어디 있는지 안다고 말할 필요를 느끼지는 않았다. 그러나 그들을 뒤따르는 네 명의 캐디에게서 자신의 옛 모습을 상기시키는 어떤 눈빛이나 몸짓을 찾으려고 애쓰며 자신의 과거와 현재 사이의 간극을 줄이려고 하는 자신을 발견했다.

그날은 친숙한 기억들이 섬광처럼 급작스럽게 내려꽂히는 그런 이상한 날이었다. 한순간 그는 자신이 마치 불법 침입자가 된 것 같은 느낌이 들다가 또 다음 순간에는 이제는 더 이상 골프를 잘 치지도 못하고 그저 따분한 사람에 불과한 헤드릭 씨에게 굉장히 강한 우월감을 느꼈다.

잠시 후 하트 씨가 15번 그린 가까이에서 잃어버린 공으로 인해 굉장한 일이 일어났다. 그들이 러프의 뻣뻣한 잔디 속에서 공을 찾고 있을 때 뒤쪽 언덕에서 "조심해요" 하는 낭랑한 목소리가 들려왔다. 그들이 공을 찾는 일을 멈추고 급히 몸을 돌리는 순간 깨끗한 새 공 하나가 갑자기 언덕 위로 날아와 헤드릭 씨의 배를 맞혔다.

"맙소사!" 헤드릭 씨가 외쳤다. "정신 나간 여자들을 골프장에서 쫓아내야 돼. 이거 너무하잖아."

언덕 위로 목소리가 들리면서 동시에 사람 머리가 나타났다.

"지나가도 될까요?"

"당신 공이 내 배를 맞혔어." 헤드릭 씨가 거칠게 쏘아붙였다.

"그래요?" 그녀가 남자들에게 다가왔다. "미안해요. 조심하라고 외쳤는데."

그녀는 아무렇지도 않게 그들의 얼굴을 하나하나 바라보고는 공을 찾으려고 잔디를 찬찬히 훑어보았다.

"제 공이 러프 쪽으로 튕겨갔나요?"

이 질문이 순진한 것인지 악의적인 것인지 알 수가 없었다. 그러나 곧 그녀의 동료가 언덕 위로 올라오자 그녀는 주저 없이 떠나면서 쾌활하게 그 사람을 불렀다.

"나 여기 있어요. 나는 그린 위로 친다고 쳤는데 대신 무언가를 맞혔어요."

그녀가 짧은 매쉬(중거리용 골프채의 하나—옮긴이 주) 샷을 치려고 자리를 잡았을 때 덱스터는 그녀를 자세히 바라보았다. 그녀는 푸른색 줄무늬가 있는 옷을 입고 있었는데 목과 어깨 부분에 있는 흰색 테두리는 갈색으로 그을린 그녀의 피부를 돋보이게 했다. 열한 살 때의 여윈 몸과 정열적인 눈, 아래로 내려간 입을 이상하게 보이게 했던 그 과장된 인상은 지금은 사라지고 없었다. 그녀는 숨이 멎을 만큼 아름다웠다. 그녀의 뺨의 홍조는 마치 그림에서 보는 것처럼 한 곳에 모여 있었다. 그러나 그것은 '짙은' 색이 아니라 사라졌다 다시 격렬해졌다 하는 일종의 강렬한 열기였으며, 어느 한순간에 사라져버릴 듯한 색조였다. 그 뺨의 색조와 그녀의 입의 움직임은 변화하는 격렬한 생명과 열정적 생동감을 보다 강하게 해주었고 이 인상은 그녀의 눈에 나타난 슬플 정도의 황홀함에 의해 겨우 약간의 균형을 맞추고 있었다.

그녀는 성급하고 성의 없게 골프채를 휘둘렀고 공을 그린의 다른 쪽에 있는 모래로 쳐버렸다. 그리고는 재빨리 거짓 미소를 띠며 아무렇지 않게 "고마워요"라고 말하고 공을 따라 가버렸다.

"그 소문난 주디 존스야." 다음 티에서 그녀가 먼저 공을 칠 동안 잠시 기다리면서 헤드릭 씨가 말했다. "저런 여자는 그저 여섯 달 동안 엎어놓고 볼기를 두드려 구닥다리 기병대 장교에게나 시집보내버려야 해."

"휴우, 미인이네요." 막 서른 살이 넘은 샌드우드 씨가 말했다.

"미인이라고!" 경멸스런 어조로 헤드릭 씨가 말했다. "항상 키스를 받길 원하는 듯이 보이지. 저 소같이 큰 눈을 마을의 모든 순진한 남자들에게로 돌리면서 말이야!"

헤드릭 씨가 모성 본능에 대해 언급하려고 한 것 같지는 않았다.

"좀 더 애쓰면 잘 칠 수 있겠는데요." 샌드우드 씨가 말했다.

"폼이 엉망이야." 헤드릭 씨가 잘라 말했다.

"몸매가 근사한 걸요." 샌드우드 씨가 말했다.

"저 여자가 더 빠른 공을 치지 않은 것만도 하나님께 감사해야지." 이렇게 말하면서 하트 씨가 덱스터에게 눈을 찡긋했다.

늦은 오후 태양이 황금색과 푸른색, 진홍색으로 다채롭게 섞여 소용돌이를 치며 기울자 건조하고 바람 살랑이는 서부의 여름밤이 찾아왔다. 덱스터는 골프 클럽의 베란다에서 미풍에도 호수의 물결이

고르게 겹쳐지는 모습, 중추의 만월 아래 은빛의 진한 당밀 같은 호수를 지켜보고 서 있었다. 교교한 달빛도 숨을 죽이자 호수는 맑은 풀장으로 바뀌었는데 어슴푸레하고 고요했다. 덱스터는 수영복을 입고 가장 멀리 떠 있는 부잔교浮棧橋까지 헤엄쳐가서 도약판 위의 젖은 캔버스천 위에서 물을 뚝뚝 흘리며 몸을 뻗고 누웠다.

물고기가 수면 위로 튀어오르고 별은 빛나며 호수 주위로는 불빛들이 반짝거렸다. 어두운 반도 쪽으로부터 지난해 여름과 그 이전 해 유행했던 여름 노래들을 연주하는 피아노 소리가 들려왔다. '친-친', '룩셈부르크 공작', '초콜릿 병사' 등에 나오는 노래들이었다. 덱스터에게는 잔잔하게 펼쳐진 수면 위로 들리는 그 피아노 소리가 언제나 아름답게 들렸다. 그는 꼼짝도 하지 않고 그 음악 소리를 듣고 있었다. 그 순간에 연주되고 있는 곡들은 5년 전 덱스터가 대학교 2학년이었던 때엔 유쾌하고 새로운 곡들이었다. 덱스터가 아직 무도회의 사치를 누릴 수 없었던 시절, 그 곡들은 대학 댄스파티에서 연주되었고 그는 체육관 밖에 서서 듣고 있었다. 그 곡조는 일종의 황홀감을 불러일으켰고 그 황홀감 속에서 덱스터는 지금 자신에게 일어난 일을 바라보았다. 그것은 강렬한 감사를 불러일으키는 느낌이었다. 즉 일생에 딱 한 번 자신의 삶과 조화를 이루어 잘 살고 있으며 주위의 모든 것이 이전에는 결코 알지 못했던 화려한 빛과 영광을 강렬하게 내뿜고 있다는 그런 느낌이었다.

갑자기 낮고 흐릿한 타원형의 무엇인가가 섬의 캄캄한 어둠 속에서 떨어져나와 그의 시야에 들어왔는데 그것은 경기용 모터보트가 내는 소리를 내뱉었다. 두 개로 갈라진 흰 물길이 그 뒤에 이어졌으며 물보라가 내는 단조로운 저음 속으로 피아노 선율의 뜨거운 울림을 삼키면서 거의 순식간에 보트가 그의 옆에 와 있었다. 팔을 대고 몸을 일으키면서 덱스터는 보트의 운전대를 잡고 서 있는 사람의 형체를, 길게 늘어진 물 위로 그를 바라보는 두 개의 검은 눈을 의식했다. 보트는 그를 지나쳐 가서 거대하고 무심한 물보라를 호수 한가운데서 둥글게, 둥글게 주변으로 흩뿌리는 것이었다. 그 원들 중 하나가 마찬가지로 기묘하고 평편하게 펼쳐지더니 부잔교 쪽을 향해 왔다.

"거기 누구죠?" 그녀가 외치면서 모터를 껐다. 지금 그녀는 아주 가까이에 있어서 덱스터는 분홍색 원피스 수영복을 입고 있는 그녀의 모습을 분명히 볼 수 있었다.

이때 뱃머리가 부잔교에 부딪쳤고 그것이 급작스럽게 기울어 덱스터의 몸이 그녀 쪽으로 쏠렸다. 비록 관심의 정도는 달랐으나 그들은 서로를 알아보았다.

"아까 오후에 골프를 쳤던 분들 중 한 분 맞죠?" 그녀가 물었다. 덱스터는 그렇다고 대답했다.

"모터보트 몰 줄 아세요? 만약 몰 줄 안다면 내가 뒤에서 서프보드surfboard를 탈 수 있게 보트를 몰아주면 좋겠는데. 나는 주디 존스예요." 그리고 덱스터에게 그 묘한 웃음을 지어 보였다. 아니 웃으려 애썼다고 하는 편이 더 나을 것이다. 웃으면 늘 그렇듯이 그녀의 입이 비틀어졌는데 그것은 전혀 괴이하지도 않았고 그저 아름답기만 했다. "나는 저 섬에 있는 집에 사는데 지금 집에서 어떤 남자가 나를 기다리고 있어요. 그가 차를 몰고 우리 집 문에 도착했을 때 난 부두에서 보트를 몰고 나와버렸죠. 내가 뭐 자기 이상형이라나."

물고기가 수면 위로 튀어오르고 별은 빛나며 호수 주위로는 불빛들이 반짝거렸다. 덱스터는 주디 옆에 앉았고 그녀는 어떻게 보트를 운전하는지 설명해주었다. 그리고 그녀는 물속으로 들어가서 서프보드를 향해 유연하게 헤엄쳐갔다. 그녀의 모습은 나뭇가지가 흔들거리는 것이나, 갈매기가 나는 것을 보는 것처럼 자연스러웠다. 버터 호두 빛으로 그은 그녀의 팔이 흐릿한 백금 빛 주름 같은 물결 사이로 유연하게 움직였다. 팔꿈치가 먼저 드러나면서, 떨어지는 물의 리듬에 맞춰 팔을 뒤로 뻗치고 내리며 앞을 향해 물길을 갈랐다.

그는 호수 가운데로 나가서 배를 돌렸다. 위로 쳐들린 서프보드의 낮은 뒤쪽에 그녀가 꿇어앉아 있는 것이 보였다.

"좀 빨리 몰아요. 가능한 빨리요." 그녀가 소리쳤다.

덱스터는 그녀가 시키는 대로 순순히 레버를 앞으로 밀었다. 하얀 물안개가 뱃머리에 피어올랐다. 그가 다시 뒤를 돌아보았을 때, 그녀는 달리는 서프보드 위에서 두 팔을 활짝 펴고 시선은 달을 향한 채 서 있었다.

"끔찍이도 춥군요." 그녀가 큰 소리로 외쳤다. "당신 이름은 무엇이죠?" 덱스터는 이름을 말해주었다. "내일 저녁 식사하러 오지 않겠어요?"

그의 마음은 마치 보트의 회전 조절용 바퀴처럼 뒤집혔다. 그리고 두 번째로 그녀의 우연한 변덕이 덱스터의 삶에 새로운 방향을 제시해주었다.

III

다음날 저녁, 부드럽고 그윽한 분위기의 여름 거실과 그리로 통하는 테라스에서 덱스터는 이미 주디 존스를 사랑하고 있는 사람들과 섞여서 그녀가 아래층으로 내려오기를 기다리고 있었다. 그는 그들이 어떤 부류의 사람들인지 알고 있었다. 그들은 덱스터가 처음 대학에 들어갔을 때 이미 훌륭한 예비학교를 마치고 온 사람들로, 우아한 옷을 입고 건강한 여름을 보내 짙게 그은 피부를 지니고 있었다. 덱스터는 어떤 면에서는 자신이 그들보다 더 낫다고 생각했다. 그는 그들보다 더 새로웠고 더 강했다. 그럼에도 자신의 아이들은 그들처럼 되었으면 하고 바라는 것을 보면, 자신은 단지 그들과 같은 부류의 사람들이 계속해서 나오는 거칠고 강한 시조는 될지언정 그들이 될 수 없음을 알고 있었다.

좋은 옷을 입어야 할 때가 되면, 그는 미국에서 최고의 재단사가 누구인지 알고 있었다. 그리고 오늘 저녁 그가 입은 옷도 바로 최고의 재단사가 만들었다. 덱스터는 다른 대학과 구별되는, 그가 나온 대학 특유의 특징인 독특한 자제력을 배우게 되었다. 덱스터는 그와 같은 태도가 자신에게 가치가 있음을 알았고 그래서 그러한 태도를 취했다. 그는 옷이나 태도에 있어서 무신경하게 행동하는 것이 세심한 주의를 기울이는 것보다 더 신뢰를 받는다는 것을 알았지만 무신경함은 그의 후손들에게나 해당되는 문제였다. 그의 어머니의 성은 클림플리치였고 그녀는 보헤미아의 농부 출신이었다. 그녀는 죽는 날까지 서툰 영어를 썼고 그녀의 아들은 주어진 패턴을 따라야만 했다.

7시가 조금 지나자 주디가 아래층으로 내려왔다. 그녀는 푸른색 실크로 만든 드레스를 입고 있었는데 덱스터는 그녀가 더 화려한 드레스를 입고 있지 않아서 처음에는 조금 실망했다. 이 느낌은 짧은 인사 뒤에 그녀가 집사의 식기실 문을 열면서 "마사, 식사를 들여와요"라고 외쳤을 때 더욱 강해졌다. 그는 집사가 와서 저녁 식사가 준비되었다고 알리고 칵테일 잔이 돌려질 것이라고 기대했었다. 그러나 그들이 라운지에 나란히 앉아서 서로를 쳐다보게 되자 덱스터는 이런 생각을 뒤로 접었다.

"아버지, 어머니는 여기 안 오실 거예요." 그녀가 미리 말했다. 그는 그녀의 아버지를 마지막으로 보았을 때의 모습을 떠올리며 그녀의 부모가 오늘 밤 여기에 없다는 사실이 기뻤다. 그녀의 부모는 그가 누구인지 궁금해할 테니까. 덱스터는 그곳에서 북쪽으로 50마일이나 멀리 떨어진 미네소타 주의 시골 마을인 키블에서 태어났는데 늘 블랙 베어 마을보다는 키블이 고향이라고 말했다. 눈에 띄지 않고, 인기 있는 호수들에 의해 그 발판으로나 이용되는 곳이 아니면 차라리 시골 지방 출신으로 통하는 편이 오히려 나았기 때문이다.

그들은 그가 다닌 대학에 대해 이야기했는데, 그녀는 지난 2년 동안 그곳에 자주 갔었다고 했다. 또 셰리 아일랜드의 고객들이 사는 이웃 도시에 대한 이야기도 나누었다. 덱스터는 번창하고 있는 세탁 사업 때문에 그 이튿날 그곳으로 돌아갈 예정이었다.

저녁 식사를 하는 동안 그녀는 우울한 기분에 빠져 있었고 그 때문에 덱스터는 마음이 불편했다. 그녀가 쉰 듯한 목소리로 내뱉는 하찮으나 심술궂은 말이 비록 사소한 것이라도 그를 불안하게 했다. 그녀가 무엇을 보고 미소를 짓던 간에—그에게나, 닭 간으로 만든 요리나, 혹은 그 어떤 것이라도—그녀의 미소가 재미나 즐거움으로 인해 나오는 것이 아니라는 사실이 그를 당황하게 했다. 그녀의 진홍색 입술의 꼬리가 아래로 곡선을 그리며 내려갈 때 그것은 단지 미소라기보다는 키스를 요구하는 초대였다.

저녁 식사가 끝난 후, 그녀는 덱스터를 어두운 테라스로 데리고 가 의도적으로 분위기를 바꾸었다.

"좀 울고 싶은데 괜찮겠어요?" 그녀가 물었다.

"내가 당신을 싫증나게 했나 보군요." 재빨리 그가 말했다.

"아니에요. 난 당신이 좋아요. 그런데 오늘 오후에는 기분이 끔찍했어요. 내가 괜찮게 생각하는 남자가 있었는데 글쎄 오늘 대낮에 자기는 완전히 가난뱅이라고 하는 거예요. 이전에는 그런 기미도 보인 적이 없었어요. 이 이야기가 아주 세속적으로 들려요?"

"아마도 당신에게 사실대로 이야기하는 것이 두려웠나 보군요."

"그럴지도 모르죠. 그는 시작부터 틀렸어요. 내가 그를 가난하다고 생각했더라면…… 내가 반했던 사람들 중에는 가난한 남자들도 많았고 나는 그들과 결혼할 생각도 정말로 많이 했어요. 그러나 이 경우는, 그 남자를 그런 식으로는 생각하지 않았기 때문에 내가 그에 대해 가졌던 호의는 그 충격을 이길 만큼 강하지 못했던 거죠. 마치 자신을 처녀라고 믿고 있던 약혼자에게 태연하게 과부라고 말하는 것처럼…… 아마 그는 과부라도 싫다고 하지 않겠지만, 그렇지만……"

"자, 우리 제대로 시작해봐요." 그녀는 갑자기 말을 끊었다. "도대체 당신은 누구죠?"

잠시 동안 덱스터는 망설였다. 그리고는 "나는 그저 평범한 사람이에요. 내 출세는 주로 미래에 달려 있습니다"라고 단언했다.

"가난한가요?"

"아니요." 그는 솔직하게 말했다. "아마도 북서부 지역에서 내 또래의 그 누구보다도 돈을 많이 벌고 있을 겁니다. 그 말이 건방지게 들리리라는 것은 알지만, 당신이 우리 시작부터 명확하게 하자고 해서요."

잠시 침묵이 흘렀다. 그리고서 그녀가 미소를 지었고 입꼬리가 아래로 떨어지면서 거의 느껴지지 않을 만큼 그에게로 몸이 기울었다. 그와 가까워진 그녀가 덱스터의 눈을 올려다보았다. 덱스터는 목이 메었다. 그는 숨을 멈추고 다음 순간을 기다렸다. 그들의 입술이 신비롭게 형성해낼 예견하지 못했던 결합의 순간을. 그리고 그는 보았다. 그것은, 그녀의 흥분을 그에게 아낌없이, 깊숙이 전하는 그것은 약속이 아니라 충족의 입맞춤이라는 것을. 그 입맞춤은 그의 내면에 새로운 충족을 요구하는 허기보다는 더 많은 포만감을 요구하게 될 과식을 불러일으켰다. 아무 것도 자제하지 않음으로써 오히려 더 바라게 만드는 마치 적선과도 같은 키스였다.

그가 주디 존스를, 자존심 강하고 야망에 불타는 어린 소녀이었을 때부터 그녀를 사랑하고 있었다고 결론을 내리는 데에 별로 오랜 시간이 걸리지 않았다.

IV

그렇게 그들의 관계가 시작되었고, 그 열정의 강렬함의 정도는 달랐지만 대단원에 오를 때까지 지속되었다. 덱스터는 여태껏 만나본 적이 없는 가장 단도직입적이면서 원칙이 없는 사람에게 자신의 일부를 내주었다. 원하는 것이 무엇이든 간에 그녀는 그것을 자신의 완벽한 매력을 이용해서 손에 넣었다. 방법을 바꾸거나, 좋은 위치를 얻으려고 책략을 쓰거나, 결과를 미리 생각해보거나 하지도 않았다. 그녀가 하는 어떤 일에도 정신적인 면은 매우 사소한 부분만을 차지했다. 그녀는 그저 남자들에게 자신의 육체적 아름다움의 최고 절정의 모습을 깨닫게 할 뿐이었다. 덱스터는 그녀를 변화시키고 싶은 마음이 전혀 없었다. 그녀의 결함은 그 결함을 초월하거나 정당화시킬 정열적 에너지와 함께 결합되어 있었다.

처음으로 주디가 덱스터의 어깨에 머리를 기대던 날 밤 그녀가 속삭였다. "난 내가 도대체 어떻게 된 것인지 모르겠어요. 어젯밤에 나는 누구하고 사랑에 빠졌다고 생각했는데 오늘 밤에는 당신과 사랑에 빠진 것 같아요……" 마치 아름답고 낭만적인 이야기를 하는 것처럼 보였다. 그는 그 순간 마치 어떤 강렬한 흥분을 지배하고 소유한 듯한 기분이 들었다. 그러나 일주일 후, 그는 바로 똑같은 이 기분을 다른 관점에서 보지 않을 수 없었다. 그녀는 덱스터를 자신의 차에 태우고 피크닉 저녁 모임에 갔었는데 저녁 식사 후에는 마찬가지로 그 차에 다른 남자를 태우고 사라져버렸다. 덱스터는 굉장히 화가 나서 파티에 참석한 다른 사람들에게 점잖고 공손하게 대하기가 어려울 지경이었다. 그녀가 그 남자와는 키스하지 않았다고 단언했을 때에 거짓말을 하고 있다는 것을 알았지만, 덱스터는 그녀가 자신에게 그런 거짓말을 하는 수고나마 한다는 사실 자체가 기뻤을 뿐이었다.

여름이 끝나기 전에 덱스터는 자신 역시 그녀 주변을 맴돌고 있는 십여 명이 넘는 남자들 중의 하나라는 사실을 알았다. 그들 각자는 한 때는 다른 사람들보다 그녀의 총애를 더 받았다. 그들 중 절반 정도는 아직도 때때로 오는 그녀의 변덕스런 감상적 총애의 불기를 쬐며 위안을 받고 있었다. 누구든 오랫동안 관심을 받지 못해서 지쳐 떨어져 나갈 듯한 기미를 보이면 그녀는 그에게 짧게나마 달콤한 시간을 할애해주었으며 그것이 그로 하여금 일 년이나 그 이상의 기간을 더 매달려 있게 용기를 주었다. 주디는 아무 악의 없이, 실로 자신이 한 행동이 나쁘다고는 거의 의식하지 못한 채 무력하고 패배한 남자들을 약탈했다.

마을에 새로운 남자가 나타나면 그녀 주변의 남자들은 뒤로 물러났고 데이트는 자동으로 취소되었다.

그런 일에 대해 어떻게 해보려는 시도가 불가능한 이유는 바로 그녀 자신이 모든 일을 다 해버렸기 때문이었다. 그녀는 역학적 의미에서 '획득'될 수 있는 그런 여자가 아니었다. 또한 그녀는 영리함이나 매력 같은 것으로 움직일 수 있는 사람이 아니었다. 만약 이런 것들 중 어떤 면이 너무 강하게 그녀에게 도전을 한다면 그녀는 즉시 육체적인 면에서 그 일을 해결하려 했을 것이고, 그녀의 화려한 육체적 아름다움의 마술에 걸려 영리한 남자들뿐 아니라 강한 남자들마저 그녀에게 오히려 농락을 당하는 것이었다. 그녀는 단지 욕구를 충족시킴으로써, 그리고 자신의 매력을 직접 발휘함으로써만 기쁨을 누릴 뿐이었다. 아마도 그런 젊은 사랑, 그렇게 많은 젊은 애인들로부터 그녀는 자기를 방어하려고 전적으로 자신의 내면에서 스스로 만족을 찾게 되었는지도 모른다.

덱스터가 느꼈던 처음의 환희 뒤에는 초조함과 불만이 따라왔다. 덱스터는 그녀에게 흠뻑 빠졌으며 그로 인한 저항할 수 없는 황홀경은 삶의 강장제라기보다는 아편과 같았다. 그나마 겨울 동안 이런 황홀한 순간이 자주 찾아오지 않았다는 것이 그의 사업에 있어서는 다행한 일이었다. 그들의 교제 초반에는 한동안 서로에게 깊이 끌리는 듯했다. 예를 들면 그해 8월, 그녀의 집 어둑한 베란다에서 함께 보냈던 긴 저녁, 그리고 늦은 오후 정원수 격자 울타리 뒤나 그늘진 정자에서의 나른한 입맞춤, 그녀가 꿈결같이 신선하고 마치 밝은 날 그를 대면하는 것이 수줍은 듯하게 보였던 아침 등 그 사흘간의 나날들처럼…… 거기에는 서로에게 연루되어 있다는 환희가 있었으나 그러나 약혼이라는 실제적인 약속은 없다는 자각에서 오는 아픔이 있었다. 덱스터가 처음으로 그녀에게 청혼한 것은 바로 그 사흘 동안에 있었던 일이었다. 그녀는 "아마도 언젠가는요", 또는 "키스해줘요", "당신과 결혼하고 싶어요", 그리고 "사랑해요"라고 말했으나 그 이상의 말은 없었다.

그 사흘은 9월의 보름 정도를 그녀의 집에서 지내려고 뉴욕에서 온 남자 때문에 중단되었다. 그들에 관한 소문이 떠돌아다녀서 덱스터는 고통스러웠다. 그 사람은 큰 투자회사의 사장 아들이었다. 그러나 그 달이 채 끝나기도 전에 주디가 그에게 싫증이 났다는 소문이 돌았다. 어느 날 댄스파티에서 그녀는 저녁 내내 그 지방의 멋쟁이 청년 하나와 보트를 타고 있었고 뉴욕에서 온 그 남자는 미친 듯이 그녀를 찾아 클럽들을 이 잡듯이 뒤지고 다녔다. 주디는 그 지방의 멋쟁이에게 자기는 그 뉴욕 남자가 싫증났다고 말했고 이틀 후 그는 떠났다. 정거장에서 두 사람이 함께 있는 모습이 목격되었고 그 남자가 매우 슬픈 듯이 보였다는 말들이 전해졌다.

이렇게 여름이 끝났다. 덱스터는 스물네 살이 되었고 점차 자신이 원하는 대로 할 수 있는 위치에 있음을 알게 되었다. 그는 그 도시에 있는 두 개의 클럽에 가입을 하고 그중 하나에서 살았다. 비록 그가 이들 클럽에 출입하는 독신 남성들 중 결코 빠져서는 안 되는 인물은 아니었지만, 그는 주디가 나타남직한 댄스파티에는 참석하려고 했다. 덱스터는 자신이 원한다면 얼마든지 사교계에 진출할 수 있었으며, 전도가 유망한 청년으로서 시내의 딸을 가진 아버지들에게 인기가 있었다. 주디 존스에 대한 공공연한 헌신이 오히려 그의 위치를 다소 공고히 해주었다. 그러나 그에겐 사회적 야심이 없었다. 그는 오히려 목요일이나 토요일 파티에 언제든지 춤추러 갈 준비가 되어 있으며, 젊은 부부들과 함께 식사 자리나 메우는 자들을 경멸했다. 진작부터 그는 동부의 뉴욕으로 가려는 생각을 하고 있었다. 그는 주디와 함께 가기를 원했다. 그녀가 자란 세계에 대한 그 어떤 환멸도 그녀를 원하는 그의 환상을 치유할 수는 없었다.

이를 기억하라. 오직 그러한 견지에서 보아야만 그가 그녀 때문에 한 일들을 이해할 수 있다.

그가 주디를 만난 지 18개월이 지난 뒤에 그는 다른 처녀와 약혼을 하게 되었다. 그녀의 이름은 아이린 셰러였고 그녀의 아버지는 항상 덱스터를 신뢰하고 있던 사람들 중 하나였다. 아이린은 옅은 갈색 머리를 한 귀엽고 약간 통통한 교양 있는 아가씨로 덱스터가 그녀에게 공식적으로 청혼을 했을 때 그녀는 두 명의 구혼자를 기꺼이 포기했다.

여름과 가을, 겨울, 봄이 가고 또 다시 여름, 그리고 가을이 오기까지 덱스터는 자신의 실제 삶의 많은 부분을 주디의 변덕스런 입술에 바쳤다. 그녀는 그에게 관심을 베풀기도 하고, 부추기기도 했으며, 때로는 고의로, 무관심으로, 또는 경멸로 그를 대했다. 그녀는 수없이 그를 무시하고 냉대하면서 괴롭혔다. 마치 그를 조금이라도 마음에 두었던 것에 대한 복수라도 하는 것 같았다. 그녀는 그를 불러놓고는 따분한 듯 하품을 하고, 또 다시 부르곤 하는 일을 반복했다. 그는 자주 비참해져서 화를 참느라고 눈을 가늘게 뜨며 반응하곤 했다. 그녀는 그에게 환희에 찬 행복을, 또한 정신적으로 견디기 어려운 고통을 주었다. 그녀는 그에게 말할 수 없는 불편함과 적지 않은 문제들을 안겨주었다. 그녀는 그를 모욕하고 짓밟았으며 단지 재미로 그의 사업에 대한 관심을 자신에 대한 관심으로 돌려버렸다. 그녀는 그를 비판하는 것만 빼고—이것만은 하지 않았다—모든 짓을 다했다. 단지 그것은 그녀가 보였던, 그리고 진정으로 느꼈던 그에 대한 무관심을 거짓인 것처럼 보이게 만들 수 있었기 때문인 듯했다.

가을이 왔다가, 다시 지나갔을 때 그는 비로소 주디를 소유할 수 없다는 생각이 들었다. 그 생각을 마음속에 억지로 주입시켰고 마침내는 믿게 만들었다. 한동안 밤마다 누워서 그 문제를 이유를 들어가며 스스로에게 설득시켰다. 덱스터는 그녀가 자기에게 준 고통을, 그리고 그녀가 지니고 있는 아내로서의 명백한 결함들을 일일이 열거해 보았다. 그렇게 하고 나서도 그래도 그녀를 사랑한다고 혼잣말을 하며 잠이 들었다. 일주일 동안 덱스터는 그녀의 쉰 듯한 목소리가 전화기에서 울린다고 상상하지 않으려고, 혹은 점심 식사 때 앞에 앉아 있는 그녀의 눈을 상상하지 않기 위해 늦게까지 열심히 일했고 밤에는 사무실에 가서 그의 미래를 구상했다.

어느 주말, 그는 댄스파티에 가서 처음으로 그녀와 춤추고 있는 다른 남자로부터 그녀를 가로챘다. 그들이 만난 이래로 그날 처음, 덱스터는 그녀에게 자기와 함께 있어 달라거나 또 그녀가 아름답다고 말하지 않았다. 그런데 그녀가 그런 것들에 대해 전혀 그리워하지 않는다는 사실을 알고 마음의 상처를 입었다. 그뿐이었다. 덱스터는 그날 밤 그녀에게 새로운 남자가 있다는 것을 알았지만 질투하지 않았다. 그는 이미 오래 전에 질투에 무디어져 있었다.

덱스터는 밤늦게까지 파티장에 있곤 했다. 그는 아이린 셰러와 함께 한 시간가량 책과 음악에 관해 대화를 나누었다. 그는 책이나 음악, 그 어느 것에 관해서도 별로 많이 알지 못했다. 그러나 이제 그는 자신의 시간을 마음먹은 대로 쓸 수 있게 되었고, 젊고 이미 굉장히 잘 나가고 있는 성공한 덱스터 그린은 그런 것들에 대해 더 잘 알아야 한다는 다소 교만한 생각을 가지고 있었다.

그것은 10월의 일이었고 그가 스물다섯 살 때였다. 1월에 덱스터와 아이린은 약혼을 했다. 6월에는 약혼을 공표하고 석 달 후에는 결혼하기로 되어 있었다.

미네소타에서는 겨울이 끝없이 길었다. 5월이 되어서야 겨우 바람이 부드러워지고 마침내 블랙 베어 호수로 눈이 쓸려 내려왔다. 처음으로 덱스터는 1년 이상의 기간 동안 정신적인 안정을 되찾을 수 있었다. 주디는 플로리다에 있다가 그 후에는 핫스프링스에 있었으며, 그리고 어딘가에서 약혼을 했다가 또 어딘가에서 곧 약혼을 깨곤 했다. 처음에 덱스터는 확실히 그녀를 포기했는데도 사람들이 여전히 그들을 연관시키고 그녀의 소식을 자신에게 묻는 것이 슬펐다. 그러나 그가 저녁 식사 때 아이린의 옆자리에 앉기 시작하자 더 이상 그에게 주디의 소식을 묻지 않게 되었다. 사람들은 이제 그에게 그녀에 관한 소식을 이야기해주었다. 이제 덱스터는 더 이상 그녀에 대해서 정통한 소식통이 되지 못했다.

마침내 5월이 왔다. 덱스터는 어둠이 비처럼 축축하게 내린 밤길을 걸으면서, 그렇게 쉽사리, 그렇게 아무렇지도 않게 너무나 큰 흥분이 자신에게서 사라진 것에 대해 의아한 생각이 들었다. 바로 1년 전 5월은 가슴에 사무치는, 용서할 수 없는, 그럼에도 용서한 주디의 격동으로 기억되었던 때였다. 그때가 그녀가 자신을 좋아하게 되었다고 환상을 품게 된 아주 드문 나날이었다. 그 하찮은 행복을 위해 그는 지금 느끼는 이 커다란 만족을 버렸었다. 그는 아이린이 그의 뒤에 펼쳐진 커튼, 빛나는 찻잔들 사이로 움직이는 손, 아이들을 부르는 목소리…… 에 지나지 않을 것이라는 사실을 알았다. 열정의 화염과 사랑스러움은 사라졌고, 밤의 마력, 변하는 시간과 계절의 경이로움이…… 얇은 입술, 입꼬리가 처진 입이 그의 입술 위에 놓이고, 그 너머의 하늘을 바라보는 위로 향한 눈들이…… 그런 것들이 그의 마음

깊숙이 박혀 있었다. 그것들은 여전히 너무나 강렬하고 생생해서 덱스터는 쉽사리 잊을 수가 없었다.

5월 중순, 깊은 여름으로 넘어가기 전 며칠 동안 잠시 상쾌한 날씨를 만끽할 수 있는 어느 날 밤, 그는 아이린의 집에 갔다. 그들은 일주일 후에 약혼을 발표할 예정이었다. 누구도 그들의 약혼 발표를 듣고 놀라지 않을 것이다. 오늘 밤 그들은 대학 클럽의 라운지에 함께 앉아서 춤추는 사람들을 바라보기로 했다. 그녀와 함께 가게 되어 그는 든든한 마음이 들었다. 아이린은 아주 인기가 좋았으며 그렇게 너무나 '훌륭'했다.

그는 갈색 사암으로 지어진 집의 계단을 올라가서 안으로 들어갔다.

"아이린." 그녀를 불렀다.

셰러 부인이 거실에서 나와 덱스터를 맞았다.

"덱스터, 아이린은 두통이 심해서 2층으로 올라갔어. 그 애는 자네하고 함께 나가고 싶어했지만 내가 누워 있으라고 억지로 올려 보냈네."

"심각한 것은 아닌지, 저는……"

"오, 아니야. 내일 아침이면 아마 자네와 골프도 치러 갈 수 있을 거야. 오늘 하루 저녁만 봐주게, 괜찮지?"

그녀는 친절하게 웃었다. 덱스터와 그녀는 서로 좋아했다. 두 사람은 거실에서 잠깐 이야기를 나누다 헤어졌다.

그는 묵고 있는 대학교 클럽으로 돌아와 잠시 문간에 서서 춤추는 사람들을 바라보았다. 문기둥에 기대어 두어 명의 젊은이들에게 고개로 인사를 하고는 하품을 했다.

"안녕, 자기."

그는 팔꿈치 깨에서 나는 낯익은 소리에 깜짝 놀랐다. 주디 존스가 어떤 남자 곁을 떠나 방을 가로질러서 그에게로 왔다. 바로 주디 존스였다. 마치 황금색 옷을 입은 가냘픈 에나멜 인형 같았다. 머리에 황금색의 띠를 두르고, 드레스의 단 밑으로 보이는 두 개의 뾰족한 신발 끝도 황금색이었다. 그녀가 그에게 미소 지을 때 그녀의 얼굴에는 보일 듯 말 듯한 빛이 희미하게 피어나는 듯했다. 훈풍과 빛이 방을 가로질러서 날아왔다. 턱시도 주머니 속에 넣었던 그의 주먹이 저절로 꽉 쥐어졌다. 그는 급작스럽게 흥분이 되었다.

"언제 돌아왔어요?" 그가 아무렇지 않은 듯 물었다.

"이쪽으로 오면 이야기해줄게요."

그녀가 몸을 돌렸고 덱스터는 그 뒤를 따랐다. 그동안 그녀는 멀리 떠나 있었고, 덱스터는 그녀가 돌아왔다는 그 경이로운 사실에 눈물이 날 것만 같았다. 그녀는 마치 주술적인 음악을 연주하듯 마법의 길을 거쳐 지나왔다. 모든 신비한 일들, 모든 신선하고 기운을 돋우는 희망들이 그녀와 함께 떠나갔다가 그녀와 함께 돌아왔다.

그녀가 문가에서 돌아섰다.

"차 여기 있어요? 만약 없으면 내 차가 있는데."

"쿠페를 몰고 왔어요."

황금 천의 바스락거리는 소리를 내며 그녀가 자동차에 탔다. 그는 쾅하고 문을 닫았다. 이제까지 그녀는 많은 자동차에 이렇게 혹은 저렇게 타고는, 등을 가죽 등받이에 기대었다, 팔꿈치를 문에 올려놓았다 하면서 그렇게 기다렸다. 자신을 제외하고 그녀를 더럽힐 수 있는 것이 있었다면 그녀는 벌써 오래 전에 타락했을 것이다. 그러나 이 말은 그녀 스스로가 자신의 심정을 토로한 것이었다.

그는 애를 써서 힘들게 차에 시동을 걸고는 거리로 나갔다. 이것이 별일이 아니라는 사실을 그는 잊지 말아야 할 것이다. 그녀는 예전에도 이렇게 했었다. 덱스터는 자신의 장부에서 나쁜 수지 계산을 지워버리듯이 그녀를 받아들이지 않았다.

그는 차를 시내로 서서히 몰았다. 그리고 마음이 딴 곳에 가 있는 척하면서 황량한 상가 거리를 가로질러 갔다. 영화가 끝나고 쏟아져 나온 사람들이 여기저기 흩어져 있었고 폐병 환자같이 꺼칠한 사람들, 혹은 권투 선수같이 건장한 청년들이 당구장 앞에 몰려 있었다. 유리잔들이 부딪치고 손바닥 치는 소리가 술집으로부터 들려왔고 번쩍이는 유리잔들과 칙칙한 누런 불빛이 보였다.

그녀는 덱스터를 빤히 뚫어져라 쳐다보았다. 그는 침묵이 거북스러웠지만 이 중대한 위기의 상황에서 그 시간을 모독할 어떤 평범한 말도 찾아낼 수 없었다. 그는 편리한 곳에서 차를 돌려 대학 클럽을 향해 자주 차선을 바꿔가며 차를 몰았다.

"내가 보고 싶었나요?" 갑자기 그녀가 물었다.

"누구나 당신을 그리워하지요."

그는 그녀가 아이린 셰러에 대해서 들어서 알고 있지 않을까 하는 생각이 들었다. 그녀는 돌아온 지 하루밖에 되지 않았다. 그녀가 여기에 없었던 시기와 그의 약혼한 시기가 거의 일치했다.

"무슨 말씀을!" 주디는 슬프게 웃었다. 그렇지만 슬픔이 담겨 있지는 않았다. 그리고는 무언가를 알아내려는 듯이 그를 쳐다보았다. 그는 그녀의 시선을 피해 계기판을 열심히 들여다보았다.

"당신은 전보다 더 멋있어졌어요. 덱스터, 당신은 가장 잊지 못할 눈을 가졌어요"라고 생각에 잠긴 듯이 말했다.

이 말에 웃을 수도 있었겠지만 그는 웃지 않았다. 이것은 대학 2학년의 풋내기에게나 할 만한 말이었지만 그 말이 덱스터의 가슴을 찔렀다.

"난 정말 모든 것이 너무나 싫증나요, 자기." 그녀는 누구나 자기라고 불렀다. 그 말의 소중한 의미에 그저 되는 대로의 개인적인 동료 의식을 부여한 채로. "난 당신이 나와 결혼해줬으면 해요."

단도직입적인 이 말에 덱스터는 당황했다. 그는 그녀에게 자신이 다른 여자와 결혼하기로 되어 있다는 말을 해야 했지만 할 수가 없었다. 마찬가지로 그는 결코 다른 여자를 사랑한 적이 없었다고 쉽사리 맹세할 수 있을 것 같았다.

"만일 당신이 나를 잊지 않고, 다른 여자와 사랑에 빠지지만 않았다면 우리는 함께 잘 지내고 있었을 거예요." 그녀가 말했다.

그녀는 너무나 분명히 확신하고 있었다. 사실상 그녀는 그와 같은 일은 믿을 수 없는 일이라고, 만일 그가 어린애같이 분별력이 없는 일을 저지르지 않았다면, 시위하려고 한 짓이 아니라면, 그런 일은 사실이 될 수 없는 일이라고 말하는 듯했다. 그러나 그녀는 그를 용서할 것이다. 왜냐하면 그것은 어느 순간에라도 문제가 될 만한 일이 아니라 오히려 가벼이 털어버릴 수 있는 일이었기 때문이다.

"물론 당신은 나 말고 그 누구도 사랑할 수 없어요. 나는 당신이 나를 사랑하는 방식이 좋아요. 오, 덱스터, 작년에 있었던 일을 잊었나요?"

"아니요, 잊지 않았어요."

"나도 잊지 않았어요!"

그녀의 마음이 진실로 움직인 것일까, 아니면 그녀가 하는 연기의 연장일까?

"나는 우리가 다시 그렇게 되었으면 해요." 그녀가 말했고 그는 대답할 수밖에 없었다.

"나는 우리가 그렇게 될 수 있을 것 같지 않네요."

"나도 그렇지 못하리라고…… 당신이 아이린 셰러에게 열렬히 구애했다는 이야기 들었어요."

그녀가 아이린의 이름을 강조해서 말하지 않았지만 덱스터는 갑자기 부끄러워졌다.

"집에 데려다 줘요." 주디가 갑자기 큰 소리로 말했다. "나는 저 유치한 파티장에 돌아가고 싶지 않아요. 저 애송이들이랑 함께 있기 싫어요."

그래서 그는 주거 지역으로 향하는 길로 차를 돌렸고, 주디는 조용히 혼자서 울기 시작했다. 그는 이제까지 그녀가 우는 모습을 본 적이 없었다.

어두운 거리에 불이 밝혀졌고 부자들의 저택들이 그 불빛 주위로 커다란 몸통을 드러냈다. 그는 희고 거대한 모티머 존스의 저택 앞에 쿠페를 세웠다. 그 집은 웅장하고 으리으리했으며 축축한 달빛에 젖어있는 듯 보였다. 덱스터는 그 집의 견고함에 놀랐다. 그 튼튼한 벽이며, 대들보의 강철, 그 너비, 들보, 그리고 화려함이 그의 옆에 있는 아름다운 젊은 여인과 뚜렷하게 대비되었다. 그 저택은 그녀의 연약함을 더욱 두드러지게 보이게 하기 위해 견고한 듯했다. 마치 나비의 날개에 의해 부는 미풍이 어떤 것인지 보여주려는 듯이……

그는 신경이 곤두선 채 꼼짝하지 않고 앉아 있었다. 만일 조금이라도 움직인다면 그녀가 자신의 팔 안에 저항할 수 없이 무너져내릴 것이 두려웠다. 두 개의 눈물방울이 그녀의 젖은 얼굴을 타고 내려와 윗입술 위에서 떨렸다.

"나는 누구보다도 아름다워요. 그런데 왜 행복할 수 없는 거죠?" 그녀가 더듬더듬 말했다. 그녀의 젖은 눈이 평정심을 유지하고 있던 그의 마음을 찢어놓았다. 그녀의 입이 절묘한 슬픔으로 천천히 아래로 휘었다. "덱스터, 당신이 나를 받아준다면 난 당신과 결혼하고 싶어요. 당신은 내가 그럴 만한 가치가 없다고 생각하겠지만 당신의 기쁨이 될게요, 덱스터."

수백만 마디의 분노와 자존심, 열정, 증오, 그리고 애정의 말이 덱스터의 입 안에서만 맴돌 뿐이었다. 그리고서 완전한 감정의 소용돌이가 그를 휩쓸고 지나가면서 지혜와 관습과 회의와 명예의 퇴적물을 함께 몰고 갔다. 지금 말하고 있는 이 여자가 자신의, 아름답고 자랑스러운 자신의 여자였다.

"들어가지 않을래요?" 그는 그녀가 재빨리 숨을 들이쉬는 소리를 들었다.

그녀는 그의 답을 기다리고 있었다.

"좋아요." 그의 목소리가 떨렸다. "들어갈게요."

V

그 일이 지난 후에도, 그리고 훨씬 후에도 그날 밤의 일을 덱스터가 후회하지 않는 것이 이상했다. 10년의 세월이 지난 뒤, 그 일을 되돌아볼 때 그에 대한 주디의 정염이 겨우 한 달밖에 지속되지 않았다는 사실은 별로 중요하지 않았다. 그녀에게 굴복함으로써 결국 보다 깊은 질곡 속으로 스스로를 빠뜨린 것도, 아이린이나 그를 좋아했던 그녀의 부모에게 심한 상처를 준 것도 문제가 되지 않았다. 슬픔에 잠긴 아이린의 모습도 그의 마음에 전혀 생생하게 각인되지 않았다.

덱스터의 가슴속 밑바닥에는 냉정한 면이 있었다. 그의 행동을 바라보는 그 도시 사람들의 시선도 중요하지 않았다. 그것은 덱스터가 이 도시를 떠나려 했기 때문이 아니라 그 상황에 대한 외부의 어떤 태도도 그에게는 피상적으로 보였기 때문이었다. 그는 대중의 평판에 대해서는 전혀 신경 쓰지 않았다. 뿐만 아니라 이제 아무 소용이 없다는 것을 알았을 때, 그가 주디 존스를 붙들 수도, 근본적으로 그 상황을 변화시킬 힘도 자신에게 없다는 것을 알았을 때 그는 그녀에게 어떤 악의도 품지 않았다. 덱스터는 그녀를 사랑했다. 사랑을 하기에는 너무 늙어버리게 될 그 날까지도 그녀를 사랑할 것이다. 그러나 그녀를 소유할 수는 없었다. 그래서 그는 잠깐이나마 진한 행복을 맛보았듯이, 강한 자에게만 남겨지는 깊은 고통 또한 맛보아야 했다.

주디가 약혼을 종식시켰던 근거의 궁극적 허위, 즉 그를 아이린에게서 빼앗기를 원하지 않았다는 것조차—주디는 다른 어떤 것도 원한 적이 없었다—그를 화나게 하지 않았다. 그는 어떤 미움도, 어떤 즐거움도 초월한 상태였다.

그는 세탁소들을 팔고 뉴욕에 정착하려는 생각으로 2월에 동부로 갔다. 그러나 3월에 미국도 제1차 세계대전에 참전하게 되자 이는 그의 계획을 바꾸어놓았다. 그는 다시 서부로 돌아와서 세탁소 경영권을 동업자에게 넘기고는 4월 말에 부조종사 훈련소에 입소했다. 그는 뒤엉킨 감정의 그물로부터 벗어나고자 어느 정도 안도감을 느끼며 전쟁을 기꺼이 받아들인 수많은 젊은이들 중 하나였다.

VI

비록 그가 어렸을 때 가졌던 꿈들과 전혀 관계가 없는 일들이 이야기 속에 슬며시 끼어들긴 했지만 이 이야기가 그의 전기가 아님을 잊지 말아야 한다. 그가 가졌던 꿈들과 그에 관한 이야기도 이제는 거의 끝났다. 다만 그로부터 7년 후에 일어난 이와 관련된 사건 한 가지만 여기서 이야기해보고자 한다.

그 일은 그가 성공을 거두고 있었던 뉴욕에서 일어났다. 너무나 승승장구해서 그가 넘지 못할 높은 장벽은 없었다. 그는 서른두 살이 되었고 전쟁 직후 비행기 여행을 한 번 다녀온 것을 제외하고는 7년 동안 서부에 가지 않았다. 디트로이트에서 온 데블린이라는 남자가 사업상 사무실로 덱스터를 찾아왔는데 바로 그때, 그곳에서 이 일이 일어났고 이로 인해 말하자면 그의 삶에서 특별한 한 부분이 끝나게 된 것이다.

"그럼 당신은 중서부 출신이시군요." 데블린이 별 생각 없이 호기심에서 물었다. "이상하군요. 전 당신 같은 분은 아마도 월 스트리트에서 태어나고 자란 사람일 거라고 생각했어요. 저, 디트로이트에 사는 친한 친구 중 한 명의 부인이 당신과 같은 고향 출신이지요. 제가 그들의 결혼식에서 안내를 맡았었습니다."

덱스터는 다음에 무슨 말이 나올지 아무 생각 없이 기다렸다.

"저어, 주디 심스라고, 결혼하기 전에는 주디 존스라고 했지요." 데블린은 특별한 관심을 두지 않고 말했다.

"그녀를 압니다." 조바심이 그에게 번져갔다. 물론 그녀가 결혼했다는 소문은 들었지만 어쩌면 의식적으로 더 이상 그녀에 대해 알려고 하지 않았는지 모른다.

"굉장히 멋진 여자였어요." 데블린은 곰곰이 생각을 하다가 별 뜻 없이 말했다. "그녀가 좀 안됐다는 생각이 들어요."

"왜지요?" 덱스터 안의 무언가가 즉각 긴장하여 반사적으로 외쳤다.

"오, 루드 심스가 어떤 면에서는 엉망이 되었거든요…… 그가 그녀를 학대한다는 것은 아니지만, 술 마시고 밖으로 나다니고……"

"그녀는 돌아다니지 않나요?"

"아니요. 아이들과 집에 얌전히 있습니다."

"아."

"그녀는 남편 때문에 좀 많이 늙었어요." 데블린이 말했다.

"늙다니요! 아니 그녀는 이제 겨우 스물일곱 살이잖소." 덱스터가 외쳤다.

그는 당장 뛰쳐나가서 디트로이트 행 기차를 잡아타고 싶은 강한 충동에 사로잡혔다. 그는 발작적으로 일어섰다.

"바쁘신가 보군요." 데블린이 사과하듯이 재빨리 일어섰다. "바쁘신 줄 모르고……"

"아니요, 바쁘지 않습니다." 덱스터가 목소리를 가라앉히고 말했다. "전혀 바쁘지 않습니다. 전혀. 그녀가…… 스물일곱 살이라고 했나요? 아니지, 제가 스물일곱 살이라고 했지요."

"네, 당신이 그렇게 말씀하셨지요." 데블린이 아무 감정도 없이 동의했다.

"계속해요. 자아, 계속해보세요."

"무슨 말씀이신지?"

"주디 존스에 관해서 말입니다."

데블린이 어쩔 줄 모르겠다는 듯 멍한 표정으로 그를 바라보았다.

"그게 저…… 제가 드린 말이 다입니다. 그는 주디를 아주 형편없이 대하지요. 아, 그러나 그들이 이혼 같은 것은 안 할 겁니다. 그가 굉장히 난폭했을 때도 그녀는 남편을 용서했어요. 사실 그녀는 남편을 사랑하는 것 같았습니다. 처음 디트로이트에 왔을 때에는 예쁜 여자였는데."

예쁜 여자였다니! 그 말이 덱스터에게는 터무니없이 들렸다.

"지금은 더 이상 예쁘지 않다는 말인가요?"

"아, 네. 괜찮은 편이지요."

"이것 보십시오." 덱스터가 갑자기 털썩 주저앉으며 말했다. "이해할 수가 없군요. 그녀가 '예쁜' 여자였는데, 지금은 '괜찮다니'. 난 당신이 무슨 말을 하는지 알 수가 없군요. 주디 존스는 그저 예쁜 여자가 아니었소, 절대로. 그녀는 굉장한 미인이었단 말입니다. 내가 그녀를 알고 있는데, 내가 그녀를 알아요. 그녀는……"

데블린이 유쾌하게 웃었다.

"언쟁을 시작하려는 것은 아니었어요." 그가 말했다. "주디는 멋진 여자고 난 그녀를 좋아해요. 나는 어떻게 루드 심스 같은 남자가 그녀와 미친 듯이 사랑에 빠졌는지 이해할 수 없지만, 그는 그랬어요." 그리고는 덧붙여서 말했다. "대부분의 여자들이 그렇게 되지요."

덱스터는 그를 뚫어져라 쳐다보면서, 여기엔 분명 무슨 이유가 있을 거라고, 그가 무감각한 사람이거나 혹은 개인적인 악감정이 있을 거라고 생각했다.

"많은 여자들이 그녀처럼 시들어가지요." 데블린은 손가락을 딱 튕겼다. "아마 당신도 경험하신 적이 있으실 텐데요. 어쩌면 그녀가 결혼할 때 얼마나 예뻤는지 내가 잊어 버렸는지도 모르겠습니다. 그 이후 나는 그녀를 자주 보아왔거든요. 그녀는 예쁜 눈을 가졌지요."

일종의 둔한 느낌이 덱스터를 짓눌렀다. 난생 처음 그는 술에 매우 취하고 싶었다. 데블린이 했던 어떤 이야기에 그가 큰 소리로 웃었다는 것은 알았지만 그것이 무슨 이야기였는지, 또 왜 우스웠는지 기억이 나지 않았다. 잠시 후 데블린이 돌아가고 나서, 그는 안락의자에 앉아 창을 통해 뉴욕의 스카이라인을 바라보았다. 태양이 황금빛과 분홍빛의 아름다운 땅거미 속으로 가라앉고 있었다.

그는, 마침내 자신이 더 이상 잃을 것이 없기 때문에 상처 받을 일이 남지 않았다고 생각했다. 그러나 그보다 더한 것을 잃었음을 알았다. 마치 자기가 주디와 결혼을 했고 그의 눈앞에서 그녀가 시들어가는 것을 보는 것만큼이나 확실했다.

꿈은 사라졌다. 그에게서 무엇인가가 빠져나갔다. 그는 극도의 공포감을 느끼면서 손바닥으로 두 눈을 눌렀다. 셰리 아일랜드의 해안가를 때리는 물결, 달빛 가득한 베란다, 골프장의 줄무늬 천 드레스, 메마른 태양과 그녀의 목에 난 부드러운 황금빛 솜털을 떠올리려고 애썼다. 그리고 그의 키스에 젖은 그녀의 입, 우수로 가득한 눈, 새벽의 고운 새 리넨 같은 그녀의 청초함을. 왜 이런 것들이 더 이상 이 세상에 존재하지 않는다는 것인가! 그런 것들은 이전에는 존재했었으나 이제 더 이상 존재하지 않는다.

몇 년 만에 처음으로 눈물이 그의 얼굴을 타고 흘러내렸다. 그러나 그 눈물은 지금 자신을 위한 것이었다. 그는 그 입과, 눈과, 움직이는 손에 대해서는 상관하지 않았다. 그는 마음을 쓰고 싶었지만 그렇게 할 수 없었다. 왜냐하면 그는 이미 떠났고 더 이상 돌아갈 수 없기 때문이었다. 문은 닫혔고 태양은 졌으며 이제는 오직 오랜 세월을 견디어낸 강철의 잿빛 아름다움이 있을 뿐 다른 아름다움은 없었다. 그가 견디어온 슬픔조차도 환상의 세계, 젊음의 세계, 풍요로운 삶의 세계에 남겨두었던 것이다. 그곳에서 그의 겨울의 꿈은 번성했던 것이다.

"오래 전에," 그는 말했다. "오래 전에 내 안에 무언가가 있었지만 이제는 사라져버렸어. 이제 그것이 사라져버린 거야. 사라졌어. 울 수가 없어. 마음을 쓸 수도 없어. 그것은 이제 다시는 돌아오지 않을 거야."

說

[설]

우리는 장미와 같다
열정으로 만발한

사랑에 대하여

프랜시스 베이컨

사랑은 실제 생활에서보다 무대 위에서 더욱 큰 관심을 받는다. 무대에서 사랑은 언제나 희극의 소재가 되고 어쩌다 비극의 소재가 되지만, 우리의 삶에서 사랑은 때로는 파멸로 이끄는 요부처럼 때로는 복수의 여신처럼 많은 화를 일으킨다. (옛 사람이든 요즘 사람이든 우리가 기억하는) 위대하고 훌륭한 사람들 중에서 미칠 듯한 사랑에 빠진 사람은 아무도 없었다. 이로써도 알 수 있듯이 위대한 정신과 위대한 업적은 결국 이 나약한 감정이 틈타지 못하게 한다. 그러나 로마 제국의 절반을 통치했던 마르쿠스 안토니우스와 로마 십 대관 중 한 명이며 입법관이었던 아피우스 클라우디우스는 예외로 해야 할 것이다. 안토니우스는 본래 육욕적이고 무절제한 성품이었지만 클라우디우스는 금욕적이고 현명한 사람이었다. 그렇기 때문에 사랑은 열려 있는 마음뿐만 아니라 감시를 허술하게 하면 굳건한 마음으로도 찾아온다는 것을 알 수 있다. "각자는 서로에게 충분한 관중이다"라는 에피쿠르스의 격언은 적절한 표현이 아니다. 이는 마치 천상과 모든 고귀한 대상을 묵상하기 위해 창조된 인간이 작은 우상 앞에 무릎을 꿇고, (동물처럼) 입의 노예는 아니지만 보다 고귀한 목적을 위해 주어진 눈의 노예로 스스로 종속시키는 일 외에는 아무것도 하지 말라는 말과 같다. 이 감정이 지나치면 사물의 본성과 가치를 그르치게 되는데도 끝없이 과장해서 이야기하는 것이 사랑에서만은 어울리니 이상한 일이다. 이것은 단지 말에만 그치지 않는다. 모든 아첨꾼들이 알고 있는 최고의 아첨꾼은 자기 자신이라는 말도 맞지만, 역시 그중 최고의 아첨꾼은 사랑에 빠진 사람일 것이다. 아무리 자만심에 찬 사람일지라도 사랑에 빠진 사람이 상대에 대해 생각하는 만큼 자신에 대해 터무니없이 좋게 생각하는 사람은 없다. 그래서 "사랑하면서 동시에 지혜롭기는 불가능하다"는 말은 통찰력 있는 표현이다. 이런 약점이 제삼자에게만 보이는 것이 아니라 사랑을 받는 쪽에서도 볼 수 있다. 특히 그 사랑이 일방적일 경우 사랑을 받는 대상이 되는 쪽의 눈에 잘 보인다. 사랑을 주면 상대방으로부터 이에 대한 보답을 받거나 은밀한 경멸을 받게 되어 있다. 많은 다른 것뿐만 아니라 결국 사랑의 감정마저 잃게 되는 이 열정의 감정을 우리는 더욱 경계해야 한다. 이러한 상실은 헬레나를 선택했기 때문에 주노와 팔라스의 선물을 거절하게 되는 파리스를 통해서 잘 나타난다. 사랑의 감정에 지나치게 높은 가치를 두는 사람은 부와 지혜 모두를 잃게 되는 것이다.

인간이 약할 때, 즉 거대한 성공을 누리거나, 비록 드물기는 하지만, 역경을 겪을 때 이 감정은 홍수처럼 몰려온다. 이 두 경우는 사랑에 불을 붙이고 더욱 타오르게 하여 결국 사랑이 어리석음의 소산임을 드러낸다. 사랑을 받아들일 수밖에 없는 사람이라면 이와 적당한 거리를 두어 심각한 문제나 행동으로부터 사랑을 완전히 차단시키는 것이 현명한 일이다. 일단 사랑이 어떤 사람의 본래의 직무에 방해가 되기 시작하면 그의 운명을 어려움에 처하게 하고 결국 자신의 목적에 충실할 수 없게끔 한다. 원인은 알 수 없지만, 무인武人들이 사랑에 약한 경향이 있다. 이는 무인들이 보통 위험에 대한 보상으로 쾌락을 원하기 때문에 술을 자주 찾아서일 것이다. 인간의 본성에는 타인을 사랑하려는 은밀한 경향과 행동이 있다. 한 사람 또는 몇 명에게 이 사랑을 주지 못한다면 자연스럽게 많은 사람을 향하게 되는데 가끔 수도사에게서 볼 수 있듯이 그를 인정과 자비심 있는 사람으로 만든다. 부부 간의 사랑은 인류를 창조해내며, 친구 간의 사랑은 인류를 완전하게 만들지만, 방종한 사랑은 인류를 부패시키며 타락시킨다.

사랑

D. H. 로렌스

사랑은 이 세상의 행복이다. 그러나 그 행복은 완성된 온전한 것이 아니다. 사랑은 서로에게 다가가는 것이기 때문에 서로 떨어져 있지 않으면 하나가 될 수 없다. 사랑이 있기에 모든 존재들은 기쁨과 찬미로서 하나로 결합된다. 그러나 그 전에 떨어져 있지 않았다면 결합은 있을 수 없다. 이미 결합하여 통합이라는 완전한 원 안에 있으면 사랑은 더 이상 발전할 수 없다. 사랑의 움직임은 조수처럼 그 순간에 완전히 차오른다. 그렇지만 썰물이 반드시 있기 마련이다.

서로에게 다가간다는 것은 그 이전에 떨어져 있었기 때문이다. 심장의 수축은 이완이 있기에, 그리고 밀물은 썰물이 있기에 존재한다. 보편적이고 영원한 사랑은 없다. 만조의 바닷물이 온 지구를 동시에 덮을 수 없듯이 사랑의 절대적 영역은 존재하지 않는다.

왜냐하면 사랑은 엄밀히 말하자면 여행과 같은 것이기 때문이다.

"목적지에 도달하는 것보다 여행하는 편이 더 낫다"고 누군가는 말했다. 이것이 사랑을 믿지 못하는 불신의 요체이다. 사랑은 본질상 상대적이지만 우리는 절대적 사랑을 믿는다. 즉 목적이 아니라 수단을 믿는 것이고 보다 엄밀히 말하자면 사랑의 힘에 대한 믿음인 것이다. 사랑은 결합시키는 힘이기 때문이다.

어떻게 우리는 그런 힘을 믿을 수 있을까? 힘은 수단적이며 기능적이다. 그것은 시작도 아니고 끝도 아니다. 우리는 도달하기 위해서 여행하는 것이지 여행하기 위해 여행을 하지는 않는다. 적어도 그런 여행은 허무한 일이다. 우리는 도달하기 위해 여행을 하는 것이다.

그리고 사랑은 여행이며 움직임이며 서로에게로 달려오는 빠른 속도이다. 사랑은 창조의 힘이다. 그러나 육체적이든 영적이든 모든 힘은 긍정적인 면과 부정적인 면의 양극성을 가지고 있다. 낙하하는 모든 것은 중력에 의해 지구에 떨어진다. 그러나 지구는 영겁의 시간 동안 중력과 반대 방향으로 달을 천공에 내던지며 거리를 두고 있지 않은가?

사랑도 마찬가지이다. 영혼과 영혼을 향해, 그리고 육체와 육체를 향해 창조의 기쁨 속에서 중력의 힘처럼 서로에게로 급속히 끌려가는 것이다. 만약 모든 것이 하나의 사랑의 굴레 속에 결합이 되면 거기에는 더 이상의 사랑이 없다. 그러므로 사랑 자체를 사랑하는 자는 목적지에 도달하는 것보다 여행을 하는 편이 더 낫다. 왜냐하면 목적지에 도달을 하면 사랑을 넘어서게 되거나 혹은 하나의 새로운 초월 속에 사랑을 가두어버리기 때문이다. 목적지에 도달한다는 것은 우리의 모든 여행 뒤에 맞는 최상의 기쁨인 것이다.

사랑의 굴레! 사랑의 굴레보다 더 나쁜 예속이 어디 있을까? 그것은 높은 파도를 벽으로 막으려는 시도이며, 봄을 붙잡아두려고 5월이 6월로 넘어가는 것을, 산사나무의 꽃잎이 떨어지는 것을 막으려는 의지와 같다.

이 무한한 사랑, 보편적 사랑, 승리의 사랑이 불멸에 대한 우리의 개념이다. 그러나 이것이야말로 감옥이요 속박이 아닌가. 영원이란 시간의 끝없는 진행에 불과하며 무한은 공간을 통한 끝없는 전진이 아니고 무엇이겠는가? 휴식과 도달에 대한 우리의 숭고한 개념인 영원과 무한은 결국 끝없는 여행의 개념에 불과하지 않은가? 영원은 시간을 통한 끝없는 여행이며 무한은 공간을 통한 끝없는 여행에 지나지 않는다. 아무리 우리가 이에 대해 논쟁해보아도 결코 그 이상은 아니다. 그리고 영원은 같은 것의 끝없는 지속이 아니고 무엇이겠는가? 지속하며 영원히 사는 것, 영원히 지속하며 견디는 것은 여행이 아니고 무엇이겠는가? 천국으로 들어가서 하나님과 한 몸이 된 후, 즉 우리가 목표에 도달한 후 그때의 무한은 또 무엇이겠는가? 무한은 도달점이 없다. 하나님, 무한, 영원불멸이 뜻하는 의미를 정확히 찾으려면 그것은 동일선상에서, 동일한 종류 속에서 한 방향으로 끝없이 여행함을 의미한다. 이것이 무한이며 한 방향으로의 끝없는 여행인 것이다. 사랑의 하나님이란 사랑의 힘은 영원히 지속된다고 믿는 우리의 관념이 만들어낸 것이다. 무한은 도달점이 없다. 막다른 끝은 마치 바닥 없는 심연과 같다. 그래서 무한한 사랑은 막다른 끝이나 바닥 없는 심연과 같다.

사랑은 목표를 향한 진행 과정이다. 그렇기 때문에 반대편의 목표로부터 멀어지는 과정이다. 사랑은 천국으로 여행하는 것이다. 그렇다면 사랑이 시작된 곳은 어디인가? 지옥으로부터인가? 거기에는 무엇이 있는가? 사랑은 결국 긍정의 무한이다. 그러면 부정의 무한은 무엇인가? 긍정과 부정의 무한은 동일한 것이다. 왜냐하면 단지 하나의 무한만 있기 때문이다. 우리가 천국을 향해 여행을 하거나 혹은 반대 방향으로 무한을 향해 여행을 하거나 무슨 상관인가? 우리가 얻게 되는 무한이 양쪽의 경우, 즉 순수한 동질의 무한은 아무것도 없는 것 또는 모든 것을 다 의미하기 때문에 어떤 것이든 상관이 없다.

무한, 즉 무한한 것은 목표가 아니다. 그것은 막다른 끝 혹은 다른 의미로 바닥 없는 심연이다. 바닥 없는 심연에 떨어진다는 것은 영원히 여행하는 것이다. 즐거운 벽이 처진 막다른 끝은 완벽한 천국일지 모른다. 그러나 아늑한 담으로 둘러싸인, 평화와 완벽한 행복이 있는 천국이라는 최종 목적지에 도달하는 것은 우리를 만족시키지 못한다. 또한 영원히 바닥 없는 심연으로 떨어진다는 것 역시 마찬가지이다.

사랑은 목표가 아니고 여행에 불과하다. 마찬가지로 죽음 또한 도달점이 아니다. 죽음은 원초적 혼돈 속으로 각각 홀로 여행하는 것이다. 그 원초적 혼돈에서부터 모든 것은 다시 창조의 기제로 내던져진다. 그러므로 죽음도 하나의 막다른 끝으로서 모든 것을 용해시키는 용광로일 뿐이다.

목표는 존재한다. 그러나 그것은 사랑도 죽음도 아니다. 무한하지도 영원하지도 않다. 그것은 고요한 환희, 축복의 다른 왕국이다. 우리는 순수하게 중심을 향해 완전한 평형 상태를 이룬 기적인 장미와 같다. 시간과 공간의 한가운데에서 완벽한 균형을 이루고, 완성의 영역에서 장미는 완벽하며 오직 완벽성의 힘, 즉 내재하는 순수한 절대의 힘에 의해 시간과 공간을 초월하게 되었다.

우리는 시공 속에서 살아가는 존재이다. 그렇지만 우리는 장미와 같이 완성에 도달하며 절대의 영역에 이르는 시공 속의 존재이다. 동시에 순수한 초월의 존재이며 시간과 공간으로부터 벗어난 절대적인 세계, 즉 저 너머 환희의 세계에서 완전해질 수도 있다.

그리고 사랑은 포위되기도 하고 초월되기도 한다. 사랑은 언제나 훌륭한 연인들에 의해 포위되고 초월되어왔다. 우리는 완벽한 도달을 이룬, 장미와 같은 존재이다.

사랑에는 여러 종류가 있다. 남녀 간의 사랑과 성스러운 사랑, 세속적인 사랑이 있으며, "이웃을 네 몸과 같이 사랑하라"는 기독교적인 사랑도 있다. 또한 하나님의 사랑도 있다. 그러나 사랑은 언제나 하나로 결합하는 것이다.

남자와 여자의 결합에서만이 사랑은 이원적 의미를 갖는다. 성스러운 사랑과 세속적인 사랑은 상반되지만 역시 둘 다 사랑이다. 남자와 여자의 사랑이 세상에서 가장 위대하고 완전한 열정의 사랑이다. 이것은 이원적이며 두 종류의 상반되는 사랑이기 때문이다. 남녀 간의 사랑은 심장의 수축과 이완을 가져오는 생명의 박동이라고 할 수 있다.

성스러운 사랑은 이기적이 아니기에 자기 자신의 것을 추구하지 않는다. 연인은 사랑하는 사람을 위해 헌신하며 그녀와 완벽하게 하나가 되는 결합을 추구한다. 그러나 남자와 여자의 사랑은 신성한 것인 동시에 세속적인 것이기도 하다. 세속적인 사랑은 자기 자신의 사랑을 추구한다. 나는 연인에게서 나만의 사랑을 추구하고 그녀에게서 그러한 사랑을 쟁취하기 위해 그녀와 투쟁한다. 우리는 분명히 구분되지 못하고 서로 뒤섞여서 나는 그녀에게 있고 그녀는 내 안에 있다. 이는 곧 혼란이고 혼돈의 상태이기 때문에 바람직하지 않다. 그러므로 나는 나 스스로 완전해지기 위해 그녀로부터 자유로워지려고 할 것이고 그녀도 나와 대비되는 가운데 자신을 분리해내려 할 것이다. 우리 영혼에는 빛도 암흑도 아닌 희미한 어둠이 있다. 빛은 순수하게 한쪽으로 구분되어야 하고 어둠은 다른 쪽으로 분리되어 서로가 서로에게 뒤섞이지 않고 각각 하나로서 완벽하게 반대되는 두 세계여야 한다.

우리는 장미와 같다. 하나로 결합하려는 순수한 열정 속에서, 구별되고 분리되려는 순수한 열정 속에서, 완전히 분리됨과 동시에 남녀의 아름다운 결합을 이루려는 이중의 열정 속에서 초월이라는 새로운 국면이 전개된다. 남녀는 완벽한 하나 됨 속에서 초월하는 장미 만발한 천상으로 옮겨간다.

그러나 남자와 여자의 사랑은 완전할 때에 이원적이다. 그것은 순수한 결합으로 녹아드는 상태인 동시에 순전한 관능의 마찰이다. 순수한 결합 속에서, 나는 사랑을 통해 완전해진다. 순수하고 격렬한 관능의 열정 속에서 나는 타버리고 정수만 남는다. 일찍이 보석이 지구의 혼동에서부터 결정으로 탄생했듯이 나는 모체에서 분리되어 침범할 수 없고 독특한 유일한 자아가 된다. 상대방과 나는 흙의 뒤섞임이다. 극도로 감각적인 사랑의 불꽃 속에서, 격렬한 파괴적 화염의 마찰 속에서 나는 부서져 그녀의 절대적인 타자로 축소된다. 이것은 파괴적인 화염이며 세속적인 사랑이다. 그렇지만 이것은 우리를 오직 유일한 개체로 순수화시키는 단 하나의 불꽃이며 혼돈 상태에서부터 보석과 같은 우리의 독특한 독립된 자아로 융합시키는 불이다.

남녀 사이의 사랑은 이렇듯 이원적이다. 녹아서 융합해 하나가 되고자 움직이는 사랑과 격렬하고 마찰하며 감각적인 만족으로 활활 타서 개별적으로 분리된 존재로 나누어지는 사랑이 있다. 그러나 남녀 간의 사랑이 모두 이렇게 완전하지는 않다. 성 프랜시스와 성 클레어의 사랑 또는 베다니의 마리아와 예수의 사랑과 같이 온화하고 완전히 하나로 융합하는 사랑일 수 있다. 여기에는 어떤 분리도 개별성도 생기지 않으며 어떤 구별되는 타자성도 인정되지 않는다. 이것은 절반의 사랑이며 성스러운 사랑이라 불린다. 이것은 순수한 행복을 아는 사랑이다. 한편 트리스탄과 이졸데의 경우처럼 사랑은 모두 관능적 충족의 사랑이며 남성과 여성 간의 대비되는, 아름답지만 격렬한 투쟁의 사랑이다. 그들은 자존심의 정상에 있으며 가장 웅장한 깃발을 흔들며 전진하는 보석과 같은 존재이다. 남성은 거만한 남성성의 탁월한 보석 같은 고립 속에 홀로 분리되어 있는 남성 그 자체이며, 여성은 요동치는 아름다움의 오만함과 여성성의 향기를 조화시킨 백합과 같은 순수한 여성 그 자체이다. 이것은 세속적인 사랑이며 이 사랑은 남자와 여자가 그렇게 각자 분리되어 마침내 죽음으로 갈라질 때까지 불꽃 같고 가슴을 찢는 비극 속에서 끝난다. 그러나 세속적인 사랑이 폐부를 찌르는 비극으로 끝난다고 하지만 성스러운 사랑 역시 그에 못지않은 지독한 그리움을 남기며 절묘한 체념의 슬픔으로 끝난다. 성 프랜시스가 성 클레어를 순전한 슬픔 속에 남겨놓은 채 죽은 것은 바로 이러한 사랑이다.

사랑은 항상 하나 속에 둘이 함께 있어야 한다. 결합의 달콤한 사랑과 감각적 만족의 격렬하고 오만한 사랑이 하나의 사랑 안에 함께 있으면 우리는 장미와 같이 될 수 있다. 우리는 사랑조차 초월할 수 있으며 사랑은 포위되고 초월된다. 우리는 하나의 순수한 관계를 맺은 두 사람이다. 우리는 보석과 같이 서로에 대해 알 수 없는 개별성을 지닌 별개의 두 존재이다. 그러나 장미는 우리를 품고 또 초월하여 우리는 하나의 장미인 동시에 그 이상의 존재인 것이다.

기독교적 사랑, 즉 형제애는 항상 신성하다. 나는 내 이웃을 나 자신처럼 사랑한다. 그러면 나는 커지고 나 자신을 초월하며 인류 속에서 완전해진다. 완벽한 인본성의 통합 속에서 나는 완전해진다. 나는 소우주이며 대우주의 축도이다. 나는 인간이 완전해질 수 있다고 주장한다. 인간은 사랑 속에서 완전해질 수 있으며 오직 사랑만으로 존재할 수 있다. 그러면 인간 사회는 사랑의 완전한 통합체가 될 것이다. 이것이 이웃을 자신처럼 사랑하는 사람들을 위한 완벽한 미래이다.

그러나 어찌하랴! 비록 내가 소우주일지라도, 형제애의 표본이 될 수 있을지라도, 내 안에는 나 자신을 보석과 같이 홀로 분리하고 구별 지어 마치 오만한 사자처럼, 별처럼 고립되어 모든 다른 무리들로부터 떨어져 뚜렷이 따로 서려는 욕구가 있다. 이것이 나의 내면의 욕구이다. 이 욕구는 충족되지 않으면 점점 더 강해져서 마침내는 마음을 지배하게 될 것이다.

그렇게 되면 나는 있는 그대로의 나 자신을 증오할 것이고 내가 변해서 이룬 소우주이자 인류의 축소판인 나 자신을 깊이 증오하게 될 것이다. 내가 형제애로 이룬 내 자아상에 집착할수록 더 미친 듯이 나 자신을 증오하게 될 것이다. 충족되지 않은 열정이 내 자신을 행동으로 내몰 때까지 여전히 나는 사랑하는 인류 전체를 대변하려고 고집을 부릴 것이고 단일 개체가 되고자 할 것이다. 그렇게 되면 이웃을 나 자신처럼 증오할 것이고 결국은 내 이웃과 나에게 화가 있을지니! 신은 파멸시키고자 하는 인간을 우선 미치게 만든다. 이 혐오스러운 자아상을 계속 유지한 채로 그 자아상에 대한 무의식적인 반작용에 의해 행동하게끔 강요받음으로써 우리는 미치게 되는 것이다. 우리는 당황하고 당혹스럽게 된다. 형제애라는 이름으로 우리는 형제를 향한 어마어마한 증오로 맹목적 행동을 성급하게 해버린다. 우리는 우리 안에 있는 이원성에 의해, 그 분열에 의해 미치게 된다. 신은 우리가 그들을 너무 잘 섬기면 우리를 파멸시키려 한다. 자유, 형제애, 평등의 끝은 무엇인가? 내가 형제애가 넘치고 평등한 것 이외의 다른 자유를 갖지 못한다면 어떻게 나에게 자유가 있을 수 있겠는가? 만일 내가 자유로우려면 나는 가장 좋은 의미에서 우선 분리되고 불평등하게 될 수 있는 자유가 있어야 한다. 형제애와 평등, 이런 것들은 횡포 중의 횡포이다.

전 인류가 하나가 될 수 있는 형제애는 있어야만 한다. 그러나 순수하고 독립적인 개인, 사자나 매처럼 홀로이며 자만심 강한 독립된 개인 또한 있어야 한다. 이원성 속에 완성이 있다. 인간은 창조적이며 행복하게 다른 인간과의 조화 속에서 행동해야 한다. 이것이 가장 위대한 행복이다. 그러나 또한 인간은 독립적으로 분명하게 다른 모든 인간과 분리되어 홀로 스스로 책임지고 억제할 수 없는 자존심을 가지며 이웃과 상관없이 자신만을 위해 행동해야 한다. 이는 서로 상반된 것이지만 서로를 부정하는 것은 아니다. 우리는 이해하는 능력을 가지고 있다. 만일 우리가 잘 이해한다면 이 두 행동 사이에서 완벽한 균형을 이룰 수 있고 홀로 분리된 개인으로서 인류 전체와 위대한 조화도 이루게 된다. 또한 완성의 장미는 우리를 초월하게 된다. 아직까지 결코 꽃핀 적이 없었던 세상의 장미이지만 우리가 양쪽을 잘 이해하고 양방향으로 살게 될 때, 그리고 알 수 없는 곳에서 우리에게 다가오는 영과 육의 가장 깊은 욕구를 좇아서 자유롭고 두려움 없이 살게 될 때, 그 장미는 우리에게서 피어나기 시작할 것이다.

마지막으로 하나님의 사랑이 있다. 우리는 하나님으로 인해 완전해진다. 그러나 우리가 아는 하나님은 무한한 사랑이거나 혹은 무한한 오만과 권력, 어느 한쪽이다. 그리스도이든 여호와이든 항상 서로에게 배타적인 절반의 한쪽이다. 그렇기 때문에 하나님은 언제나 질투심이 강하다. 우리가 한 신을 사랑하면 조만간 한쪽을 미워하게 되고 다른 쪽을 택한다. 이것이 종교적 경험의 비극이다. 그러나 알 수 없는 성령은 단일체로서 우리에게 완전하다.

우리가 사랑할 수 없는 대상이 있는데 그것은 사랑이나 증오를 초월하기 때문이다. 모든 창조를 주관하는, 알려져 있지도 않고 알 수도 없는 존재가 있다. 우리는 이 존재를 사랑할 수 없고 우리 자신의 한계와 우리를 스스로 인정하는 증거로만 그것을 받아들일 수 있다. 우리가 알 수 있는 유일한 것은 미지의 세계에서 깊은 욕망이 우리에게 찾아오며, 이 욕망을 충족시키는 것이 창조를 완성한다는 것이다. 우리는 장미가 꽃을 피운다는 사실을 안다. 우리는 우리 안에 피어날 꽃이 있음을 안다. 장미가 꽃을 피운다는 사실을 인식하고 그 지식을 충분한 것으로 받아들이며, 믿음과 순수한 자의적 도덕심을 가지고 우리의 욕구에 따라 전진하는 것이 바로 우리의 몫이다.

사랑의 미스터리

크리스토퍼 래쉬

많은 훌륭한 책을 썼으며, 그중 적지 않은 책에서 초기 근대 예술과 문학에 나타나기 시작한 낭만적 사랑이라는 이상을 다루었던 진 핵스트럼Jean H. Hagstrum은 1992년에 출간된 『욕망에 의해 생성된 존경: 호머에서 셰익스피어까지의 부부*Esteem Enlivened by Desire: The Couple from Homer to Shakespeare*』에서 기존에 자신이 했던 주장을 스스로 넘어섰다. 이 책은 (책의 부제에서 하고 있는 약속을 충실히 이행하여) 10세기 이상에 걸친 유용한 과거의 사실들—"사랑하는 부부 관계에 대해 남아 있는 전통"—을 찾아나서고 있다. 이 책에서 핵스트럼은 자신이 과거에 했던 주장을 어느 정도 번복하고 있는데, 그것은 그가 과거 자신의 연구에 의해 남겨진 인상, 즉 마치 낭만적 사랑이 결혼과 연계된 것이 근대에 들어와 이루어진 일이라는 듯한 인상을 지우려고 노력하고 있기 때문이다. 『욕망에 의해 생성된 존경』은 근대에 와서야 사랑과 결혼이 연계되었다는 널리 받아들여진 해석이 “사랑과 결혼은 말과 마차처럼 항상 함께 가는 것은 아니다”라는 때늦은 발견에 기인한다면서, 그러한 해석에 이의를 제기하고 있다. 이 당황스러운 사실을 “환상이 깨어진 우리 현대인들이 알기 시작한” 이래 “학자들은 계속적으로 정확히 언제 낭만적 사랑이 서구 문화에 들어왔는지를 발견하는 데 열중했다”고 그는 비판하고 있다. 이 단호한 공격에 의해, 오늘날 널리 받아들여지고 있는 견해—즉 낭만적 사랑이 서구 문화에 들어온 것은 상대적으로 늦은 때라는 견해(이 명제에 관한 미숙한 입장에 따르면 “중산층의 발생”과 함께 들어왔다는 견해)—가 비록 완전히 부정되지는 않았다 할지라도 결정적으로 오류가 있음을 인정한 것이다.

핵스트럼은, 고전 작가든 기독교 작가든 많은 작가들이 모두 아내의 종속과 여성 성욕의 위험성을 강조하고, 성적인 열정과 결혼이 충족시켜야 할 세속적인 목적이 양립할 수 없는 것임을 강조하며 결혼을 비난하는 견해를 가졌던 것을 부정하지 않는다. 크세노폰(Xenophone: 그리스의 철학자이자 역사가—옮긴이 주)이 결혼의 목적을 적출의 자손과 가정 경제의 유지라고 정의했을 때 그는 고대의 오랜 전통을 대변한 것이었다. 기독교 세계도 마찬가지로 결혼을 성적인 난잡 대신 받아들일 수 있는 대안으로는 보았지만 고상한 대안으로는 거의 보지 않았으며, 독신생활보다는 훨씬 도덕적으로 열등한 것으로 보는 강한 전통을 가지고 있었다. 물론 성적인 열정을 옹호하는 사람들도 있었으나 그런 것은 남편과 아내 사이에는 적합하지 않은 것으로 생각되었다. 성적인 열정은 고대 그리스에서는 성인 남자와 소년 사이의 사랑과 관련시켜 생각되었고, 중세에는 남자와 여자 사이의 불순한 사랑과 관련되어 있었다. 핵스트럼의 명제는 부부 간의 사랑이 서구 가부장제의 주류 전통 속에 설 자리가 거의 없었다는 인식에 의하여 손상되지 않는다.

박학다식에서 오는 든든한 구조에 의해 지지받고 있음에도 불구하고, 핵스트럼의 주장은 매우 신중한 것이다. 즉 『오디세이*Odyssey*』의 결말인 귀가에 관한 호머Homer의 기술에 이미 나타나 있는 역逆전통이 "가부장 사회의 남성의 권력을 완화시키는" 것을 촉진시켰고, "문명화의 한계"로 그 권력에 울을 쳤으며, 결혼을 욕망과 존경의 결합으로 이상화시켰고, 남녀평등을 성적인 우정의 전제 조건으로 내세웠다는 것이다. 핵스트럼은, 그런 사랑이 없는 것으로 오랫동안 간주되어온 문화 속에서 이러한 "부부의 사랑에 관한 비전"은 여성의 영향력에 힘입은 바가 크다고 생각한다. 여성의 영향력은, 남성에 의해 쓰여진 작품에서조차도, 에로스가 파괴적인 힘일 뿐 아니라 "문명을 위한 힘"이 될 수도 있다는 통찰력에서 발견된다. 세계의 다른 곳에서 당연한 기준으로 받아들여졌던 것처럼 결혼이 성적인 종속에 의존한다고 생각한 대신, 처음부터 서구는 결혼이 성적인 매력과 상호 간의 존경에 의존하는 것 같다고 상상할 수 있었다.

상상은 종종 실천과 모순되는 것이 사실이다. 그러나 그렇다고 해서 부부 간의 사랑을 단지 예술 작품 속에서만 발견할 수 있다고 결론지어서는 안 된다. 아리스토파네스Aristophanes의 「리시스트라타Lysistrata」 같은 연극은, "희랍의 가정이 남자와 여자 모두가 대단히 소망하는 곳이 아니었더라면" 관객들에게 아무 의미를 주지 못했을 것이라고 핵스트럼은 주장하고 있다. 부인들이 정치적인 항의의 한 형태로 성 파업에 호소할 수 있었다는 사실은, 핵스트럼이 케네스 도버 경Sir Kenneth Dover의 말을 빌려 표현한 것처럼, "부부 간의 관계가 우리가 법에 관한 지식을 통해 단순히 추측해온 것보다 훨씬 더 사람들의 실제 삶에서 중요했었다"는 것을 암시하고 있는 것이다.

존경과 성적인 욕망의 결합이라는 "성적 사랑의 이상"은 핵스트럼에 따르면 "서구 문화의 위대한 업적 중 하나"로 간주되어야 할 만한 가치가 있다. "그러나 그 결합은 쉽게 온 것이 아니다"라고 그는 덧붙인다. "존경은 남자들만의 경쟁으로부터 분리되어야 했으며, 성욕은 죄 혹은 지나친 것이라는 낙인으로부터 분리되어야 했다." 이러한 발전의 첫 번째 것은, 여자들(특히 아내들)이 아이를 낳고 집안일을 하는 것 외에 뭔가 다른 일에도 유용할 수 있다는 가능성을 허용할 뜻이 있는 문화에서만 일어날 수 있었다. 두 번째 것의 경우, 핵스트럼이 명한 바, 기독교 자연주의 전통에서 도움을 받았다. 기독교 자연주의는 물질을 악이라고 비난하기를 거부하고, 구원을 육체로부터 분리된 영성과 동일시하기를 거부하며, 기독교에도 존재하는 (우세하기조차 한) 성욕에 대한 공포를 완화시켰다. 기독교 교리에 있어서 성육신이 지니고 있는 핵심적인 중요성은 언제나, 기독교가 플라톤주의적이거나 영지주의적인 영향으로 인해 욕망의 소멸인 해탈을 갈망하는 그러한 종교들과 같이 되는 것을 막았다. 유대교에서는 물론 기독교에서도 하나님의 사랑은 풍부한 성적 이미지를 통해 그려졌는데, 그 결과는 성적 욕망을 제거하거나 승화시킬 뿐 아니라 성적 욕망에 어떤 합법성을 부여하는 것이기도 했다.

서구가 성취한 것에 대한 핵스트럼의 공공연하고 당당한 찬양은 말할 필요도 없이 시대의 조류에 어긋나는 것이다. 평화적인 성품의 소유자인 핵스트럼은 다른 학자들의 글에 대한 반대 의견보다는 다른 학자들에게 신세진 것을 강조하기를 좋아한다. 그래서 그의 책이 사랑의 역사에 대해 널리 유행하는 해석에 이의를 제기하고 있을 뿐 아니라, 더 깊은 수준에서 인문학의 최근 학문 풍조 전체에 이의를 제기하고 있음을 지적하는 것은 주로 평론가가 해야 할 일이다. 그는 비록 여성주의feminism에 분명히 동조적이기는 하지만, 여성의 영원한 억압 외에는 역사에서 아무것도 보지 못하는 그런 종류의 여성주의, 즉 "가부장제"라는 모든 것을 포괄하고 차별화하지 못하며 획일적인 한 가지 범주 안에 모든 차이와 모든 문화적 변화들을 삼켜버리는 그러한 종류의 여성주의에는 동의하지 않는다. 핵스트럼의 책은 또한 모든 이상주의에 대한 표현을 자기 본위의 권력 추구로 환원시키려 하는 냉소주의(예를 들면 르네상스에 대한 수정주의적 학문의 대부분을 관통하는 냉소주의)에 강하게 반대한다. 파리에서 사상을 수입하여 세계적인 지위를 얻으려는 사람들보다 훨씬 세속적이게도, 핵스트럼은 이상과 현실 사이의 격차에 의해 낙심하지 않는다. 그는 종종 이상의 부적절성을 표명하는 일에 빠져들기도 하지만, 이상이 지닌 현실을 비판하고 현실을 바꾸기까지 하는 힘을 인정하기 때문이다. 그의 책은 "우리의 문학적 · 예술적 유산"을 "역사적 현실 그 자체"로 다루는 것은 아니다. 그러나 그는 예술은 현실과 아무 관계가 없다거나, 아니면 현실은 예술가와 비평가의 "사회적 구성물"에 지나지 않는다는 오늘날 통용되는 가정에도 동의하지 않는다. 그는 문학 작품은 그 자체를 넘어선 어떤 것에 관하여 설명하지 못하며 따라서 예술 작품에서 도덕적 가르침을 기대하는 것은 무의미하다는 개념을 거부한다.

핵스트럼이 예술과 문학을 우리의 "유산"이라고 언급했을 때, 이는 그가 오늘날의 유행과 다른 모든 점을 한 단어로 요약한 것이다. 그는 과거를 도덕적 지혜의 원천으로 보지, 단지 (환상을 벗어난) 개화된 우리 시대가 이미 벗어났다고 생각하는 어리석은 것들에 대한 기록으로 보지 않는다. 그는 "도덕적 상상력"을 믿는데, 그것을 행하기 위해서는 "대안을 심사숙고하고 쉬운 믿음을 보류하고 예술 작품의 원동력을 우리 자신의 상황에 이르도록 미래로 투사시킬 때 우리가 올바르게 역사적으로 반응할 것을" 요구한다. 이러한 과정은 과거를 지나치게 많이 오늘날의 관심사의 관점에서 읽게 하는 위험을 내포하고 있는데, 핵스트럼은 그런 위험을 항상 피하고 있지는 않다. 그의 역사에 대한 관점이 휘그당(영국 최초의 근대적 정당으로 자유당의 전신. 민권파인 휘그당은 보수적인 토리당과 대립했음—옮긴이 주)적인 티가 날 때가 있다. 예를 들어, "감각에 있어서 현대적"인 이야기를 썼다고 보카치오Boccaccio를 칭찬하거나, 르네상스 때에도 중세의 관습이 "발전을 질질 끄는 전통적인 사슬"로서의 역할을 계속했다고 개탄하며, 『대폭풍우*The Tempest*』(셰익스피어의 희곡 중 결혼에 대한 매우 보수적이고 상상력 없는 견해를 피력한 거의 유일한 작품)가 "셰익스피어를 새로 출현하는 것들의 선두에 놓지 않았다"고 불평하는 점이 그러하다. 잘 알려진 대로 고집스럽게 도덕적인 비평은 상상력이 풍부한 작품들을 그 작품들이 바라는 대로 해석하려는 우리의 마음을 방해할 수 있다. 그래서 핵스트럼은 어울리지 않는 부부 사이의 관습적 결혼에 대한 보카치오의 묘사 뒤에 있는 풍자적 의도를 놓치고, 대신 그를 개혁가라고, 중매결혼이라는 제도에 대해 "공격"한 작가라고 주장했다. 보카치오의 예술성을 높이 평가하는 사람들은 『데카메론 *Decameron*』이 그 "현대적" 감각에도 불구하고 "만족할 만한 윤리적 규범을 [고무하는 데] 부족하다"는 핵스트럼의 발언에 실망하기 쉽다. 그러나 텍스트에 대한 이러한 윤리적 문제 제기는, 비록 문제되는 규범이 너무 많이 "새로 출현하는 것들"에 의해 정의되고 있다고는 하지만, 그래도 윤리적 판단이 완전히 요점에서 벗어나 있는 것이라고 생각하는 그런 유의 비평보다는 훨씬 바람직하다.

핵스트럼의 낭만적 사랑에 대한 문학사는, 과거로부터 윤리적 길잡이를 찾으려는 것이지 그냥 우리 조상들의 결점을 더 잘 알려는 것이 아니기 때문에, 낭만적 사랑에 대한 옹호에 도달한다. 그것은 평생 한 사람과 결혼해서 사는 것이 더 이상 동경해야 할 기준으로 작용하지 않는다는 것에 대한 가슴 아픈 깨달음을 가지고 쓰여진 것이다. 결혼뿐만 아니라 낭만적 사랑 자체도 인기가 없어졌다. 첫눈에 빠진 사랑은 결혼을 위한 든든한 근거가 되지 못한다고 우리는 듣고 또 들어왔다. 같은 취미와 취향, 서로 타협하려는 마음, 그리고 변하지 않는 것은 아무것도 없다는 사실을 받아들이려는 마음의 자세, 이런 것들이 사랑이 식었을 때 더 오래 지속할 것이라고. 연인들은 서로에게 너무 많은 것을 요구해서는 안 된다. 그들 중 하나가 상대방을 벗어나게 될 수도 있다는 가능성을 인정해야만 한다. 정절이나 불변, 영원한 애정을 기대하는 것은 실망을 자초하는 일이다. 우리에게는 동성 간의 우정이든 이성 간의 우정이든, 우정이 사랑보다 바라는 것이 적고 덜 강렬하기 때문에 더 믿을 만해 보인다. 우정은 성(오늘날, 적어도 안전한 성)과 쉽게 공존하지만, "성적 충동이 예술과 사상에 의해 장식된 것"인 에로스와는 공존하지 않는다. 우리는 우리의 성적 충동이 장식되지 않고, "삶의 현실" 가운데 자기 자리에 안전하게 놓여 있는 것을 좋아한다.

우리에게 성은 과학이다. 반면 예술과 사상은, 남자와 여자 사이의 피할 수 없는 몰이해와 남녀의 본질적인 양립 불가능성, 모든 애정의 불안정성, 예리하고 작고 즉각적이며 다소는 교환 가능한 쾌락을 제외한 모든 것의 신뢰 불가능성 등을 포함하는 다른 주제들로 방향을 바꾸었다.

"성의 즐거움" 조차 이제는 에이즈에 의해 그늘이 드리워졌다. 성욕이 인간의 삶에 있어서 위험하고 어둡고 예측 불가능한 것이라는 인식—그것이 "장식되어 있는" 형태에 있어서는 더욱 더 그러하다—이 대단한 위력을 가지고 재등장했다. 그렇게 혼란을 일으키는 어떤 것이 지속적인 관계로 이끌어질 수 있다는 생각이—에로스가 문명화시키는 영향력이 될 수 있다는 것은 차치하고, 에로스가 안정시키는 영향력이 될 수 있다는 생각이—엄청난 신비화라는 생각을 하게 되었다. 우리는 중매결혼의 지혜에 대해 풍자하기보다는 그리워하는 이야기들을 듣게 된다. 대체로 남녀의 결합이라는 해결하기 어려운 문제에 대해 중매결혼이 낭만적 사랑보다는 더 나은 해결책이라고들 한다.

낭만적 사랑에 대한 20세기의 혐오감을 설명하는 것은, 그런 추가적 부담이 없어도 이미 충분히 거창한 핵스트럼의 모험적 연구의 범위를 넘어서는 것이다. 그러나 해석의 실마리는 낭만적 이상에 대한 그의 계통적인 서술 자체에 나타나 있다. 핵스트럼은 예술 작품에 나타난 성적 충동에 대한 정교한 예술화가 우리로 하여금 "일찍이 신비하게 불러일으켜진 격정이 평온하고 결실 있는 결혼생활로 이월된다는 것을 이해하게 하도록" 만든다고 말한다. 다른 곳에서 또 그는 "성적 사랑을 급작스럽고 신비하게 야기시킨 개념이…… 부부에게 그리고 또한 그것이 형성되는 것을 목격하고 그것이 잘되기를 바라는 사람들의 대부분에게 긴 만족을 가져다준다"고 말한다. 근대의 사고(아니 탈근대의 사고인가?)가 그렇게 충격적이라고 생각하는 것은 바로 "갑작스럽고, 불가항력적인 사랑"이 "흔들리지 않는 연분"을 확립한다는 바로 그 믿음이다. 이러한 과정이 "신비하게" 작동한다는 주장은 우리를 안심시키기는커녕 낭만적 사랑에 대한 반대에 집착하게 하는 것 같다. 우리는 미스터리를 싫어한다. 우리는 우리가 통제할 수 있는 것을 갈망한다. 비록 통제를 위해 우리가 지불해야 하는 대가가 상상과 감성의 지평선을 과감히 감소시키는 것이라고 할지라도.

* 이 글은 『여성과 일상생활: 사랑, 결혼, 그리고 페미니즘』(오정화 옮김, 문학과지성사, 2004) 중에서 「매력의 신비」의 제목과 일부 내용을 수정하여 실은 것이다.

원문 출처

폭풍우, 케이트 쇼팬

The Storm, Kate Chopin

Literature: An Introduction to Fiction, Poetry, Drama and Writing,
Fifth Compact Edition, eds. X. J. Kennedy & Dana Gioia,
New York: Longman, 2007, pp. 116~120, 1898년 작

로마의 열병, 이디스 와튼

Roman Fever, Edith Wharton

The Best Short Stories of Edith Wharton, New York: Scribners, 1958,
pp. 3~15, 1934년 작

서부지방 순회재판에서, 토머스 하디

On the Western Circuit, Thomas Hardy

Norton Anthology of English Literature, eds. M. H. Abrams & Stephen
Greenblatt, New York: Norton, 2000, pp. 1918~1934, 1891년 작

라파치니의 딸, 나다니엘 호손

Rappaccini's Daughter, Nathaniel Hawthorne

Nathaniel Hawthorne's Tales: Authoritative Texts, Backgrounds, Criticism,
ed. James McIntosh, New York: Norton, 1987, pp. 186~209, 1844년 작

에밀리를 위한 장미, 윌리엄 포크너

A Rose for Emily, William Faulkner

The Norton Anthology of Short Fiction, ed. R. V. Cassill,
New York: Norton, 1990, pp. 494~502, 1930년 작

밤비노, 메이 싱클레어
The Bambino, May Sinclair
The Norton Anthology of Literature by Women: The Tradition in English, eds. Sandra M. Gilbert & Susan Gubar, New York: Norton, 1985, pp. 1201~1205, 1930년 작

유산, 버지니아 울프
The Legacy, Virginia Woolf
Norton Anthology of English Literature, eds. M. H. Abrams & Stephen Greenblatt, New York: Norton, 2000, pp. 2226~2230, 1940년 작

19호실로, 도리스 레싱
To Room Nineteen, Doris Lessing
The Norton Anthology of Literature by Women: The Tradition in English, eds. Sandra M. Gilbert & Susan Gubar, New York: Norton, 1985, pp. 1881~1908, 1963년 작

겨울의 꿈, F. 스콧 피츠제럴드
Winter Dreams, F. Scott Fitzgerald
Before Gatsby: The First 26 Stories, ed. Matthew Bruccoli, Columbia, South Carolina: Univ. of South Carolina, 2001, pp. 529~549, 1922년 작

사랑에 대하여, 프랜시스 베이컨
Of Love, Francis Bacon
The Essays of Francis Bacon, Boston : Houghton, 1908, pp. 30~32, 1597년 작

사랑, D. H. 로렌스
Love, David Herbert Lawrence
Selected Essays, London: Penguin Books, 1950, pp. 24~30, 1917년 작

사랑의 미스터리, 크리스토퍼 래쉬
The Mysteries of Attraction, Christopher Lasch
Women and the Common Life: Love, Marriage, and Feminism, ed. Elisabeth Lasch-Quinn, New York: Norton, 1997, pp. 32~38, 1997년 작

저자 소개

케이트 쇼팬Kate Chopin (1850~1904)

미국 루이지애나 크레올 사회를 배경으로 한 소설을 주로 썼으며 20세기 페미니즘 작가의 선구자로 평가받는다. 그녀의 대표작 『각성*The Awakening*』(1899)은 가정에 제한된 여성의 자아와 성적 정체성에 대한 탐구가 당시의 도덕적 규범에 거슬렀다는 이유로 강한 비판을 받았다. 단편소설로는 「데지레의 아기*Desiree's Baby*」(1893)와 「한 시간 이야기*The Story of an Hour*」(1894) 등이 있다.

이디스 와튼Edith Wharton (1862~1937)

19세기 말 미국 상류사회의 일원으로서 성장하여 결혼 후에는 미국의 뉴욕, 보스턴과 유럽을 중심으로 활동했다. 소설가 헨리 제임스와 친분이 두터웠으며 그녀의 소설에서 보이는 인물의 사회적 · 심리적 탐구는 제임스와 흔히 비교된다. 상류사회의 일원으로서만이 가질 수 있는 예리한 눈으로 그 사회를 풍자하고 비판했다. 주요 소설로는 『환락의 집*The House of Mirth*』(1905), 『이던 프럼*Ethan Frome*』(1911)과 퓰리처상을 받은 『순수의 시대*The Age of Innocence*』(1920)가 있다.

토머스 하디Thomas Hardy (1840~1928)

19세기 말에 활동했던 영국 작가로 산업화 · 현대화되어가는 영국 사회에서 일시적인 휴식처가 되는 전원을 배경으로 냉담한 자연의 힘에 의해 인간의 운명이 결정되는 비극적 소설을 주로 썼다. 그의 소설 속의 주인공들은 자신들의 운명의 지배자가 될 수는 없지만, 그들의 순수한 성격 또는 인내력으로 영웅적 면모를 보여준다. 주요 소설로 『광란의 무리를 떠나서*Far from the*

Madding Crowd』(1874), 『귀향*The Return of the Native*』(1878), 『테스*Tess of the d'Urbervilles*』(1891)와 『무명의 주드*Jude the Obscure*』(1895)가 있다. 19세기 말 영국 사회의 인습과 편협한 종교인의 태도를 용감하게 공격하고, 남녀 간의 사랑을 성적性的인 면에서 대담하게 폭로했기 때문에 당시의 도덕가들로부터 맹렬한 비난을 받기도 했지만 말년에는 영국 문단의 원로로 존경받았다.

나다니엘 호손Nathaniel Hawthorne (1804~1864)

미국 매사추세츠 주 세일럼에서 17세기의 청교도를 선조로 모신 가정에서 태어났다. 조상 중에는 마녀사냥사건과 깊이 연루되었던 사람이 있어 그의 작품에는 언제나 청교도 조상들에 대한 의식이 반영되었다. 그의 대표작 『주홍글씨*The Scarlet Letter*』(1850)는 17세기의 청교도 식민지 보스턴에서 일어난 간통사건에 관련된 사람들을 그려 죄인의 심리 분석, 정교한 상징성을 잘 나타냈다는 호평을 받았다. 1851년에는 『일곱 박공의 집*The House of the Seven Gables*』을 발표했고 1852년에는 자신이 참여했던 실험적 공동농장을 무대로 한 『블라이스데일 로맨스*The Blithesdale Romance*』에서 지상낙원에 모인 사람들의 심리적 갈등을 그렸다.

윌리엄 포크너William Faulkner (1897~1962)

1949년도 노벨문학상을 비롯해 두 차례 퓰리처상을 받았다. 대표작인 『음향과 분노*The Sound and the Fury*』(1929)를 비롯해서 『임종의 자리에 누워서*As I Lay Dying*』(1930), 『성역*Sanctuary*』(1931), 『8월의 빛*Light in August*』(1932), 『압살롬, 압살롬!*Absalom, Absalom!*』(1936) 등 그의 작품에서는 주로 남북전쟁에서 패한 뒤 과거에만 집착하는 미국 남부 사회의 몰락 과정을 그렸다. 포크너는 인종적·종교적 편견, 희망 없는 죄의식 등 부도덕한 남부 상류사회의 사회상을 고발하는 동시에 동정, 희생, 인내 등 남부의 미덕을 강조해 인간에 대한 신뢰와 존경, 희망을 역설적으로 표현했다.

메이 싱클레어May Sinclair (1863~1946)

여성 참정권자로서 영국에서 활발한 활동을 폈으며 작품 속에서 여성과 결혼에 관한 주제를 주로 다루었다. 독일 이상주의 등 철학에 관련한 글을 많이 썼다. 프로이드와 융의 심리학이 문단에 소개되기 이전에 그들의 이론에 대한 수필을 써서 이를 작품에 반영하기도 했다. 현대 시와 산문의 주요한 비평가로서 특히 이미지즘에 대한 글을 주로 썼으며 '의식의 흐름' 수법이라는 용어를 최초로 소개했다. 자서전적인 그녀의 소설 『메리 올리비에*Mary Olivier: A Life*』(1919)에서는 성적 억압과 가정 내의 제한된 상황에서 벗어나고자 하는 주인공의 노력을 그리면서 형식적으로는 의식의 성장을 추적해내는 심리적 서사를 현대적인 기법으로 풀어냈다.

버지니아 울프Virginia Woolf (1882~1941)

영국 빅토리아 조 말기의 유명한 비평가이자 철학자이며, 전기 작가였던 레슬리 스티븐의 딸로 태어난 울프는 아버지의 훌륭한 서재와 집에 드나든 저명한 인사들을 만날 수 있는 이점을 누리며 자랐다. 부친이 사망한 후 형제들이 중심이 되어 만든 '블룸즈베리 그룹'을 통해 당대의 젊은 지성인들과 문학적·미술적 교류를 하며 이를 통해 언론가이면서 수필가, 정치사상가였던 레너드 울프를 만나 결혼을 한다. 울프는 '의식의 흐름'이라는 수법을 통해 등장인물의 의식, 즉 두서없이 떠오르는 여러 가지 생각이며 느낌을 고스란히 서술해 섬세한 의식의 흐름에 따라 개인의 자아를 이루는 심리적·감정적 동기들을 탐구했다. 대표 작품으로는 『댈러웨이 부인*Mrs. Dalloway*』(1925), 『등대로*To the Lighthouse*』(1927), 『올란도*Orlando*』(1928), 『자기만의 방*A Room of One's Own*』(1929), 『파도*The Waves*』(1931)와 『세월*The Years*』(1937) 등이 있다.

도리스 레싱Doris Lessing (1919~)

이란에서 태어난 레싱은 부모와 함께 아프리카에 이주해 1949년 런던에 정주할 때까지 약 25년을 로디지아 지방에서 지냈다. 1950년 『초원은 노래한다*The Grass is Singing*』를 발표했는데, 제2차 세계대전 전후의 로디지아 지방의 지배 민족과 원주민의 갈등을 사회적·정치적 입장에서 묘사했다. 『마사 퀘스트*Martha Quest*』(1952)에서는 인종 분쟁, 국가 간 경쟁, 남녀 간 투쟁, 그리고 '그들'과 '우리'를 대결시키는 이분법적인 사고 등을 분석하여 현대 사회의 해체적 기운에 대항할 수 있는 화해적 비전을 찾았다. 레싱은 사회주의적 리얼리즘 소설과 함께 공상과학 소설도 써왔으며 공산주의와 여성문제, 광증, 정신적 성장을 다룬 『황금노트북*The Golden Notebook*』(1962)으로 2007년 87세의 나이에 노벨문학상을 받았다.

F. 스콧 피츠제럴드F. Scott Fitzgerald (1896~1940)
기성의 윤리 체계가 무너지고 부와 쾌락을 추구하며 술, 섹스, 재즈로 날이 샌 1920년대 미국 재즈 시대의 대변자라고 할 수 있다. 물욕과 출세욕에 사로잡혔으나 호사와 현란 뒤에 오는 공허감을 안고 사는 이 새로운 세대를 그의 처녀작 『낙원의 이쪽 *This Side of Paradise*』(1920)을 통해 알려 많은 독자를 얻게 된다. 이러한 작가로서의 경제적인 성공은 가난 때문에 결혼하지 못하고 있던 판사의 딸 젤더와의 결혼을 가능하게 해준다. 『아름다운 자 저주받은 자 *The Beautiful and Damned*』(1922), 『위대한 개츠비 *The Great Gatsby*』(1925), 『밤은 부드러워 *Tender Is the Night*』(1934) 등의 작품에서 그린 호화롭고 방탕한 생활의 실제 주인공이기도 한 피츠제럴드는 말년에는 알코올 중독과 병고에 시달렸다. 재기를 위해 『최후의 대군 *The Last Tycoon*』(1940)을 집필하던 중 심장마비로 인해 44세를 일기로 세상을 떠나게 된다. 단편소설로는 「벤자민 버튼의 흥미로운 사건 *The Curious Case of Benjamin Button*」(1921) 등이 있다.

프랜시스 베이컨 Francis Bacon (1561~1626)
영국의 정치가로 영국 고전경험론의 창시자이다. 데카르트와 함께 근세 철학의 개척자로 새로운 과학과 기술의 진보에 어울리는 새로운 인식 방법을 제창, 실험에 기초한 귀납법적 연구 방법을 주장했다. 정치가로서 엘리자베스 여왕 치하에서 국회의원을 지냈으며 제임스 1세 치하에서는 사법장관과 기타 요직을 지내 '벨럼의 남작', 이어서 '오르반즈의 자작'이 되었다. 검찰총장, 대법관 등을 역임하면서 날로 권세가 높아져갔으나, 수회죄로 기소되어 관직과 지위를 박탈당하고 정계에서 실각된 후 말년에는 연구와 저술에 전념했다. 냉정하면서도 유연한 지성을 가진 현실파 인물이었으며, 주요 저서로는 『수상록 *Essays*』(1597), 『학문의 진보 *The Advancement of Learning*』(1605), 『신논법 *Novum Organum*』(1620) 등이 있다.

D. H. 로렌스 David Herbert Lawrence (1885~1930)
영국 광산촌인 스트우드 노팅검셔에서 광부인 부친과 남편보다 교육수준이 높은 모친 밑에서 태어났다. 아버지의 거칠고 상스럽지만 순수한 생명력과 자유의 힘, 어머니의 교양과 더불어 자녀를 향한 소유욕과 강한 기대의 대조적인 면모는 작품에 영향을 준다. 그는 소설가, 시인, 수필가, 문학비평가로서 다양한 방면에서 기존의 문화적 믿음에 대한 도전적인 철학을 펼쳤다. 인간성을 말살시키는 근대화와 산업화의 힘에 대항해 인간의 생명력, 본능, 감정적 건강 등을 옹호하는 그만의 비전과 사상 체계를 형성했다. 주요 저서로 『아들과 연인*Sons and Lovers*』(1913), 『무지개*The Rainbow*』(1915), 『사랑에 빠진 여인들*Women in Love*』(1920), 『채털리 부인의 연인*Lady Chatterley's Lover*』(1928) 등의 소설이 있다.

크리스토퍼 래쉬 Christopher Lasch (1932~1994)

미국 네브래스카 주에서 출생, 하버드대학교를 졸업하고 컬럼비아대학교에서 박사학위를 받았다. 역사가와 사상가로서 서구 사회에서 여성과 가족의 역할에 대해 연구해왔으며 로체스터대학교 사학과 교수로 재직했다. 『나르시시즘의 문화*The Culture of Narcissism*』(1979)는 세계적인 베스트셀러였으며 『매정한 세상에서의 안식처*Haven in a Heartless World*』(1978)는 가정이 개인의 자유를 가로막는 억압적 기관이라는 비판에 대한 그의 대답이었다. 다른 저서로서 『참되고 유일한 천국*The True and Only Heaven: Progress and Its Critics*』(1991)과 『지식층의 반란과 민주주의의 배반*The Revolt of the Elites and the Betrayal of Democracy*』(1994) 등이 있다.

연宴 애哀 소疎 설說
영미편

펴낸날 1판 1쇄 2010년 1월 22일
지은이 나다니엘 호손 · 도리스 레싱 외
옮긴이 오정화 · 장옥경 · 이소영
펴낸이 최민숙
펴낸곳 이화여자대학교출판부
주소 서울특별시 서대문구 대현동 11-1(우 120-750) | **등록** 1954년 7월 6일 제9-61호
전화 02) 3277-2965, 2966(편집기획) | 02) 3277-3164, 362-6076(경영지원)
팩스 02) 312-4312
전자우편 press@ewha.ac.kr | **인터넷서점** www.ewhapress.com
책임편집 김미정 | **디자인** 정혜진
찍은곳 한영문화사

ISBN 978-89-7300-863-6 04800
ISBN 978-89-7300-862-9 (세트)

값 12,000원

* 잘못된 책은 바꾸어 드립니다.